L'ENFANT DRAGON

DU MÊME AUTEUR

Les Arts martiaux : l'héritage des Samouraïs, Montréal, Éditions La Presse, 1975.

La Guerre olympique, Paris, Éditions Robert Laffont, 1977.

Les Gladiateurs de l'Amérique, Paris et Montréal, Éditions Internationales Alain Stanké, 1977.

Knockout inc., (roman), Montréal, Éditions Internationales Alain Stanké, 1979.

Le Dieu Sauvage, Montréal, Éditions Libre Expression, 1980.

La machine à tuer, Montréal, Éditions Libre Expression, 1981.

Katana : le roman du Japon, Montréal, Éditions Québec/Amérique, 1987.

Drakkar : le roman des Vikings, Montréal, Éditions Québec/Amérique, 1989.

Soleil noir : le roman de la Conquête, Montréal, Éditions Québec/Amérique, 1991 (Prix du Grand Public 1992).

Paul Ohl

L'ENFANT DRAGON

D'après une idée originale
de
Pierre Magny

Libre Expression

Données de catalogage avant publication (Canada)
Ohl, Paul E
L'Enfant dragon
ISBN 2-89111-620-8
I. Titre.
PS8579.H5E53 1994   C843'.54   C94-941325-9
PS9579.H5E53 1994
PQ3919.2.O34E53 1994

Illustration de la couverture :
dragon en or à cinq griffes.
Symbole impérial qui ne pouvait être
arboré que par l'empereur de Chine et
les membres de la cour impériale.

Maquette de la couverture
FRANCE LAFOND
Photocomposition et mise en pages
SYLVAIN BOUCHER

Éditions Libre Expression
2016, rue Saint-Hubert
Montréal, Qc H2L 3Z5

Dépôt légal :
4e trimestre 1994

ISBN 2-89111-620-8

À ce père que je n'ai jamais connu...

Remerciements

Créer des personnages dont les destins se croisent et les sentiments se nouent sur fond de Grande Guerre, de quête des origines de l'homme, et de Chine ravagée par les visées de l'Occident et les luttes intestines, fut sans doute le plus grand défi de mes vingt années d'écriture.

Ce projet naquit en Chine. Il fut d'abord l'idée originale du cinéaste Pierre Magny, suivie de l'intention bien arrêtée de la porter à l'écran de la part du producteur Claude Léger, auquel nous devons, entre autres, *Le Palanquin des larmes, Agaguk, Highlander III*.

Nos routes se sont croisées. Foi et passion nous auront permis de franchir, un à un, les nombreux obstacles qui se dressent lorsqu'une même idée engendre un double chantier : celui d'un scénario, avec ses exigences très particulières, et celui d'un roman, dont les règles imposent davantage l'effort marathonien.

Je rends hommage à Pierre Magny et à Claude Léger, qui m'ont, à tour de rôle, initié à l'art de la scénarisation, mais qui, au-delà du métier, m'ont ouvert les portes qui donnent sur un respect peu commun et, de là, sur le sentier plus inaccessible de l'amitié.

J'exprime ma gratitude au personnel de la Congrégation des sœurs de l'Immaculée-Conception, à celui de la Compagnie de Jésus et au conservateur du musée de la Citadelle de Québec, pour nous avoir remis une précieuse documentation.

Je remercie chaleureusement le professeur Cheng Yirong, de l'Institut des Langues étrangères de Guangzhou

(Canton), qui m'a fait découvrir une partie du passé de cette ville et un coin secret de l'âme chinoise.

Mes remerciements s'adressent également aux nombreux guides qui m'ont facilité la tâche à Hong Kong, à Macao, en Chine du Sud et en Indonésie.

Durant tout ce long voyage, Hélène fut à mes côtés. Il en fut de même pour la mémoire d'Émile, mon père, qui avait eu le temps de me rappeler ses propres expériences de la guerre et de la vie.

Avant-propos

Au début du XXe siècle, nul n'avait encore levé le voile sur l'aube de l'humanité. Personne ne pouvait donc affirmer qu'il existait une filiation entre l'ensemble des êtres vivants du passé et ceux du présent. L'immense arbre demeurait un mystère autant que la perspective vertigineuse de l'existence de cinq cent mille générations.

À cette époque, les théories sur l'évolution de l'homme et l'origine des espèces tenaient à quelques hypothèses et à de rares découvertes, la plupart âprement contestées par la communauté scientifique et par le Vatican. De nombreuses périodes de la préhistoire de l'humanité n'avaient toujours pas, à proprement parler, de dates, même si les progrès de la géologie et de la paléontologie avaient conduit à imaginer l'âge de l'homme en dizaines puis en centaines de milliers d'années.

Mais l'humanité avait aussi d'autres préoccupations. Il lui arrivait, d'une génération à l'autre, d'ouvrir son âme à la démesure de l'apocalypse annoncée aux temps bibliques et de renoncer à tout ce qui célébrait la vie. Il n'existait plus pour elle qu'une mémoire de l'oubli, redoutable état d'esprit qui ramène l'homme à l'état de bête.

«L'espoir est une herbe qui pousse
même entre les tombes.»

VIRGIL GHEORGHIU
(La 25e Heure)

I

Vimy

La terre, jaune, sèche, fissurée, parsemée de rares bosquets abritant une étrange ménagerie, entrait lentement dans la mémoire de l'humanité naissante.

Le Percuteur était accroupi dans le cercle de pierres, au milieu de carcasses partiellement démantelées, d'ossements blanchis et de galets au tranchant façonné. L'endroit servait d'aire de dépeçage et pour la confection des outils.

Fixant la pierre comme pour déterminer précisément la forme de l'éclat, il la percuta d'un coup sur la tranche, lui donnant l'allure d'un biface. Il répéta le geste avec la pierre suivante, en prenant soin, chaque fois, de ranger les fragments en un seul tas. De temps à autre, le Percuteur lançait un regard en direction de sa bande, les Grosses-Têtes. Notamment à celui qui gardait le feu. Quelques mâles empilaient des branchages qu'ils arrachaient aux arbustes environnants. D'autres mâles transportaient des pierres destinées au renforcement d'un abri temporaire.

Lorsqu'il entendit les premiers grondements, le Percuteur interrompit son élan, se redressa, chercha la direction du vent et huma l'air. Il avait un front bas, une voûte crânienne épaisse et des arcades saillantes. Des méplats accusés et un nez plutôt large contrastaient avec des yeux perdus dans leurs orbites profondes. Ses avant-bras étaient épais, le tronc puissant, les jambes courtes, arquées. Debout, il était un peu voûté et se dandinait sans cesse de droite et de gauche.

Au premier coup d'œil, il sentit que la bande aurait encore une fois à craindre le feu d'En-Haut. Il émit un premier son, puis une série de sons modulés, découvrant une denture puissante. Aussitôt, celui qui gardait le feu activa la braise. Ce fut trop tard. La fulguration soudaine déchaîna une pluie de soufre qui jeta la panique parmi les Grosses-Têtes. Ils n'osèrent pas regarder l'espace d'En-Haut, s'agglutinèrent, tremblant de tous leurs membres. Bientôt la petite lueur vacilla, puis s'éteignit.

* * *

Les Grosses-Têtes avaient tenté tant bien que mal d'aménager des abris au pied des blocs calcaires qui s'élevaient à d'impressionnantes hauteurs. Mais la nourriture se faisait rare et, surtout, ils avaient perdu le feu. Ils poursuivirent leur errance. Ils savaient que des animaux hantaient la région, puisque des carcasses jonchaient le parcours. Les effluves de quelque chair pourrissante leur parvinrent, mais les prédateurs les devancèrent.

Ils gravirent des pentes abruptes, traversèrent d'immenses espaces arides, franchirent des forêts de pierre, bravèrent le soleil de plomb. Les plus vieux moururent. Les plus petits également. De partout, les charognards se lancèrent sur les cadavres. Les Grosses-Têtes essayèrent en vain de les disperser.

Beaucoup plus tard, le Pisteur découvrit un énorme pilier rocheux qui semblait soutenir une voûte dans laquelle s'ouvraient de nombreux passages. Ils s'enfonçaient dans les profondeurs de la terre. C'est à cet endroit que les Grosses-Têtes s'installèrent.

* * *

Le Percuteur reconstitua un cercle de pierres. Lorsqu'il obtint le fragment à rebord vif qu'il avait imaginé, il le manipula quelque peu avant de le déposer devant lui. Il ramassa ensuite une pierre à la base épaisse, non façonnée, et à l'extrémité peu effilée. Puis, sans le moindre avertissement, il bondit hors du cercle, fondit sur celui qui gardait le feu et le frappa en plein front. Le sang jaillit immédiatement. Des mâles traînèrent alors le corps inerte à l'intérieur de l'enceinte. Le Percuteur, ayant léché le sang sur la pierre, ramassa le fragment et, d'un coup net, ouvrit le crâne du cadavre avant de le dépecer tout entier.

Plus tard, pendant que les Grosses-Têtes se partageaient encore les restes fumants de celui qui gardait le feu, le Percuteur acheva la gravure d'une figure grossière qu'il avait entreprise à même la paroi rocheuse. Il posa sa main au centre de l'empreinte, inspira profondément, puis, d'un souffle violent et en poussant un cri, projeta directement sur sa main la mixture de sang et d'ocre qu'il retenait dans sa bouche. Lorsqu'il retira sa main, son empreinte se détacha nettement sur la pierre.

* * *

Les brumes se dissipaient encore lorsque le Pisteur, excité, revint en faisant de grands signes. Les mâles de la bande se munirent de leurs épieux, des armes de pierre et des quelques coups-de-poing dont ils disposaient encore.

Sur les pentes les plus abruptes, des bouquetins, aux longs manteaux couleur de terre, se moquaient du vide. Les Grosses-Têtes avaient déjà chassé ces animaux. Leur fourrure ainsi que leurs cornes et leurs sabots leur avaient été d'un précieux secours pour combattre le froid et fabriquer des armes. Les Grosses-Têtes se souvenaient que, menacées, ces bêtes ne se terraient pas; elles fuyaient en bondissant sur les parois les plus hautes, les plus inaccessibles, utilisant leurs sabots pour s'agripper à la moindre aspérité et s'ancrer à la pierre.

Les chasseurs se divisèrent en deux groupes. Le premier, constitué des mâles les plus agiles, devait contourner la corniche, y grimper et forcer les bouquetins à se disperser dans tous les sens; le second rabattrait alors les bêtes les plus lentes.

19

Ceux de la corniche traquèrent finalement une femelle qui s'était réfugiée à l'ombre d'un surplomb. Lorsqu'ils l'atteignirent de leurs pierres avant de l'achever à coups de biface, elle léchait encore un cabri minuscule, tout frissonnant et humide, blotti contre son ventre.

Deux chasseurs aux prises avec un bouquetin mâle furent précipités dans le vide et s'écrasèrent sur les pierres. La bête fila aussitôt à la verticale.

Les grandes ombres gagnaient la terre lorsque les chasseurs revinrent à l'abri. Ils transportaient le bouquetin, le cabri et les deux cadavres des chasseurs. Ils les dépecèrent, se partagèrent les restes et s'adonnèrent en silence à un festin de chair crue.

1

La pluie noyait les terres de Vimy, transformant les tranchées en murailles de boue, forçant les hommes à s'enliser dans de véritables coulées d'égout. Au sortir de leurs courts sommeils, ils essayaient d'activer leurs membres gourds et de secouer cette torpeur qui alourdissait la moindre pensée. Les reliefs osseux des visages s'accentuaient un peu plus chaque jour. La tristesse possédait tous les regards. Les gestes devenaient las. La paille pourrissait et la sueur collait à la peau. Tout semblait disparaître sous la terre.

Au fond de la tranchée, les hommes en kaki se terraient comme des bêtes. Chaque fois que les tirs allemands balayaient les parapets de terre mouillée, ils se raidissaient un peu plus. La peur se lisait sur les visages blêmes. Les privations les marquaient affreusement : leurs os étaient saillants, les orbites creuses. Pour la plupart, les regards gardaient encore les traces d'une innocence juvénile.

Ils étaient si sales que l'idée même d'une quelconque pureté ne leur venait même plus à l'esprit, pas plus d'ailleurs que celle d'une heure d'amour. Tout, à leurs yeux, prenait des allures d'immondices, de fange, de pourriture. Ils se battaient sournoisement pour une lampée de mauvais alcool, un mégot encore brûlant, un morceau de pain moisi, une boulette d'opium, un peu de morphine dérobée au poste de secours.

Ces êtres crottés grondaient, geignaient, s'invectivaient, criaient brusquement quelque grosse blague obscène, se livraient à une vague bouffonnerie, puis, sombrant dans la pire mélancolie, se serraient frileusement autour des maigres feux. Ils s'accrochaient ainsi à leur misère sans autre motif défini que celui d'un prochain assaut à travers les champs de la mort.

* * *

Le docteur Philip Scott se hâtait vers le poste de commandement. Il n'avait pas l'habitude de la tranchée. Lorsqu'il s'y rendait, c'était par obligation. Il se trouvait alors plongé dans un espace de souffrance. Le sillon meurtrier, comme il imaginait ces terriers de la guerre, broyait aveuglément jusqu'au passé récent de ces hommes qui, la veille encore pour la plupart, n'étaient que des écoliers.

Pour le médecin qu'il était, le théâtre des horreurs se trouvait là-bas, dans le poste de secours enfoui sous la terre. C'est là qu'à chaque instant il était confronté à toutes les peurs réunies dans un regard d'agonisant. Les traits de chaque homme qui abandonnait sa vie entre ses mains se gravaient à jamais dans son esprit, comme pour lui rappeler que l'échec devant la mort était désormais le sien.

Au rythme d'une laborieuse progression, il semblait à Philip Scott que la pluie glacée qui tombait sans relâche depuis des semaines ajoutait à la sauvagerie de cette guerre. Avant qu'il ne quittât son pays, le Canada, la guerre représentait à ses yeux un déchaînement prévisible des forces de l'homme; une sorte de névrose collective menée par des obsessions héroïques. Maintenant, il n'y voyait plus que le foudroyant achèvement d'un instinct criminel.

La boue débordait les bottes de Scott et l'engloutissait parfois jusqu'à mi-mollet. Il devait arracher chaque pas à la fange. Du revers de la main, il essuyait ses yeux rougis, repoussant du même geste machinal la mèche rebelle qui lui collait au front. Soudain, un obus frappa de plein fouet le remblai, parsemant d'éclats meurtriers le fond de la tranchée.

Sous la violence du choc, Scott fut projeté dans la boue. Il resta quelques instants le visage collé à la glaise, puis se releva péniblement, le regard absent. Les hommes s'interpellaient, anxieux d'entendre la voix des camarades.

De nouveaux obus tombèrent à proximité, soulevant d'autres gerbes de boue. Scott scruta le pan de ciel gris au-dessus de la tranchée. Aussitôt lui vinrent des images du bout du monde : la grande maison mansardée avec sa façade ouverte sur l'Atlantique, les houles océanes, le martèlement des vagues. Elle craquait de tout son bois, cette vieille résidence gaspésienne, se souvenait-il. Au-dessus de l'âtre centenaire aux grosses pierres noircies, il y avait le fusil de chasse de son père. C'est à la fenêtre de cette grande maison que Philip Scott se tenait, un soir d'octobre 1915, alors que des milliers d'hommes s'apprêtaient à traverser l'Atlantique, avec ses colères et ses rumeurs rugissantes, pour aller sauver ces terres de Flandres qu'ils n'avaient jamais vues. Du bastingage, chargés d'un fourbis de combat encombrant, ils avaient salué de leurs gestes juvéniles une terre qu'ils ne reverraient plus. Ils ne savaient pas encore qu'au bout de la longue traversée ils découvriraient le théorème de la souffrance. Celui qui démontre que tous les mondes et toutes vanités conduisent à la fatalité de la mort. Ils ne savaient pas alors que, dans les plis boueux de ces landes, ils ne reconnaîtraient plus un seul visage, tant la furie de la guerre allait tout déchaîner. Il avait fallu, ce soir-là, plus de trois heures à la file de navires, longue de trente kilomètres, pour passer du port de Gaspé au golfe du Saint-Laurent, se disposer en trois lignes de front et mettre le cap sur l'Angleterre. Ce n'était pas l'angoisse d'une lointaine guerre qui préoccupait ces hommes, c'était la traversée de cet océan qui, trois ans plus tôt, avait englouti le *Titanic*. Scott avait gardé de ce départ l'image de gigantesques rochers détachés du continent, dérivant vers le large, emportés par des masses grouillantes de fous de Bassan.

Moins d'un an plus tard, Scott lui-même voyait disparaître au loin les falaises gaspésiennes. Au pire, disait-on, cette guerre ne devait durer que trois semaines, le temps de voir pousser les coquelicots. Il avait maintenant passé deux ans dans le ventre de la terre et maudit le genre humain chaque fois qu'il voyait ses propres mains rougies du sang des mutilés des trous à rats. À perte de vue, des corps crevés de plaies béantes. Et les brancards. C'était une procession sans fin de corps inertes, couverts de boue, rangés devant le poste de secours comme des gisants de pierre.

D'autres sifflements rageurs ramenèrent Philip Scott à la réalité. Finalement, après des minutes qui lui semblèrent une éternité, il put gagner le poste de commandement.

* * *

Les officiers prirent place en silence. Ils retirèrent leurs capotes et les donnèrent à sécher aux ordonnances. On leur distribua une ration de rhum. On leur offrit aussi des cigarettes. En quelques instants, le poste de commandement fut rempli d'une épaisse fumée. Les présentations furent rapides. Ici et là, une main s'abattait familièrement sur l'épaule d'une lointaine connaissance, confrère de collège militaire ou compagnon de traversée, si bien que, après quelques instants de coudoiement et de familiarité militaires, on passa vite aux anecdotes de guerre. De brefs éclats de rire faisaient oublier la gravité du moment.

Aussitôt que le colonel Gerbier entra dans le poste de commandement en secouant lourdement la boue qui collait à ses bandes molletières, le ton baissa.

Le petit homme prit place au bout d'une grossière installation qui servait de table de travail : quelques caisses vides de munitions sur lesquelles on avait jeté une bâche. Gerbier avait le front haut, barré de deux profondes rides, des yeux noirs, une moustache fine, bien taillée, qu'il lissait sans cesse. Il tira quelques bouffées de sa vieille pipe anglaise, au fourneau craquelé et noirci.

Ce fut l'adjudant d'état-major qui prit la parole. Il mentionna au commandant que l'officier de liaison et l'officier signaleur de l'état-major avaient été tués tous deux, ainsi que les commandants des compagnies B et C, avec quatre de leurs commandants de peloton. Le commandant de la compagnie A, blessé, et cinq commandants de peloton, blessés également, étaient demeurés au feu.

Gerbier baissa les yeux, tapota le bord d'une caisse avec sa pipe, puis se leva lentement.

— Messieurs, commença-t-il d'une voix un peu rauque, les commandants des armées britannique et française se sont mis d'accord sur l'assaut de la crête de Vimy. Ce sont les Canadiens qui mèneront l'opération...

Il se dirigea vers une carte sommairement épinglée sur des planches. En quelques phrases, il rappela au groupe que les Allemands occupaient cette crête depuis la première semaine d'octobre 1914 et que les Français y avaient laissé deux cent mille hommes. Il toussota puis avala prestement le petit verre de rhum qui avait été déposé à son intention. Puis il reprit son propos en disant que les Allemands contrôlaient une barrière de quinze kilomètres de longueur. Une autre pause, le temps de scruter les visages blafards de ces hommes à qui il demanderait dans un instant de mener une dizaine de milliers de soldats à la mort.

— Messieurs, notre front d'attaque va se déployer sur sept mille yards. L'attaque sera soutenue par mille canons et obusiers. Au moment de l'attaque, le barrage s'allongera de cent yards toutes les trois minutes...

Les officiers s'agitaient. On échangeait de longs regards.

— L'assaut, poursuivit-il, est fixé à cinq heures trente, le 9 avril, c'est-à-dire après-demain...

— Mais c'est le lundi de Pâques! lança d'une voix forte l'aumônier Viateur Martin.

— C'est exact, *padre*, fit le commandant. Vous pouvez remercier le bon Dieu... Elle aurait bien pu avoir lieu le jour de Pâques... Des questions?

Un officier leva la main. Le commandant Gerbier connaissait bien cet homme aux traits énergiques et aux yeux remarquablement vifs. Le «doc», comme l'appelaient volontiers les soldats. Pas très bavard, quelque peu distant, ténébreux même.

— Capitaine Scott...?

— Commandant, nous avons une pénurie de morphine et il nous faudrait beaucoup plus de pansements et d'instruments de chirurgie... Mais, ce qui est beaucoup plus important, il faudrait un chirurgien de plus...

— Soyons réalistes, capitaine Scott, fit le commandant d'une voix ferme. Dans les meilleures conditions, nous perdrons au bas mot dix pour cent de nos troupes; dans les pires, ajoutez cinq pour cent; il faudra donc faire avec ce que vous avez.

Un à un, les officiers retournèrent dans la boue des tranchées. Les explosions avaient diminué. On entendait distinctement les gémissements des blessés.

Au-delà des tranchées ne subsistait qu'un espace morne. Aucun arbre n'avait survécu. Des troncs calcinés se dressaient vers un ciel absent. Au sol, c'était le charnier. Des cadavres de soldats gisaient sur le dos, sur le ventre, tous démesurément gonflés, parmi des chevaux morts, les flancs ballonnés, les pattes raidies.

Philip Scott, l'œil hanté par cette abomination, se hâta vers le poste de secours. À deux ou trois reprises, il dérapa dans les flaques gluantes. Puis il buta contre un prisonnier allemand. Une large tache sombre marbrait les linges enveloppant son ventre. Scott héla des brancardiers. Il glissa une cigarette entre les lèvres bleuies du blessé. Le regard éteint, l'Allemand inclina mollement la tête. Ses mèches blondes tombèrent sur ses yeux. Scott sut que la vie quittait ce corps encore juvénile et qu'il n'y pouvait rien. Là-bas, dans le passage souterrain, des dizaines de blessés fréquentaient déjà l'antichambre de la mort. Des hommes du pays.

* * *

Des jurons fusaient. Le claquement sec des culasses indiquait que les armes s'enrayaient.

— Des balles...! On a besoin de balles! criait-on avec un accent de panique.

Certains soldats se jetaient brusquement dans la boue glacée, vomissaient, puis, relevés à moitié, se tenaient le ventre, haletants. D'autres pleuraient en silence.

Avec des bruits de gros insectes, les volées de balles piquaient sournoisement dans les sacs de sable ou dans les flaques d'eau. Çà et là, des hommes tombaient les bras en croix, les yeux déjà éteints, la capote tachée du sang frais qui giclait au rythme des derniers battements. On hurlait aussitôt :

— Brancardiers ! Brancardiers... !

Ceux-là rampaient vers les corps convulsés que la mort possédait à moitié. Le temps de les sentir s'abandonner après quelques tentatives désordonnées pour agripper les bras qui les hissaient sur les brancards.

Aux sifflements aigus succédaient des détonations aux sons graves. Elles déchiraient l'air froid, envoyant des vibrations de tremblement de terre d'un bout à l'autre de la tranchée. Le roulement lugubre provoquait en plusieurs endroits de véritables éboulis. En retombant, les gerbes de terre soulevées par les explosions devenaient des amas de cailloux et de fragments d'acier. Elles ensevelissaient les hommes. Hébétés, jetés pêle-mêle, les uns jurant, les autres priant, ils s'agrippaient davantage aux saillies des parois de la tranchée, dont le sommet dépassait à peine la hauteur d'un homme.

La pénombre gagnait. Encore quelques détonations hargneuses, des répliques à toute volée du côté des Canadiens français, la vibration isolée d'un obus qui déterrait des racines déjà broyées, puis la rumeur guerrière se mettait à décroître, un peu comme la marée gaspésienne sur son baissant.

* * *

Les hommes chuchotaient dans un silence de nuit. Le froid qui pénétrait avec l'eau de pluie les moindres plis et recoins leur raidissait les articulations.

— J'suis écœuré de veiller toutes les nuits au milieu des cadavres...

— On devrait avoir le cœur d'les enterrer! Les officiers pourraient s'arranger avec les Boches... Y'a assez de trous d'obus pour que chacun ait sa tombe.

Une ombre surgit près des hommes. Ramassé sur lui-même, l'aumônier Martin, un doigt sur la bouche, calma aussitôt les soldats.

— C'est vous, *padre*? fit une voix.

— C'est certainement pas un des mecs d'en face, chuchota le prêtre avec un accent railleur.

— Toujours à fouiller pour vos cailloux?

— Ça me fait oublier tout le reste... Je peux compter sur vous?

— Sûr, *padre*!

Toujours à demi-accroupi, l'aumônier continua son étrange périple nocturne.

On entendit bientôt des bruits de pas dans l'eau bourbeuse de la tranchée, accompagnés de quintes de toux étouffées. Les nouveaux venus s'identifièrent à voix basse.

— Y'a un p'tit feu avec du café, là-bas, fit l'un d'eux dès que la relève eut murmuré le mot de passe.

— As-tu entendu la rumeur? souffla un autre.

— Quoi? La grosse attaque...? Ça fait des mois qu'y disent que c'est pour demain...

— C'est pour demain!

— Dis, c'est le chercheur d'os qui est encore venu rôder?

— C'est pas un chercheur d'os. C'est un savant, si tu veux savoir... Un vrai!

— Ouais! J'connais pas de prêtre chez nous qui demande qu'on lui donne tous les os qu'on trouve en creusant des trous puants! Il faut avoir des instincts de vampire pour faire ça!

* * *

Le soldat Tardif, un jeune homme pâlot au visage boutonneux, lança des regards apeurés alentour. Il remarqua que, parmi ces hommes recroquevillés, les copains qui étaient au saillant d'Ypres n'étaient plus là. Pas plus que ceux qui s'étaient battus à Zillebeke, au bois du Sanctuaire, sur la côte 60, à Saint-Éloi, moins d'un an auparavant.

Des hurlements de douleur le ramenèrent brutalement à la réalité de ce vendredi saint de 1917. Déjà les brancardiers étaient à l'œuvre.

— C'est l'enfer, gémissait Tardif.

— Tu sais ce que c'est, l'enfer? grogna son voisin de tranchée. C'est quand les brancardiers se noient dans un pied d'eau et qu'à côté de toi y'a des gars pleins de shrapnels qui veulent que tu les achèves, mais qu'y te reste même plus une balle... C'est ça, l'enfer, Tardif.

Les mitrailleuses allemandes crépitaient sans relâche. Les balles sifflaient de si près qu'on eût dit un essaim de frelons. Tardif tremblait de tous ses membres. Malgré lui, il urina. En même temps que le liquide coulait le long de ses jambes, l'odeur âcre lui montait au visage. Il sentit qu'il allait défaillir. Il se contenta de vomir. Une voix lui souffla à l'oreille :

— Tiens, prends-en un peu ; ça va t'empêcher de chier dans tes culottes...

L'autre lui pressa une petite boulette visqueuse dans la main.

— C'est quoi ? balbutia Tardif.

— C'est comme une chique ; t'as qu'à avaler, tu vas te sentir... Tu verras bien !

Tardif hésita, puis porta la boulette brunâtre à sa bouche. Il l'avala en grimaçant.

* * *

Arc-boutés, soufflant à pleine poitrine, les yeux fixés sur les blessés secoués comme des baudruches par les tressautements des convoyeurs, la douzaine d'hommes qui poussaient les trolleys s'enfonçaient dans le passage ténébreux. Le clapotement de la boue avait fait place au crissement des roues contre l'acier des rails.

Dans l'immense souterrain aux parois suintantes, la lueur du jour pâlissait vite. Seul subsistait un faible halo.

L'ombre démesurée de leur course se profilait sur les pans des murailles, alors que de brusques frissons provoqués par leurs élans de charretier parcouraient leurs échines mouillées.

Certains blessés, ils le voyaient bien, achevaient de saigner. D'autres faiblissaient dangereusement. Les traits crispés, les veines saillantes, les hommes pressaient la cadence. Sous le souffle brutal, ils exhalaient une légère buée.

Un blessé s'abandonnait. Les hommes lui criaient de s'accrocher, mais il n'avait plus de sang. Un dernier spasme de volonté l'agita. Aussitôt les traces de la douleur s'effacèrent de son visage. Un œil restait entrouvert.

Au bout de cette course contre la mort, le convoi s'arrêta devant le poste de secours. Une simple croix rouge sur une porte basse marquait l'endroit. Des brancards encombraient la place, parmi des caisses, des conduits d'eau à ras le sol, des fils téléphoniques. L'intérieur n'était guère mieux. Une lumière jaunâtre éclairait ce lieu de souffrance. Des blessés partout. Trois tables d'opération et des lits métalliques, tous occupés. Des étagères débordant de flacons, de rouleaux de gaze, de serviettes ; des baquets d'eau et une table parsemée d'instruments chirurgicaux.

À peine les soldats avaient-ils déposé les blessés nouvellement arrivés que des infirmiers les examinaient aussitôt afin de déterminer les cas les plus graves.

— Morphine... ! Vite, morphine ! criait un infirmier.

Les gémissements se prolongeaient, lancinante mélopée de l'horreur, dominés brusquement par des cris de douleur.

— Fermez-lui la gueule ! rageait alors un blessé. Y'est pas tout seul à mourir !

L'aumônier Martin circulait entre les brancards, réconfortant les uns et les autres. Philip Scott, de son côté, évaluait d'un coup d'œil chaque blessé. À l'affût d'un signe de tête, d'un geste, d'un ordre précis du médecin, les infirmiers agissaient immédiatement. Ils retiraient un blessé de la table d'opération, en déposaient un autre, dégageaient les plaies, administraient les doses de morphine.

Avec leurs yeux noyés de souffrance et de fièvre, ces hommes étendus avaient perdu leur rudesse de soldats. Seule une peur mortelle possédait maintenant ces êtres hâves aux lèvres couleur de cendre et aux membres exsangues. Celui-ci avait eu la mâchoire inférieure arrachée; il n'en restait qu'une masse de chair informe. Celui-là avait le ventre crevé avec une partie des intestins mis à nu. Un autre, la jambe déchiquetée. Le sang qui giclait des plaies éclaboussait les infirmiers qui retenaient les blessés pendant que les mains de Philip Scott fouillaient les chairs pour en extraire les balles, les fragments de métal, les éclisses de bois, les débris de terre.

Le sol du poste de secours rougissait un peu plus à chaque heure. C'est à grande eau et au même rythme qu'il fallait le nettoyer. Scott opérait en silence, avec des gestes d'automate, les dents serrées, le visage marqué par une colère contenue. Il n'entendait plus les cris et les râles de ces mutilés, mais il sentait venir cette mort qui les frôlait lentement. Au moment de l'ultime étreinte, leurs membres raidissant peu à peu, ils agitaient faiblement les lèvres, balbutiaient une prière, battaient convulsivement des paupières, cherchaient à étreindre une main amie. Puis leurs yeux grands ouverts perdaient leur couleur de haine.

Une odeur aigre de bête traquée, mêlée aux vapeurs d'éther, envahissait les lieux, provoquant des quintes de toux incessantes. La gorge nouée, serrant les poings, les infirmiers réprimaient un haut-le-cœur. Ils sortaient un instant dans le passage souterrain, où leur parvenait l'écho assourdi des combats, puis soulevaient un blessé dont ils ne distinguaient encore que la silhouette. Un concert de protestations s'élevait aussitôt.

Dans la lumière pâle du réduit, les yeux embués d'un soldat aux allures juvéniles voyaient confusément le flot de sang qui poissait son côté droit. Agité de spasmes, il ne cessait de geindre.

— Ne me coupez pas... Ne me... coupez pas... le bras..., le... bras, bégayait-il.

Pendant qu'on le déposait sur la table d'opération, il tendait faiblement le cou et se cramponnait aux infirmiers de son bras valide.

— Double dose, ordonna Philip Scott.

Un infirmier injecta la morphine. Scott écarta délicatement les lambeaux de la vareuse. Des fragments d'obus étaient visibles, soudés à l'humérus éclaté. L'avant-bras était arraché. Scott passa une serviette humide sur le front lustré de sueur du jeune soldat. Il vit la poitrine décharnée d'où saillaient les clavicules. «Il est si maigre, pensa-t-il. Il le sera encore davantage quand il aura un bras en moins. Tout ce sang qu'il a perdu!» Il n'y avait rien à faire, et il ne le savait que trop bien.

— Pas de temps à perdre, lança-t-il. Il n'a presque plus de sang...

Un infirmier appliqua fermement des compresses d'éther sur le visage du blessé. Ce dernier remua à peine les jambes avant de sombrer dans l'inconscience. Déjà Scott sectionnait les chairs, comprimait les artères, sciait ce qui restait d'os. En vain. Il sentit l'affaissement soudain du thorax, vit les narines qui se pinçaient, nota l'absence de souffle.

— *Padre*, murmura-t-il, pour vous maintenant!

Les infirmiers enlevèrent le corps. L'aumônier le signa rapidement tout en gardant les yeux rivés sur Philip Scott. Les mâchoires serrées, le jeune médecin contenait mal un sentiment de révolte.

— Quelqu'un peut prendre ses bottes, fit-il à voix haute. Il n'en aura plus besoin!

D'un geste rageur, Scott lança le scalpel sanglant parmi les instruments épars sur la table.

Le blessé suivant donnait l'impression de flotter, sans effort, sans douleur, dans un monde de brumes. Il grimaçait comiquement, s'étonnait de ces mains qui l'agrippaient, le hissaient sur la table d'opération encore mouillée. Pourtant, il avait un pied affreusement déchiqueté. Il regarda Scott avec des yeux exorbités.

— Vous les avez trouvés? répétait-il sans cesse. Vous les avez trouvés?

Étonnés, les infirmiers interrogeaient Philip Scott du regard. Ce dernier leur répondit par un haussement d'épaules.

— Trouvé qui, quoi? demanda Scott doucement.

— Vous les avez trouvés? recommença le blessé. C'est impossible...! Impossible! Y'en a trop...! Beaucoup trop!

— Il délire, fit un infirmier.

— Du calme, murmura Scott. On va prendre soin de toi...

Pris d'une soudaine terreur, le jeune soldat lui saisit la main.

— Des rats...! Des millions de rats...! Partout des rats!

Un mince filet de salive brunâtre s'écoulait de sa bouche. Scott en préleva une goutte, la porta à sa propre bouche pour la recracher aussitôt. Cette saveur aigre-douce lui était familière : de l'opium. Scott comprit que le blessé avait basculé dans un univers artificiel où les visions surgissaient des ténèbres : chœurs démesurés, clameurs, trous fangeux, espaces immenses, monstres. Jusqu'à succomber aux horreurs en se tirant lui-même une décharge à bout portant dans le pied.

Le soldat Tardif émergea de son abandon. Il regarda béatement Philip Scott pendant que les infirmiers nettoyaient les restes de son pied.

* * *

Le père Viateur Martin tâtonna dans le noir pour trouver la lampe suspendue à une des poutres de soutènement du minuscule abri qui jouxtait le poste de secours. Il tira une allumette de sa poche et la frotta. Elle grésilla, jetant une lueur mourante dans l'espace clos. Martin la plaça contre la mèche. Une courte flamme jaillit aussitôt.

Le prêtre vit Philip Scott affalé à plat ventre sur son lit de camp. Il n'avait pas eu la force de retirer ses vêtements souillés. Son bras droit pendait mollement, les doigts effleurant son journal encore ouvert à une page à demi remplie.

Viateur Martin se pencha pour lire.

Aujourd'hui, aucun des hommes de cette guerre ne saurait dire s'il reste une parcelle d'âme au fond de lui. Nous nous égorgeons pour des carrés de terre inculte. Même les coquelicots ne veulent plus y pousser. Pas une pierre n'échappe à la profanation. Cette guerre qui ne devait durer que quelques semaines n'en finit plus. Elle engloutit tout ce qui annonce la vie : les enfants, les villages, les récoltes, les papillons, les saisons, l'amour. Je ne sais pas si je parviendrai à oublier ces horreurs. Il faudrait plusieurs vies.

«Des mots terribles», pensa Martin, bouleversé par ce bref réquisitoire. Cela le vieillissait affreusement; le laissait sans argument devant une telle vision de l'humanité.

L'humidité de l'endroit avait fait place à une tiédeur pénétrante. Le prêtre défit lentement ses bandes molletières, retira ses lourdes bottes, puis, en bâillant, passa une main dans sa chevelure drue, parsemée de poils blancs. Philip Scott dormait la bouche ouverte, et il avait le souffle rauque. De temps à autre, il s'agitait, geignait, toussait quelque peu, comme si son esprit émergeait d'un cauchemar pour y replonger aussitôt.

D'un geste, Martin éteignit la lampe, dont la clarté blême fit place à l'obscurité. Il s'étendit sur le lit de camp et sentit son dos qui creusait le matelas. Il était épuisé, mais ne s'endormait pas. Son cerveau, excité par un va-et-vient machinal, l'arrachait à la nuit de guerre et l'emportait vers d'autres terres sombres : les badlands.

Les «mauvaises terres» : ainsi nommait-on ces contrées aux sols nus, creusés de ravines, où, en 1877, des chercheurs de dinosaures avaient déterré des ossements enfouis depuis des millions d'années. On parlait d'une chasse aux trésors. Des centaines de fossiles consacraient des espèces nouvelles, avec des noms fantaisistes : tricératops, corythosaurus, diplodocus, ptéranodon; tous plus évocateurs les uns que les autres du chaos indescriptible d'un passé lointain. Ces restes énormes avaient été mis au jour dans le Wyoming, le Nebraska, le Montana, le Dakota, le Colorado.

Tous ces récits avaient fait grande impression sur le jeune jésuite aux prises avec les doutes de son époque : l'âge de la vie humaine, l'apparition de la première intelligence, l'âge de la Terre. Il avait lentement rangé la Bible et s'était lancé à corps perdu dans l'étude des théories de Darwin, de Lamarck, de Cuvier, de Mortillet, de Malthus. L'évolution changeait tout, en commençant par la finalité de la vie. Mais il ne trouva aucun dogme appuyé sur des principes sûrs et démontrés. Partisans et détracteurs s'acharnaient avec le même fanatisme à soutenir ou à détruire le discours des savants.

Pendant plus de cinq ans, Viateur Martin oscilla entre le catastrophisme et l'évolutionnisme, le premier se réclamant du discours biblique. Mais rien de cela n'expliquait véritablement l'apparition de l'humanité. La vaste matière livresque demeurait essentiellement tributaire des mythes fondateurs qu'étaient l'action créatrice, l'ordre déterminé et les parents imaginaires. Toujours sans la moindre trace dans la pierre, sinon la découverte d'ossements humains dans la vallée du Neander et à Java.

C'est en 1909 que Viateur Martin arriva à Medora, un patelin perdu du Dakota du Nord. Il n'y avait guère plus de deux cents habitants dans ce coin de l'Ouest américain blotti entre des escarpements dénudés. Theodore Roosevelt entamait la dernière année de son deuxième mandat présidentiel. Lui aussi avait succombé à la passion des badlands. Il y avait chassé le bison. C'était ainsi, selon lui, qu'on devenait un homme, dans ces badlands où naquit véritablement l'Amérique. Terre des Sioux, dernier refuge des bisons, horizon sans bornes, mirage de l'aube des temps ; tout cela évoquant des cauchemars sculptés dans le roc et droit sortis de la préhistoire.

À Medora, Viateur Martin avait entendu l'histoire des éleveurs des badlands, celle de la première ligne de chemin de fer et, surtout, l'histoire du massacre de millions de bisons, bien entendu par les Blancs. Avec un guide amérindien, il s'était aventuré au cœur des badlands, une bande de terre large de trente kilomètres et longue de trois cents, qui courait de chaque côté du Petit Missouri. Ce fut un choc pour l'âme. Martin avait compris que ces lieux donnaient un sens aux origines des choses. Selon lui, à toute l'histoire de la vie terrestre.

Il n'y avait pas d'ombre, pas d'abri, pas d'eau dans les badlands. Presque rien n'y poussait. À perte de vue s'alignaient des assemblages monstrueux de calcaire, de grès, de schiste. Les vents y taillaient la pierre.

Martin se rappelait bien la vision immense d'une terre rongée. Quelques millions d'années auparavant, elle avait été une interminable plaine marécageuse dominée par les dinosaures. Cela jusqu'à ce que les forêts se furent fossilisées et que le feu de la terre les eut pétrifiées. Le jour vint alors où le soleil se leva sur un océan de pierre. C'est avec ce désordre que Martin avait communié.

Trois mois plus tard, sans avoir trouvé le moindre fossile, il était revenu au pays, purifié. Ce n'était pas Dieu qu'il avait trouvé, mais une passion folle pour le mystère des origines de l'homme. Pour percer ce mystère, il avait compris qu'il fallait remuer les pierres du passé. Victor Hugo l'avait déjà écrit : «Le genre humain n'a rien pensé d'important qu'il ne l'ait écrit en pierre.» Une vérité qui concernait autant les cathédrales gothiques et les dolmens de Bretagne que les cavernes des primitifs. Il n'y avait qu'en surface que la longue mémoire était absente, en avait déduit Martin. Pour la retrouver, il fallait donc creuser, descendre. Plus bas se trouvait le passé véritable des humains, chaque couche d'un mètre récapitulant une centaine de siècles.

La terre était sacrée, s'était-il dit, non pas à cause de Dieu, mais parce que l'homme s'était laissé difficilement inventer. La lenteur de l'humanité à sortir de l'anonymat de ses origines, à déterminer sa généalogie et ses filiations, expliquait un peu ces zones d'ombre et de mystère. L'échelle des temps n'était pas déterminée, ce qui faisait du million d'années une parcelle d'une odyssée autrement plus longue.

La grande question demeurait, pour le prêtre : Dieu est-il Dieu? Ou est-ce plutôt l'homme qui devint Dieu? Comment croire à l'éternité d'avant la Genèse autant qu'à celle annoncée pour après la fin des temps ? Au cœur des badlands, Martin avait eu une sorte de révélation : il lui était apparu que l'éternité qui avait précédé l'apparition de la vie sur terre avait été une longue respiration, un espace lisse, sans bruit, qui avait attendu que l'horloge du temps se mette en route. Une première nature morte. Loin de lui, désormais, les Écritures. Car, selon les textes bibliques, l'humanité serait arrivée par souffle divin, un matin d'octobre de l'an 4004 avant le Christ. N'était-ce pas ce que les milieux religieux tenaient pour digne de foi au XVIIe siècle ? Ce même siècle d'ailleurs où Galilée avait dû, à genoux devant le tribunal du Saint-Office, abjurer son opinion d'un Soleil qui serait le centre du monde et autour duquel la Terre se déplacerait. Tout regard dirigé sur le monde, dès lors qu'il paraissait porteur d'une certaine menace pour les gardiens d'un système instauré par Dieu, devenait suspect. Disait-on aujourd'hui que Galilée avait eu raison contre Dieu ? Non. On admettait qu'il avait eu raison de remettre en question l'image du monde qui prévalait depuis Aristote. Qu'avait fait Galilée ? Simplement dirigé sa lunette vers le ciel pour mieux voir la Lune et les étoiles. Trois siècles plus tard, il n'avait toujours pas eu l'absolution de l'Église.

Drôle d'Église, pensait Martin. Elle répandait le savoir théologique par toutes les façades, les porches et les tours de ses cathédrales : l'histoire de la Création, du péché, des prophètes, de la rédemption, du Jugement dernier. Pour elle, chaque cathédrale représentait l'idée que Dieu s'était faite de l'homme. En réalité, elles étaient des vaisseaux de pierres, chargés de tant de trônes de rois, de reines, de saints qui pèsent les âmes pour les diriger vers les anges ou les démons, et d'une effrayante ménagerie de gargouilles et de dragons, pour constituer, en définitive, l'explication totale du monde.

Alors quoi sinon le rythme très lent d'une infinité de siècles ? Et quoi encore ? La chute, le crime de Caïn, le déluge, la Nouvelle Alliance, la tour de Babel, Sodome et Gomorrhe, l'Exode, les plaies d'Égypte, la Terre promise, les Lamentations, le Nouveau Testament, l'Apocalypse ? Tout cela en un peu plus de quatre mille ans ? Ridicule ! L'homme savait depuis au moins vingt mille générations que son destin était d'être mortel. Il le sut dès qu'il captura le feu. Car, dès lors qu'il surpassa le mammouth, l'hipparion et le singe, il chassa des profondeurs encore obscures de son esprit tous les dragons. Et il découvrit l'angoisse du savoir. La pierre devint le premier refuge de la mémoire ; la caverne, le ventre de l'humanité. Mais la question demeurait, entière : quel homme ?

Jusqu'à la découverte du crâne de l'homme de Neandertal en 1856, et, trente-cinq ans plus tard, des fragments de l'homme de Java, personne n'avait jamais vu de fossile humain. Aujourd'hui encore, on concevait mal l'existence d'hommes préhistoriques différents de l'homme moderne. Ne devenait-il pas impératif de remonter au stade le plus ancien de l'humanité, maintenant que la succession des couches sédimentaires et des espèces animales était établie ? Ne devait-on pas dépasser la vision d'un genre humain oscillant entre les âges du bronze et du fer ? Ne fallait-il pas poser l'hypothèse que les premières formes de l'intelligence humaine avaient habité une multitude de vallées, y laissant d'autres traces que des pointes de silex et des pierres polies ?

Pour Martin, la guerre n'avait rien changé. Parfois, il se disait qu'il demeurait prêtre par lâcheté. D'ailleurs, chaque fois qu'il prenait la Bible dans ses mains, il se sentait envahi par le même malaise : impossible pour lui d'admettre que la terre, qui était vide et vague, un abîme sans fond couvert de ténèbres, eût été achevée le septième jour, avec toute une armée placée sous la suprématie de l'homme. Un jour, un théologien lui avait dit que même le Coran se rendait au texte de la Genèse, lui citant pour preuve les versets qui affirment que Dieu fendit le grain et le noyau, qu'il fit sortir le vivant du mort et que de l'eau il créa un mortel... Pourtant, les hommes, dès lors qu'ils hissaient la croix ou le croissant de lune, tranchaient par le fer et le feu avec la dernière brutalité. C'était ainsi que les civilisations successives en étaient venues à s'accommoder des massacres, les mettant le plus souvent au service de Dieu.

Martin se demandait chaque nuit s'il existait une même ligne de temps. Dans l'affirmative, elle établirait une correspondance entre un homme très ancien et un autre, spécimen des temps modernes, que l'on enfouissait chaque jour par milliers, ici, dans la vallée de la Somme. Le premier, clé des origines de l'humanité, attendait quelque part sous une montagne, une colline, un lit de rivière, la résurrection. Il ne soupçonnait certainement pas jusqu'où ses descendants avaient poussé la sauvagerie.

Le sommeil commençait à le gagner. Des images floues se bousculaient au seuil d'un premier rêve. Des images d'océan, d'une terre érodée par les vents, d'un vallon couvert de chênes, d'une maison de granit moussu. Images de sa Bretagne natale, de sa vieille ville de Vannes, d'un dédale de maisons à colombages, du pays de Baud. Visions de dolmens, hululements de chouettes, histoires de cultes et de croyances.

2

Les fantassins avaient passé une partie de la nuit à remblayer la tranchée. Durs efforts qui avaient laissé les articulations meurtries. Les pics avaient heurté obstinément de grosses pierres ; les pelles s'étaient enfoncées dans la boue tenace, sans pour autant détacher les galets. La corvée les avait épuisés. Fourbus, les mains et les pieds engourdis, certains hommes s'étaient couchés à même le sol boueux pour sombrer aussitôt dans un sommeil de bête.

C'est le soldat Gagnon, une sorte d'hercule à la tignasse rousse, qui avait fait la trouvaille. D'un seul coup de pelle, devinant que l'objet n'était pas un quelconque débris ou encore une racine. Il avait enfoncé ses mains dans la boue, fouillé à tâtons, puis mis au jour une chose qui ressemblait à un crâne d'animal. Au premier coup d'œil, il sut que cet objet bizarre allait intéresser l'aumônier Martin.

Serrant contre lui le sac de sable dans lequel il avait enfoui sa précieuse découverte, il ajusta son harnachement et repartit, à demi accroupi, en direction du passage souterrain. Des frissons le secouaient. Il pensa aussitôt à un bon café chaud et à une paillasse. Il s'engagea dans une des tranchées de communication, passa à côté d'un abri profond où des officiers, penchés sur des cartes, vaquaient aux préparatifs de l'assaut du lendemain, puis longea les ceintures de barbelés qui annonçaient le début du tunnel. Parvenu à

40

l'embouchure du passage souterrain, Gagnon vit qu'une longue chaîne humaine avait été formée pour transporter les caisses de vivres et de munitions. Les hommes s'exécutaient avec des gestes d'automates, leurs membres visiblement raidis par le froid. Les efforts, les privations des derniers jours et les longues heures de veille avaient creusé des rides profondes sur leurs figures.

À proximité, des trolleys attendaient qu'on y entassât quelques blessés. La première fois que Gagnon avait vu ces petits tramways rudimentaires cahotant bruyamment sur les quelques kilomètres de rail enfoncés dans la terre, il s'était souvenu du petit train de bidons de lait qui faisait la navette entre Québec et Montréal. Partis au point du jour avec l'attelage de chevaux et une voiture pleine de bidons de lait, son père et lui parcouraient une fois la semaine la route qui longeait le fleuve Saint-Laurent en direction de Québec. La plupart des producteurs de lait se retrouvaient ainsi à la gare, chacun alignant sur des plates-formes les bidons qu'ils destinaient au grand marché de Montréal. Son père lui avait raconté que dans cette ville, trois fois grande comme Québec, les tramways fonctionnaient grâce à des câbles électriques, et qu'un jour il l'emmènerait voir le petit char de la fanfare, dont la réputation faisait l'orgueil des Montréalais. Quelques années plus tard, son père mort, il n'avait toujours pas vu cette merveille. Mais il avait mis les pieds sur l'Ancien Continent, et il voyait la guerre.

Gagnon tendit le sac à l'un des soldats qui s'occupaient du convoyage.

— C'est pour le *padre* Martin. Tu lui diras que c'est de la part de Gagnon... Y connaît !

L'autre lui fit signe qu'il avait compris. Alors, le fantassin Gagnon n'eut plus qu'une envie : retirer ses bottes devenues plus dures que du bois, se coucher et dormir pendant des jours.

* * *

D'un geste rageur, le docteur Philip Scott repoussa la mèche de son front. Ses yeux bleus, vifs, malgré les cernes qui les creusaient, fixaient l'officier de ravitaillement qui venait de lui faire part, d'un ton placide, qu'il n'y avait rien de plus pour le poste de secours, surtout pas de morphine. Jusque-là, Scott avait argumenté d'une voix égale, sans hostilité. Brusquement, il s'emporta.

— Mais regardez autour de vous, Nelson! À chaque instant, les hommes risquent d'être mutilés, ou tués s'ils ont de la chance...

Il éleva le ton.

— Vous devriez voir dans quel état ils arrivent ici... On dirait qu'ils n'ont pas mangé depuis des jours. C'est normal, ça? Au moins, ils devraient pouvoir mourir le ventre plein! Mais vous le savez très bien, vos rations sont froides et souvent gâtées. Ici, je n'ai pratiquement rien pour les soulager. Ils sont si jeunes, Nelson, si jeunes...!

L'officier de ravitaillement haussa légèrement les épaules et rétorqua, de sa petite voix monocorde :

— Capitaine Scott, si je puis vous donner un conseil, ce serait de ne pas prendre sur vous le sort de toute l'armée... Tenez, pas plus tard qu'il y a deux mois, on a mis au rebut plus de cinquante mille paires de couvre-chaussures... sous prétexte qu'ils avaient été fabriqués au Canada et qu'ils ne résisteraient pas au climat des Flandres! Et alors? Les hommes ont trouvé d'autres moyens de se garder les pieds au chaud...

Scott leva les bras au ciel en signe d'exaspération.

— Vous n'êtes pas sérieux, Nelson, quand vous dites cela! Mais ouvrez-vous donc les yeux...! Je les vois, ces pieds! Tous les jours, j'en vois sur ces tables... Ils sont enflés, noirs, pourris...

— Mais c'est la guerre, Scott, répliqua l'officier de ravitaillement en élevant à son tour le ton. Et vous, moi, tous ces hommes sont ici pour la gagner, cette guerre... Un homme a tiré sur l'héritier d'un trône à Sarajevo... et cela a été suffisant pour provoquer une guerre mondiale...! Que voulez-vous!

D'un côté, des vétérans de je ne sais trop combien de combats, et, de l'autre, des enfants de troupe, tous volontaires pour recevoir le baptême du feu...

Scott eut peine à contenir sa rage. Il aurait voulu servir à cet homme des arguments plus forts que la guerre, mais il se doutait bien qu'ils seraient vains.

— Savez-vous, Nelson, ce qui est aujourd'hui jugé digne d'être appelé un homme dans notre pays? fit-il d'une voix rauque. Je vais vous le dire. C'est un volontaire de dix-huit ans, qui fait au moins cinq pieds trois pouces, avec un périmètre thoracique minimum de trente-quatre pouces, répondant à la norme élevée pour la mousqueterie, et que le bruit et l'odeur de la tuerie, au lieu d'affaiblir, stimule... Ici, j'appelle cela un condamné à mort... ou un assassin!

Sans répondre, l'officier de ravitaillement laissa errer son regard sur les lieux. Tout était propre : les tables, les lits, les couvertures méticuleusement pliées, les pansements, les serviettes empilées avec soin, les flacons, les scalpels, les ciseaux, les scies. Tout était si propre, et prêt pour la guerre. La révolte de Scott n'y changeait rien. Lorsque viendra le temps, il fera comme tout homme de devoir : il chassera les ombres, surmontera les deuils, oubliera les visages. Dans deux jours, les tables blanches et nues deviendront rouges et l'endroit empestera l'éther. Des blessés arriveront par dizaines, la plupart résignés à mourir. L'aumônier trouvera les mots. Il griffonnera une lettre pour dire qu'ils n'ont pas souffert. Certains continueront de vivre.

Le capitaine Nelson regarda sa montre. Il était huit heures du matin.

— Je dois y aller... Je vais voir ce que je peux faire pour la morphine.

— Je vous remercie, Nelson, répondit Scott d'une voix redevenue paisible.

Au même instant, la porte s'ouvrit, cédant le passage à l'aumônier. Il souriait. L'éclat de ses grands yeux bruns illuminait son visage. Il brandissait triomphalement un sac de sable.

* * *

43

— Une pièce unique, ne cessait de répéter l'aumônier Martin en tournant et en retournant le crâne dans ses mains.

Nettoyé, l'étrange fossile avait la couleur de la cire. Il y manquait quelques dents, une partie de la boîte crânienne était enfoncée et de petites boursouflures blanchâtres s'étaient formées autour des orbites. Mais ce qui avait tout de suite ravi Martin, c'était cette pointe enfoncée dans la plaque frontale. Un rapide examen lui avait permis de conclure qu'il s'agissait d'un fragment de couteau de silex, preuve que la «chose» avait été tuée par un bras armé.

Scott et Martin étaient dans l'abri, assis sur leur lit de camp respectif, à siroter un bol de café noir. Étrangement, l'aumônier passa à trois reprises sa langue sur la partie lisse du crâne.

En voyant ce geste qui ressemblait à une pratique rituelle, Scott demanda :

— Et qu'est-ce que ça goûte?

L'aumônier, en se redressant, révéla la partie de son visage jusque-là noyée d'ombre. Il affichait un sourire de brave homme, mêlé d'un soupçon de gêne.

— Des milliers d'années, murmura-t-il.

— Comme ça, rien qu'en passant la langue sur l'os? rétorqua Scott, un brin de scepticisme dans la voix.

— Oh! c'est un vieux truc de paléontologue! Plus un os est vieux, plus il est lisse, et celui-là est aussi lisse que du verre... C'est sans aucun doute la plus belle pièce que les soldats ont trouvée...

— Si je comprends bien, la moitié de l'armée canadienne creuse pour vous, fit Scott, un peu moqueur.

Amusé, Martin lui lança un clin d'œil.

— Pas du tout! Même ceux d'en face y contribuent! Avec tous ces obus, on n'a qu'à se pencher pour ramasser les fossiles...

— Des fossiles? reprit aussitôt Scott. Vous voulez dire ce qui reste de nos soldats et des leurs...

L'aumônier plissa imperceptiblement les paupières. Il se leva. La lueur de la lampe accentuait les saillies du crâne fossile qu'il tenait dans ses grandes mains.

— Non! Des fossiles, croyez-moi! Saviez-vous, Philip... Vous permettez que je vous appelle Philip?

Scott sourit.

— Saviez-vous, Philip, qu'on a découvert en 1878, à Bernissart, qui est à moins de deux cents kilomètres d'ici, un cimetière de dinosaures? Des iguanodons, qui vivaient sur notre planète il y a plus de cent millions d'années...

Scott l'interrompit.

— Je ne veux pas refroidir votre enthousiasme, fit-il d'une voix devenue grave, mais attendez de voir le cimetière qu'on découvrira ici même, à Vimy, dans quelques jours seulement...

L'aumônier se contenta de hocher la tête.

Silencieux, Scott observait la forme immobile du père Martin. Dans la lueur diffuse de l'abri, son ombre se profilait sur le mur de rondins.

— Je peux le voir? demanda Scott en faisant allusion au fossile.

L'aumônier lui tendit le crâne. Scott le prit, le soupesa et l'examina sous tous les angles.

— La masse osseuse est considérable, remarqua Scott. Les mandibules sont certainement plus puissantes que celles d'un chien ou d'un loup... et la taille des dents est remarquable. Et là, cette cavité au sommet du crâne, on dirait une trépanation ou quelque chose d'identique... Et ça? fit-il en montrant le fragment pierreux qui s'enfonçait dans la partie frontale.

Le prêtre reprit le fossile et passa un à un les doigts sur les saillies du fragment.

— Du silex, une pointe de silex, expliqua-t-il. Voilà qui parle. Elle a été visiblement taillée en forme de lame. Ça, Philip, c'est la marque d'un humain. Il y a quarante ans ou à peu près, Mortillet, le célèbre évolutionniste, a posé la bonne question. Il n'a pas demandé : «Qu'est-ce que c'est?», lorsqu'il a ramassé des bifaces, mais plutôt : «Qui a taillé ces silex?» Et il en a naturellement déduit que les silex, intentionnellement taillés, prouvaient l'existence d'un être intelligent qui aurait précédé l'homme actuel d'un million d'années! Vous imaginez?

— J'imagine surtout que ça fait quelque chose comme deux cents fois la période biblique, répondit Scott en avalant une autre gorgée de café noir qui était maintenant froid. Il grimaça.

— C'est à peu près cela, confirma Martin.

— Alors, ça ne doit pas réjouir le Vatican, rétorqua Scott. Et vous? Ce que je veux dire, c'est... vous... comme prêtre?

Martin s'était avancé près de la lampe. La flamme accentuait quelque peu la rudesse de ses traits. Ses yeux semblaient tristes. Le ton de sa voix se fit intime.

— Bien entre nous, Philip, «une église pour chaque saint et une cathédrale pour chaque archevêque» ne fait plus partie de mon credo... Il y a belle lurette que je ne confonds plus Vatican, religion, Église, foi et vérité! Ce que je pense plutôt, c'est que l'homme a un passé historique défini, que ses origines sont mesurables, et que sa genèse est, par conséquent, subordonnée aux lois du temps. Il est probable que le premier signe de l'intelligence humaine s'est manifesté par des appréhensions conscientes d'angoisse, de puissance et de possession...

— Angoisse, puissance, possession? reprit Scott. Rien n'a véritablement changé...

— Et nous ne savons toujours pas d'où nous venons, fit aussitôt l'aumônier.

Scott poussa un long soupir. Il allongea ses jambes. Cette étrange conversation le troublait singulièrement. Il en oubliait presque la guerre.

— Nous savons en tout cas que l'enfer existe sur terre, laissa-t-il tomber d'une voix sourde. Nous y sommes!

Martin esquissa un pâle sourire.

— Toutes ces horreurs, Philip, sont les effets des multiples déracinements de notre courte histoire... Mais avant, avant cette histoire connue, nous ignorons tout!

Scott sursauta. Il se dressa, les dents serrés.

— Qu'est-ce que ça changerait de tout savoir sur nos origines ? Ce qui se passe aujourd'hui ne suffit-il pas ?

Martin voulut l'interrompre mais Scott insista d'un geste de la main.

— Je ne connais rien à la préhistoire, poursuivit-il avec fermeté. Je n'ai jamais sondé les états d'âme des hommes. Ici, je me contente de recoudre les corps...! Mais je vais quand même vous dire ce que je pense de l'héritage premier qui nous est soi-disant venu de la nuit des temps... Quand je vois cette guerre qui nous engloutit chaque jour davantage, je prie je ne sais quel Dieu pour qu'il nous trouve une âme de rechange, parce que tous les hommes de cette guerre ont perdu la leur !

La tête basse, les yeux clos, l'aumônier observa un long silence. Scott se leva. Il retira son lainage, sa chemise, défit son ceinturon, versa de l'eau dans la bassine et commença à se frictionner le visage et le torse. Sa tête bourdonnait. De petits filets d'eau froide lui coulaient sur les yeux, le menton, avant de s'étaler en larges gouttelettes sur sa poitrine.

Sans desserrer les lèvres, il jeta un regard sombre sur le fossile. Au bout d'un moment :

— C'est quoi comme animal ?

— Je ne sais pas trop, répondit Martin, mais certainement une espèce redoutable, selon votre propre opinion... Vous voyez bien, Philip, qu'on ne peut pas y échapper... Pour avoir la réponse, il faut aller à la source ! Vous êtes un scientifique, vous l'admettez ?

— Je l'admets, fit Scott, mais j'ai des réserves...

— Vous savez, Philip, poursuivit le prêtre, l'homme est entré dans le monde avec si peu de bruit que notre arbre généalogique est pratiquement sans feuilles, un véritable squelette...

— Dites-moi, demanda Scott, que peut-on trouver en grimpant sur cet arbre ?

— Que savez-vous de vos propres origines ? reprit Martin. Jusqu'où pouvez-vous remonter dans le temps ?

Scott réfléchit pendant quelques instants. Il ferma les yeux.

— Disons jusqu'aux Campbell de Glenorchy du côté de ma mère et jusqu'aux Scott d'Inverness du côté de mon père. Nous sommes une famille de highlanders. Mon arrière-grand-père a affronté les Anglais à Culloden Moor, ce qui a forcé mon grand-père à quitter l'Écosse avec sa cornemuse sous le bras comme seul bien...

— Donc, quelques générations à peine, remarqua le prêtre. C'est d'ailleurs la même chose pour moi en Bretagne. En grimpant donc sur cet arbre généalogique, on peut se retrouver, avec la meilleure des chances, aux environs du XVe siècle, et avec à peu près trois mille personnes...

— C'est déjà très bien, fit Scott.

— Possible, Philip, mais tout à fait insuffisant, corrigea Martin. Ce dont nous parlons, vous et moi, c'est d'un univers d'archives, de recensements, d'actes de naissance et de décès : quelques siècles, quoi! Même en dépouillant systématiquement tous les registres de l'humanité, la question demeure posée : sur les traces de qui avons-nous véritablement marché depuis que cette humanité a une mémoire?

— Mémoire? Je veux bien. Mais la seule mémoire qui me vient en cette veille de Pâques, c'est celle de tous ceux qui sont morts depuis le début de cette guerre, et de ceux qui y passeront d'ici la fin, si jamais elle vient.

— Oh! elle viendra... et avec elle une foule de questions... Vous n'y échapperez pas, Philip, vous verrez, finit par dire doucement l'aumônier.

Plus tard, encore ébranlé par les propos de l'aumônier Viateur Martin, le docteur Philip Scott griffonna quelques mots dans son journal. «Je ne sais pas qui habite cet homme : l'instinct de Dieu ou une singulière folie. Une heure encore et il me faisait grimper sur cet arbre qu'il semble si bien connaître. Il est vrai que c'est dans ce genre d'arbre que poussent les fruits défendus.»

* * *

Le dimanche 8 avril 1917, jour de Pâques, l'aumônier Viateur Martin alla réconforter les hommes dans la boue, les entendit en confession et leur distribua la communion.

Soudain, de partout, s'abattirent des averses de feu. Ni pente, ni ravin, ni tranchée ne furent épargnés. Les brancardiers ramenaient des hommes brisés. La brutale horreur régnait de nouveau sur cette partie du monde.

La porte du poste de secours s'ouvrit brusquement. La consternation se lisait sur le visage du soldat.

— C'est au sujet du *padre*, laissa-t-il tomber. Il était dans une tranchée... Un obus allemand...

Dans le passage souterrain, les soldats montaient en ligne par flots entiers. Hagard, Philip Scott se fraya un passage parmi la horde sauvage. Ses pas éperdus l'entraînèrent plus avant dans le ventre de la terre.

* * *

Philip Scott se souvint à peine de ce lundi 9 avril 1917. Un vent glacé avait soufflé du nord-ouest, poussant une forte bourrasque de grésil.

L'assaut de la crête de Vimy fut lancé. Il tomba des milliers d'hommes. Leurs compagnons occupèrent le village de Saint-Vaast, ou plutôt ce qu'il en restait.

L'église n'était qu'un amoncellement de débris desquels émergeaient les membres mutilés du Grand Christ. La croix, dont quelques fragments étaient restés attachés, tenait debout par miracle. Le cimetière avait été dévasté.

Il pleuvait encore lorsque le front allemand céda sous la poussée de ces guerriers d'occasion issus d'un pays de neige.

3

Des millions d'hommes avaient tout simplement plié bagage une fois envolées les dernières notes de l'opéra de terreur. Mais l'humain tardait à reprendre ses droits. L'espoir était absent. Autant que tous ces rêves, entre hier et demain, enfouis aussi profondément que les racines des coquelicots qui fleurissaient de nouveau les champs de bataille.

Les armes déposées, vainqueurs et vaincus déploraient l'absurdité de la guerre et commençaient la lente reconstruction du monde.

Philip Scott, lui, n'avait pas encore connu de trêve : ni d'âme ni de corps. Les mêmes cauchemars le hantaient. Des morts, des milliers de morts se pressaient dans l'espace clos de son sommeil, le suppliant de ne pas les laisser enterrés vifs. Combien étaient enfouis dans les terres de France et de Belgique ? Dix millions de morts, vingt millions de blessés, six millions de prisonniers et de disparus. Bilan d'un bref accès de rage d'une humanité en quête de ses vérités premières.

Scott décida de ne pas revenir au pays. D'ailleurs, personne ne l'y attendait. Il y avait eu ce tragique incendie qui avait fait de lui un orphelin à l'âge de douze ans. Lorsqu'on avait descendu les deux cercueils dans les fosses creusées à même le sol enneigé du grand cimetière de la Côte-des-Neiges, le garçon aux mèches blondes qu'il était se tenait près de son grand-père. Il avait senti les grosses mains de ce dernier se poser sur ses épaules et le serrer affectueusement. Il avait alors réalisé qu'un cerveau tout seul ne signifiait rien; qu'il n'avait de sens que dans un corps qui s'exprimait librement dans le monde. Ce jour-là, Philip Scott avait décidé qu'il voulait être médecin.

Plus tard, il avait inventé une famille comme on invente une histoire. Il avait inventé un père, James Stewart Scott, qui était autre chose que l'homme d'affaires soucieux de ses nombreuses relations, toujours prêt à rendre des services et des faveurs pour s'en attirer d'autres. Une mère bien différente de cette femme qui faisait étalage de sa beauté afin de mieux pousser son mari vers les salons de la haute société montréalaise. Ainsi pouvait-il revivre en esprit une enfance différente de ce monde de silence qu'avait imposé l'atmosphère feutrée d'une maison où tout était en ordre. Scott revoyait une vie qui, chaque soir, s'ouvrait sur un ciel étoilé. Il racontait les folies du grand-père; des histoires sur fond de chant de cornemuse, des légendes écossaises qui folâtraient sur de hauts créneaux d'où s'échappaient des fantômes.

Mais le goût de cendre revenait en même temps que les images de ruines calcinées. Il serrait les dents, s'efforçait d'oublier. Il était déjà médecin lorsque le vieil exilé d'Écosse, encore imprégné de la causticité du siècle dernier et de toutes les superstitions ancestrales, rendit l'âme.

Scott surmonta plus difficilement cet autre chagrin. Il connut l'exil intérieur. Dans les grandes pièces vides, dans l'âtre du foyer, il ne restait que les dernières bûches consumées. Quelques mois plus tard, la nouvelle de la Grande Guerre le tira de l'univers obscur de la solitude dans lequel il s'était enfermé.

Dans la grisaille de la fin de l'année 1918, il sentait que ce sale épisode lui avait arraché une partie de son âme. Chaque matin, il était surpris que frémisse en lui une parcelle de vie. Il revoyait toujours les landes brûlées, les rats, les épidémies. Il entendait encore les obus tomber, véritable pluie d'acier qui éparpillait les hommes comme des feuilles mortes. Il se rappelait les silhouettes cassées en deux, le sang des hommes, les visages suant d'agonie. Il sentait les mains crasseuses qui agrippaient la sienne et tendait l'oreille à ces balbutiements qu'il tenait pour les dernières volontés d'un brave type. Il était hanté par ces vivants devenus des ombres aux chairs diminuées.

Pendant deux ans, Scott fit la tournée des châteaux d'Angleterre, prêtés par leurs propriétaires afin de servir de maisons de convalescence pour les mutilés : celui de Rumwood Court à Maldstone, de Hinton St. George dans le Somerset, de Chandon Park dans le comté de Surrey. Il apprit à faire des moulages de masques, des plaques et des armatures pour ceux qui avaient eu une partie du visage arrachée. Au St. Dunstan's Hostel, il apprit aux aveugles à reconnaître au toucher les différentes espèces de graines dont on nourrissait les volailles, et, pour rompre la monotonie, à tresser le jonc. Les autorités militaires appelaient cela l'éducation technique des soldats mutilés. Philip Scott trouvait qu'il n'y avait rien de bien noble à faire parader des moitiés d'humains dans les ateliers de réparation, à les remonter comme si rien ne s'était passé.

Plus d'une fois, Scott souhaita le naufrage de l'esprit pour laisser le néant engloutir ses souvenirs. Mais rien ne se dérobait à la fixité de sa mémoire. Souvent, en rouvrant les yeux au sortir d'un bref sommeil, lui réapparaissait aussitôt un regard bleu, de grands yeux juvéniles, inoubliables. Des yeux qui n'avaient peut-être pas encore connu l'amour humain. Ils appartenaient à un portrait peint par un membre émérite de l'Académie royale, un des artistes officiels du front britannique. Le portrait d'un jeune officier dans la vingtaine, vainqueur des deux célèbres pilotes allemands Schafer et Voss, et mort lui-même peu après au champ d'honneur. Le temps passant, il avait cru entendre la voix de l'aumônier Viateur Martin lui chuchoter que la terre était sacrée.

Lentement, l'idée de la quête s'installa. Celle qu'avait amorcée jadis Viateur Martin : résoudre l'équation des origines de l'homme. Il commença ses premières recherches au cours de l'été de 1919. Il s'intéressa à l'émergence des plates-formes continentales, puis aux cycles d'assèchement, d'extension de végétation et de glaciation pendant vingt millions d'années. Finalement, il fouilla la question de la migration des espèces. Un an plus tard, il résolut l'énigme du fossile qu'on avait remis à Viateur Martin. Ce n'était pas le crâne d'un loup, contrairement à ce qu'il avait dit au prêtre en cette fin de journée d'enfer de 1917, mais plutôt celui d'un chien-hyène, l'*osteoburus*, qui ressemblait au grand danois et dont les mâchoires pouvaient broyer les os des plus grosses bêtes de l'époque du pliocène. L'origine de cette espèce remontait à quelque neuf millions d'années. Scott s'acquittait ainsi d'une dette morale qu'il considérait avoir eue envers celui qui, en quelques heures, lui avait ouvert les yeux sur les mystères des origines.

Restait l'homme. La question de l'ancienneté de cette race si différente de toutes celles connues. L'antiquité apparente n'était rien en comparaison des hypothèses qu'avaient permises les exhumations des fossiles de Neandertal et de Java. Ces dernières avaient été à l'origine d'un revirement doctrinal. Grâce à la mise au jour d'ossements tellement anciens qu'aucun homme de science n'en soupçonnait d'abord une possible filiation humaine, les plus audacieux imaginèrent une remise en question de l'échelle des êtres dont s'inspiraient toutes les théories biologiques depuis Aristote. Du coup, la théorie de Darwin fit un bond prodigieux et bientôt il fut question d'une lignée humaine sortie de la nuit des temps.

Philip Scott prit le chemin de l'Allemagne. C'était dans ce pays, à proximité de Düsseldorf, là où un affluent du Rhin coule dans la vallée du Neander, que les restes d'un homme primitif ayant vécu il y a plus de cent mille ans avaient été exhumés en 1856. Une boîte crânienne, des côtes, une partie de bassin et des membres avaient été extraits du calcaire après que des ouvriers eurent fait sauter à la dynamite une grotte située au cœur d'une carrière de pierres.

Quoique les savants eussent admis plus facilement par la suite l'existence d'une humanité archaïque différente de l'homme actuel, les polémiques n'avaient pas cessé depuis, tant au sujet de la perspective de commencement d'une humanité pensante que du calendrier biblique décrivant l'origine du monde.

Scott se rendit dans la vallée du Neander avec la ferveur d'un pèlerin. Sur le chemin du retour, il fit une halte à Berlin. Au sortir de la guerre, mal remise de la débâcle de l'Empire allemand, la ville avait froid et faim. L'amertume étreignait les quartiers populaires. Les hôpitaux se remplissaient quotidiennement. Les chômeurs, les orphelins et les invalides de guerre envahissaient les rues où proliféraient la corruption et le marché noir. À ceux-là s'ajoutaient les Russes blancs rejetés par la révolution bolchévique et les Juifs émigrants d'Europe orientale.

C'est dans ce labyrinthe de rues encombrées et balayées par le froid que Philip Scott, au hasard de ses pas, se retrouva à l'Opéra national le soir du 9 janvier 1920. On y donnait pour la première fois à Berlin *Pelléas et Melisande* de Schönberg.

Ce fut à l'entracte qu'il la vit. Elle avait des cheveux haut relevés, plutôt sombres, qui dégageaient une nuque gracile. Une taille mince, légèrement cambrée. Des pommettes luisantes et un nez fin et droit couraient sous le dessin bien souligné de ses yeux aux prunelles ardentes, qu'accentuaient de longs cils recourbés. Lorsque leurs regards se croisèrent, une petite rougeur vint colorer les joues de la jeune femme.

Elle s'appelait Margaret McLaughlin. Canadienne elle aussi, elle avait étudié le piano avec le réputé Arthur Schnabel au conservatoire Klindworth-Sharwenka. Elle adorait Chopin et en interprétait pratiquement l'œuvre entière. Le *Nocturne en mi mineur* et la *Polonaise en ré mineur* étaient ses morceaux favoris. En l'espace de quelques mois, Philip et Margaret avaient lié leurs destins.

II

Canton

L'obscurité régnait dans l'abri. Belles-Narines émettait de petits gémissements et serrait les poings. Ses yeux se mouillaient, tellement la douleur qui la tenaillait était vive. De temps à autre, elle se raidissait et prenait entre ses mains son ventre, gros et bien rond. Elle dont l'odorat était si sensible ne sentait plus les relents de charogne qui envahissaient l'antre.

Personne de la bande, sauf peut-être le Percuteur, ne s'occupait d'elle. À l'aide d'un biface, ce dernier avait gratté la terre, la creusant quelque peu pour aménager un semblant de cuvette entre les jambes de la femelle.

Belles-Narines avait la bouche sèche et de brusques bouffées de chaleur l'envahissaient. Son corps tout entier voulait éclater. De ses doigts, raides comme des crochets, elle agrippait des pierres. Ses cris de douleur finirent par réveiller quelques Grosses-Têtes. Irrité, grognant de mécontentement, l'un d'eux lui lança une pierre, et un autre lui lança un fragment d'os.

Pendant que la peau de son ventre se tendait à se rompre et que d'affreux bourdonnements montaient dans sa gorge et ses oreilles, des images de bêtes immenses, toutes de dents et de griffes, défilèrent devant ses yeux. D'autres images affluèrent : des fouilleurs de terre en train de remuer le sol de leurs pattes griffues et de leurs dents courbes; le *feu d'En-Haut qui fendait les pierres et ouvrait la terre en produisant une violente lumière.*

Elle cria de nouveau. Ses doigts se refermèrent alors sur un membre noueux, à la peau dure et au poil raide. Le bras du Percuteur. Il grommela comme pour l'encourager et vit les traits de Belles-Narines se crisper davantage. Elle ouvrit la bouche bien grande, écarta les jambes tout en frappant convulsivement le sol des talons.

Et alors, brusquement, quelque chose jaillit hors d'elle. Son dernier cri de douleur se doubla d'étonnement lorsqu'en ressentant la curieuse sensation de libération elle entendit les vagissements aigus du nouveau-né.

* * *

Les veilleurs de la bande reniflaient bien haut des odeurs hostiles. Méfiants, les Grosses-Têtes se groupèrent aussitôt et adoptèrent une attitude défensive. Armés, ils se balançaient nerveusement d'avant en arrière, grinçaient des dents et soufflaient furieusement.

L'attaque des Velus fut soudaine. Ils émergèrent des buissons et se déplacèrent en poussant des cris féroces. Ils étaient couverts de poils et puissamment musclés.

Les Grosses-Têtes, en rang compact, les reçurent avec une volée de pierres, puis contre-attaquèrent avec les armes de poing. En peu de temps, les Velus se replièrent en désor- dre pendant que les Grosses-Têtes se répandaient en me- naces bruyantes. Sitôt les Velus hors d'atteinte, les mâles de la bande achevèrent les quelques blessés, ne laissant aux charognards que des corps sanguinolents. Lorsque la lumière passa à l'ombre, l'odeur de la mort portait si fort que même Belles-Narines la perçut.

* * *

Il tomba des masses d'eau, ce qui ne s'était presque jamais produit. De grandes taches de végétation herbeuse apparurent en plusieurs endroits. Puis le feu d'En-Haut éclaira les ténèbres. Les Grosses-Têtes le virent danser à l'horizon. *Ils devaient maintenant le capturer. Ils se mirent en route. Les plus vigoureux imposèrent la cadence. Les plus faibles, distancés, furent abandonnés.*

Sur fond de ciel, elle reconnut les contours rocheux. Il faisait sombre lorsqu'elle retrouva l'antre. Les odeurs familières ne s'étaient pas encore dissipées. Elle s'étendit sur le sol et coucha le petit être sur elle, l'entoura de ses bras et ferma les yeux. Les visions et les odeurs s'estompèrent. Le mystère les enveloppa.

4

Lorsqu'on avait lâché les câbles de proue du paquebot *Viceroy of India* puis les amarres de tribord et que les hélices s'étaient mises à battre en soulevant des masses d'écume, Philip Scott avait ressenti soulagement et angoisse. Il ne restait sur le quai que les visages inconnus d'une foule d'où fusaient des cris, des rires et quelques mouchoirs agités.

Le grincement des treuils, les sifflets grêles du maître de manœuvre, les soubresauts de l'énorme coque qui semblait se gonfler comme les flancs d'un monstre au réveil, tous ces vacarmes du départ n'étaient déjà plus que de vagues souvenirs. Philip Scott passait beaucoup de temps accoudé au bastingage. Pendant des heures, il fixait l'eau glauque, parfois jusqu'à la nuit humide. Il fouillait l'horizon, mais, dès que le point rougeoyant du soleil s'y était perdu, il ne distinguait guère plus qu'une épaisse muraille de brouillard.

Le jour tombait rapidement sur une mer à peine ridée. Baigné de lumière jusque-là, l'océan Indien passait, en gradations rapides, de l'émeraude au turquoise à l'indigo. En même temps que le crépuscule, une première étoile se fixait sur un fond de ciel sombre, à l'endroit même où le soleil s'était enfoncé.

La grande ombre du *Viceroy of India* courait sur la nappe océane, alors qu'aux extrémités du navire les feux de position brillaient déjà.

Une main se posa sur l'épaule de Philip Scott avec la légèreté d'un papillon.

— La nuit arrive vite ici, fit une voix douce.

— Euh...! oui... Nous sommes à la latitude de l'équateur, répondit Philip Scott assez distraitement.

Mais aussitôt il se tourna vers elle, la regarda d'un air tendre et lui caressa les cheveux.

— Des choses à oublier? poursuivit Margaret en s'accoudant au bastingage.

— Je ne suis pas sûr que certaines choses puissent s'oublier, même après la mort, fit Scott sourdement.

— Tu penses toujours à lui?

— Je pense à des yeux bleus, laissa-t-il tomber.

Il sentit Margaret se raidir quelque peu.

— Je la connais? fit-elle avec un filet de voix.

— Ce n'est pas ce que tu crois, s'empressa-t-il de répondre avec un petit rire nerveux. En regardant l'océan changer de couleur, je revoyais ces regards adolescents qui se sont tous éteints... trop tôt, beaucoup trop tôt!

Margaret se serra tout contre lui.

— Ça fait déjà deux semaines que nous naviguons, et tu as passé des heures à regarder l'eau, même la nuit... Je t'ai entendu plusieurs fois quitter la cabine! Dis-moi la vérité, Philip: encore ces cauchemars?

Scott ne répondit pas. Son regard erra quelque peu, puis il inspira profondément. Les yeux clos, il sentit la caresse salée de la brise sur son front et l'étreinte de Margaret. Il aurait voulu ne plus penser à rien.

Le vent forcissait. La mer, si calme encore voilà à peine une heure, se creusait de fortes houles. Une lune immense s'était levée, blanche et brillante comme un soleil de nuit. La présence de Margaret le rassurait. L'envie soudaine de la prendre l'étreignit. D'un souffle, il lui dit:

— Est-ce que tu sais à quel point je t'aime?

Leurs mains et leurs lèvres se cherchèrent. Cette nuit-là, les ondulations de leurs corps épousèrent celle du vaisseau. Ils s'aimèrent au gré des flots infinis. Au matin, Philip Scott sut qu'il avait pleuré dans ses rêves.

* * *

Philip Scott avait emprunté les étroits escaliers de fer qui menaient au labyrinthe de l'entrepont. Un membre de l'équipage l'avait abordé sur le pont supérieur et lui avait glissé discrètement : «Ils ont besoin d'un médecin en bas...»

Scott se retrouva au milieu d'une foule hétéroclite massée dans un petit espace de ferraille. Cris et vociférations dominaient presque les grincements de la structure et les grondements des machines. Les lieux empestaient le tabac et les corps mal lavés. Jouant des coudes, Scott se fraya un chemin jusqu'aux premières rangées. Il eut la surprise d'y reconnaître plusieurs passagers de première classe, en tenue élégante; les mêmes qui, la veille, avaient dîné au caviar, à la noisette d'agneau et à la volaille poêlée. Ils étaient là pour rompre l'ennui, pour l'exotisme, pour oublier la mer, la longueur du temps. Ils outrepassaient volontairement les frontières imposées par les classes pour participer à un petit jeu. Ils devenaient des anonymes dans ce lieu sordide où pauvres et riches pariaient sans retenue.

Puis il vit les combattants. Le poitrail hirsute, les yeux injectés, les mâchoires lourdes. Un simple maillot de coton brun moulait le bas de leur corps. Ils n'attendaient que le signal pour se battre à poings nus.

Scott resta sans bouger, à fixer l'espace délimité aux quatre coins par de gros bidons.

Au coup de sifflet, les combattants chargèrent, mus par un même souffle. En quelques instants, leurs visages exprimèrent la haine. Leurs cerveaux aussitôt embués par les premiers coups, ils se lancèrent dans un ballet de mort. L'humidité lissait leurs corps contractés par la douleur. Un étrange rictus déformait leurs traits pendant qu'ils multipliaient les élans. Au bout de quelques minutes, ils crachaient déjà le sang.

Surexcités, les spectateurs en réclamaient davantage. Finalement, le plus vieux des bagarreurs croula, les bras en croix, saoulé de coups, la mâchoire et le nez fracturés.

Scott se précipita vers lui au milieu de la cohue qui célébrait le vainqueur et s'emparait des liasses de billets pariés. Il empêcha l'homme étendu d'être piétiné. Essayant tant bien que mal d'évaluer les blessures, Scott demanda de l'eau et des compresses. Il se révolta contre l'indifférence générale. La lumière blafarde dansait étrangement devant ses yeux.

* * *

Margaret ne doutait pas que le remue-ménage des souvenirs de guerre provoquait des soubresauts d'humeur chez Scott, et, parfois, des souffrances nouvelles. Les longues journées en mer n'abrégeaient rien, bien au contraire. Malgré cela, elle savait qu'une cause encore obscure s'agitait en Philip, quoiqu'il fût, jusque-là, peu loquace. Lorsque la porte de la cabine s'ouvrit brusquement et qu'elle aperçut le visage livide de son mari, Margaret craignit qu'il ne fût pris d'un malaise. Il la rassura aussitôt.

— Ce n'est rien, fit-il. Je me suis tout simplement trouvé au mauvais endroit au mauvais moment.

Scott raconta à Margaret qu'en voyant ces deux hommes se battre aussi sauvagement, en bavant comme des crapauds à l'agonie, il avait revu pendant un moment le pire de la guerre.

— Ils n'étaient que deux, mais leurs intentions étaient les mêmes que celles de ces millions qui ont fait la guerre... J'ai revu tant d'images...

Margaret le laissa parler tout en lui caressant les joues et les cheveux en un léger mouvement de va-et-vient.

— Tu vois, continua Philip, je fuis encore. Je croyais bien venir à bout de ces ombres qui surgissent chaque nuit dès que j'éteins la lumière. Je croyais qu'avec ce grand rêve de la Chine je parviendrais à évacuer le mal que fut cette guerre... mais c'est comme si j'étais condamné !

— Peut-être est-ce toi qui te condamnes, Philip, lui glissa Margaret.

Scott se tut. Il pensa aux dernières paroles de Margaret. Bien sûr qu'il se condamnait, mais à de nouvelles épreuves.

Car quiconque se lançait à la poursuite des origines de toute chose devait s'attendre à de sombres alliances.

* * *

L'escale de Ceylan fut la dernière avant l'arrivée à Hong Kong. Le ciel était d'un bleu profond. Il y avait un va-et-vient constant le long des flancs du géant. Profitant des escaliers abaissés, des dizaines de marchands ambulants envahissaient les ponts du *Viceroy of India* et proposaient leur pacotille aux passagers qui y flânaient, sous l'œil sévère de plusieurs officiers et membres de l'équipage.

Philip Scott s'était réfugié au fumoir. L'endroit était tout de bois d'acajou, de panneaux d'onyx et de marqueterie, témoignant du confort bourgeois qu'offrait la Compagnie des Messageries maritimes à ses passagers de première classe. Des armoiries et une collection de sabres et d'épées fixés au-dessus d'une spacieuse cheminée évoquaient l'intérieur d'un manoir écossais. C'est bien calé dans un fauteuil de cuir, installé entre deux lampes aux motifs fleuris, que Scott apprit qu'un peu avant midi, le 1er septembre 1923, le plus grand tremblement de terre du siècle avait détruit aux trois quarts les villes de Tokyo et de Yokohama au Japon. Le bilan du séisme était évalué à cent quarante mille victimes.

Perplexe, Scott déposa lentement le journal. Il remarqua aussitôt le petit homme assis en face de lui et qui le dévisageait. Il était plutôt replet, avec des yeux de furet derrière de petites lunettes cerclées d'or. Un soupçon de moustache s'étendait d'un coin à l'autre de sa bouche aux lèvres charnues. Les cheveux noirs, soigneusement lissés, étaient séparés au milieu par une raie.

— Terrible, n'est-ce pas ? finit-il par dire en s'adressant à Scott.

— Je vous demande pardon.

L'homme montra son propre journal et ajouta :

— Cette nouvelle au sujet du tremblement de terre...

— Assez terrible en effet, dit Scott, un peu par courtoisie.

— Vous avez entendu les rumeurs à ce sujet ? fit le petit homme.

— Rumeurs ? Non, je vous avoue que je ne cherche pas à...

L'autre ne laissa pas Scott terminer. Il enchaîna aussitôt :

— On dit que les Coréens sont responsables des incendies qui se sont déclarés sitôt après le séisme... et qu'ils auraient même empoisonné les sources d'eau potable.

— Cela est assez invraisemblable, opina Scott. Mais pour toute tragédie, les rumeurs font toujours leur chemin... Il faut un bouc émissaire La Corée est une colonie japonaise, que je sache...

— Oui... Enfin... C'est du pareil au même chez ces barbares, ronchonna l'autre en se levant.

Il s'approcha de Philip Scott et lui tendit une petite carte. Prenant un air solennel :

— Je me présente : Alphonse Vercors, de la maison Ronsard, Deauville, Vercors et Associés. Nous faisons dans les antiquités depuis un demi-siècle. Je suis français... de Paris !

Philip Scott se leva et lui tendit la main. Il se raidit à son tour, toussota et dit, d'un ton tout aussi protocolaire :

— Philip Scott, docteur en médecine. Je suis du Canada...

— Du Canada ? Mon rêve...! Voir tous ces Indiens et ces montagnes de neige, comme cela doit être romantique !

— Vous n'êtes pas dans la bonne direction, lança Scott, à la blague.

— Pour tout vous dire, fit Vercors en baissant le ton, je savais que vous étiez médecin... J'étais là moi aussi, hier !

— Vous voulez dire... en bas ?

— Oui, en bas, répondit Vercors en grimaçant un petit sourire. Voyez-vous, je suis un peu joueur et je ne déteste pas une bonne bagarre. Et vous ?

Scott avait imperceptiblement rougi. Il fut pris d'un brusque dégoût.

— J'étais là parce que je suis médecin ! J'ai vu suffisamment de bagarres dans ma courte vie pour ne pas me délecter d'un spectacle de marionnettes sanglantes, répliqua-t-il sèchement.

Il exagérait un peu. Mais il voulait échapper à ce regard qu'il ne connaissait pas et qui l'embarrassait. Vercors tira un étui à cigarettes de la poche de son veston colonial. Il le tendit à Scott. La pièce était en or. Scott remarqua le travail d'orfèvrerie. L'objet devait valoir une fortune.

— Cigarette?

— Merci, répondit Scott. Je ne fume que la pipe, et encore qu'à l'occasion.

Vercors aspira longuement la fumée, puis la rejeta. Il s'enfonça dans le fauteuil et demanda brusquement :

— Êtes-vous collectionneur, docteur Scott?

Scott s'étonna de la question de Vercors.

— Non, pas vraiment, répondit-il.

Vercors retira la cigarette de sa bouche, chassa une épaisse fumée et suivit du regard les volutes qui montaient en formant un nuage bleu.

— J'aurais pourtant juré du contraire, fit-il en affichant un air de déception calculé.

— Je ne vois pas pourquoi, rétorqua Scott en haussant les épaules.

Vercors se redressa et prit le livre relié de cuir que Scott avait posé sur la table de thé.

— Vous permettez?

Il le manipula en connaisseur. Puis il fit part à Scott de ses brèves impressions, avec une assurance qui ne laissait aucun doute sur sa longue expérience.

— Voilà pourquoi, annonça-t-il en brandissant le livre. Il s'agit du tome treizième du *Dictionnaire universel d'histoire naturelle*, publié en 1849 sous la direction de Charles d'Orbigny. C'est une œuvre dont il ne reste qu'un très petit nombre d'exemplaires... Il y a dans ce volume deux cent quatre-vingt planches gravées sur cuivre, coloriées à la main. De véritables œuvres d'art... Vous avez là une pièce devenue très rare... Même les éditeurs, Renard, Martinet et Cie, n'en ont plus. Rare donc, et fort recherchée! Une pièce de collectionneur!

Scott se détendit.

— Je vois, répondit-il avec un sourire réservé. Mais je ne suis pas collectionneur pour autant. Ce livre, ainsi que les douze autres tomes, m'appartient depuis longtemps. J'enseigne l'anatomie comparée et m'intéresse donc à la zoologie et à l'art animalier. C'est pourquoi je vais en Chine : j'y suis invité comme professeur d'anatomie à l'Institut médical de Canton.

Vercors haussa les sourcils.

— Canton... euh... oui, bien sûr! J'y fais de très bonnes affaires; j'ai de bons clients à Canton : des Anglais, des Allemands... et des Français, bien entendu. Vous avez déjà entendu parler des bronzes de Liyu?

— Jamais...

— C'est la grande mode à Paris et à Londres, continua Vercors avec une nouvelle ferveur.

— Je ne connais rien aux bronzes, monsieur Vercors, répondit Scott, de guerre lasse.

— Les bronzes de Liyu sont remarquables, poursuivit Vercors. On les achète aux paysans pour trois fois rien; en plus, ce sont eux qui les déterrent. Imaginez! Des pièces intactes après vingt siècles...

Philip Scott s'était levé.

— Je vous répète, monsieur Vercors, que je n'y connais rien. Je ne saurais distinguer un de vos bronzes d'un vulgaire pot de fleurs... Maintenant je dois vous prier de m'excuser; je suis attendu sur le pont.

Il tendit de nouveau la main à Alphonse Vercors qui l'étreignit mollement.

— En deux phrases très courtes, docteur Scott : vous avez ma carte, vous pouvez me joindre par le consulat de France à Canton, et je peux vous faire faire des affaires d'or... et pas seulement avec les bronzes!

Scott lui lança un dernier coup d'œil. Le petit homme avait un regard qui tranchait avec son allure un peu ridicule. Sa voix, ses gestes, son attitude franchement curieuse avaient impressionné Philip Scott malgré lui.

* * *

Des airs populaires poussés par un petit orchestre réunissant piano, violons et trompettes flottaient paresseusement dans la vaste salle à manger du *Viceroy of India*. Cette dernière ressemblait étonnamment à celle de l'hôtel Ritz. On y accédait par un escalier monumental, véritable œuvre d'art aux voûtes ornées de figures allégoriques.

Sur les tables, la blancheur des nappes éblouissait autant que les éclats de l'argenterie et des cristaux.

Le gros homme qui conversait avec Philip Scott eut un rire plutôt inconvenant.

— Vous conviendrez avec moi, docteur, que toute civilisation digne de ce nom passe par une bonne table et un bon cigare...

Tirant un mouchoir, il épongea son front dégarni.

— Je ne m'habituerai jamais à ce roulis, continua-t-il en grimaçant. Pourtant, je n'en suis pas à ma première traversée !

Donovan se tourna vers sa voisine de droite, Cecilia Cameron, une femme plutôt aigre, dédaigneuse, qui ne supportait pas la moindre taquinerie et qui affichait ses préjugés à voix haute. Il l'abreuva d'histoires de commerce de cigarettes et de tracasseries douanières. Cecilia Cameron finit par lui dire d'un ton tranchant qu'elle n'entendait rien à tout cela. Donovan plissa les lèvres, fit la moue et s'acharna sur le caneton grillé que le serveur venait de déposer. Le cliquetis des ustensiles choquant la fine porcelaine lui valut aussitôt le regard sévère de l'Anglaise.

L'arrivée du dernier convive détendit l'ambiance étouffante. Margaret Scott poussa un soupir de soulagement. Jusqu'à Cecilia Cameron qui feignit la bonne humeur. James Donovan salua béatement M. Wong Su. Petit homme au visage parcheminé et aux yeux de biche, le riche marchand de soie et de porcelaine souriait sans cesse. Il portait une veste de soie à col haut. Le vêtement était assez ample, les manches serrées avec un poignet à revers. Une minuscule effigie d'oiseau était brodée sur la poitrine. M. Wong Su salua les personnes présentes en s'inclinant bas.

— Je prie mes honorables compagnons de repas de bien vouloir excuser mon retard. La sieste me joue parfois de vilains tours...

Il s'exprimait d'une voix légèrement assourdie et avec un zézaiement typiquement oriental.

— Vous êtes tout excusé, monsieur Wong. Je suis sûr que nos amis comprennent que le repos du corps est également une vertu !

Timothy Cameron avait parlé, lui qui d'habitude se contentait de lire des passages de la Bible. Moins austère que son épouse, il demeurait néanmoins contraint aux rigueurs protocolaires qu'imposait son titre de révérend du culte protestant.

Wong Su s'inclina une nouvelle fois.

— Je vous remercie de vos bonnes paroles, révérend Cameron. Pour tout dire, bien manger est aussi une vertu. Il y a une vieille chanson de Chine qui dit : «Mes os percent ma peau et ma vigueur n'est plus, car je suis trop peu nourri...!» Profitons donc de toute cette nourriture pour entretenir notre vigueur.

Ses paroles déridèrent les cinq personnes attablées. Le révérend Cameron en profita pour présenter le couple Scott à Wong Su. Margaret remarqua les doigts effilés aux ongles soigneusement manucurés du Chinois, ainsi que ses gestes mesurés et son regard pénétrant.

— Toujours fidèle à ces chères traditions, gloussa Donovan en pointant l'index vers l'effigie brodée sur la veste de Wong Su.

Le Chinois souriait toujours. Il expliqua cette mode des siècles passés, influencée par les Mandchous au XVIIe siècle, selon laquelle les robes des fonctionnaires comportaient toujours une broderie qui indiquait le rang : la grue pour les fonctionnaires civils de premier rang, le faisan pour ceux de deuxième rang.

— Vous êtes donc un fonctionnaire de premier rang, fit Donovan, exhalant du même coup une fumée âcre de cigare.

— Oh ! À cause de la grue ? s'amusa Wong Su. Un lointain souvenir, une affaire de traditions...

La finesse des répliques et l'élégance des phrases du Chinois charmaient l'entourage. Il parla longuement de l'élevage des vers à soie et de la culture du mûrier pour nourrir les vers. Le dévidage du fil de soie à partir du cocon et le tissage remontaient à quatre mille ans avant l'ère chrétienne, expliqua-t-il. Puis :

— En fait, honorable Donovan, nos mondes reposent sur les traditions. Vous, par exemple, c'est le tabac...

Donovan devint tout rouge. Cecilia Cameron profita de son désarroi.

— Certaines traditions sont plus désagréables que d'autres, persifla-t-elle.

Piqué, Donovan bondit.

— Est-ce que je me mêle de votre commerce d'âmes, chère madame? Je vous fais remarquer que les affaires de la British and American Tobacco sont tout ce qu'il y a de plus légitime...

— Les affaires de Dieu le sont encore davantage, mon cher, fit le révérend Cameron, affectant le plus grand calme.

— Je n'en ai pas contre Dieu, mon révérend, s'empressa de corriger Donovan. Mais je n'admets pas que l'on mêle les affaires de la British à l'opium!

Wong Su s'interposa.

— Allons, mes amis! Laissez un peu vos affaires, elles vous rattraperont bien assez tôt! Et la Chine est suffisamment grande pour les faire prospérer toutes!

Puis il se tourna vers Margaret Scott.

— Vous n'avez jamais vu la Chine, si j'en crois vos honorables compagnons? demanda-t-il. Hong Kong? Canton? Liuzhou?

— Canton...

— Une bien grande ville, très ancienne, précisa Wong Su, les yeux mi-clos. On la surnomme Yangcheng, la «ville des chèvres»... La légende veut que Canton ait été fondée par cinq sages montés sur des chèvres. Elle raconte aussi qu'ils firent don aux paysans de la région des toutes premières pousses de riz de la Chine...

71

— Vous devez être natif de cette ville pour en parler avec autant d'éloquence, fit Margaret.

— Je suis né sur les berges de la rivière des Perles, tout près du pont qui relie la vieille ville à l'île de Shamian. Là où sont les bateaux de fleurs...

— Bateaux de fleurs ? répéta Margaret, intriguée. C'est un bien joli nom. Pourquoi les nomme-t-on ainsi ?

Wong Su n'eut pas le temps de répondre. Le verbe haut, Cecilia Cameron décrivit l'ensemble des jonques amarrées les unes aux autres comme l'une des plaies de Canton.

— Disons les choses comme elles sont; c'est le quartier des plaisirs de Canton, n'est-ce pas, monsieur Wong ?

Le commerçant gratifia Cecilia Cameron de son ineffable sourire.

— Tous les chemins mènent toujours quelque part, honorable madame Cameron, murmura Wong Su.

Les conversations moururent peu à peu, en même temps que cessa la promenade des plats.

* * *

Philip Scott avait été fasciné par Wong Su. Ayant été invité à faire les cent pas, il s'excusa auprès de Margaret et se rendit sur le pont, où l'attendait le Chinois. Au début, Wong Su laissa parler Scott. Parfois, ce dernier avait l'impression que le Chinois sommeillait. Il bougeait à peine, clignait rarement des yeux.

Scott lui parla des recherches sur le radium de Pierre et Marie Curie, des découvertes de Koch sur le bacille de la tuberculose, la bactérie du charbon, l'agent du choléra. Wong Su s'étonna de l'ampleur de la catastrophe du *Titanic*, puis sourcilla lorsque Scott lui parla de la Grande Guerre et de la guerre civile de Russie. Le Chinois lui donna l'impression que ces événements n'avaient été que des parenthèses dans les préoccupations de ses semblables. Lorsque Scott lui mentionna que la grippe espagnole avait fait vingt millions de morts sur quatre continents en moins de deux ans, Wong Su lui indiqua que cela représentait moins du dixième de la population de la Chine, quoiqu'il admît aussitôt ne pas savoir véritablement combien il y avait de Chinois. Scott avança le chiffre de cinq cents millions. Entendant cela, Wong Su se contenta de sourire. Il ajouta par la suite que le monde occidental s'occupait beaucoup trop de la profondeur des océans, de la hauteur des montagnes, de l'âge des humains, et pas assez de la sagesse et de la poésie.

Lentement, le visage du Chinois devenait plus expressif, ses mains s'animaient. Il dit avec une certaine fierté qu'il avait visité le Louvre, qu'il connaissait le cinématographe, Charlie Chaplin et Jules Verne. Puis, d'un air redevenu grave, il parla de cette Chine qui avait précédé tous les autres mondes. Il mêlait à sa façon histoire, religion, philosophie et folklore. Il parla d'astronomie, de miroirs magiques, de bouliers, de poudre noire, d'imprimerie. La Chine, selon Wong Su, avait tout inventé.

Lorsque Scott lui demanda s'il connaissait Darwin et ses théories évolutionnistes, le Chinois mentionna que Pan Kou Che, le premier homme légendaire qui sut débrouiller le chaos régnant sur la face de la terre, avait certainement devancé Darwin. Il ajouta aussitôt que dans leurs rêves les vieux Chinois voyaient fréquemment les Dragons, ces derniers régnant sur les eaux et les quatre points cardinaux.

Le soleil se levait sur l'horizon de Hong Kong lorsque Wong Su pria Scott d'accepter un modeste présent, en reconnaissance de ce qu'il qualifiait, avec force révérences, de «glorieuse nuit». Il lui tendit un petit livret entièrement écrit en chinois, s'excusant encore une fois de ne rien connaître de toutes ces grandeurs de l'Occident. Il précisa que ce petit livre avait été écrit par un certain Lu Xun. Lorsque Scott lui demanda quel en était le titre, l'autre répondit : «*Le Journal d'un fou*». Il encouragea Scott à le lire dès que possible. Scott rétorqua qu'il n'entendait rien à la langue chinoise. Le Chinois s'inclina, un sourire énigmatique flottant sur ses traits. Puis il pria Scott de l'excuser. Wong Su parti, Scott crut comprendre que le Chinois le renvoyait à sa propre ignorance : il ne savait rien du plus ancien et du plus grand pays de la terre.

5

Le *Viceroy of India* se frayait lentement un passage à travers la flotte de sampans, de jonques et de ferry-boats qui encombraient la baie de Hong Kong. Le port nichait au pied d'un enchevêtrement de saillies rocheuses et de collines arides.

Du pont supérieur, Philip Scott vit plusieurs canonnières britanniques qui étaient à l'ancre dans la baie et dont les pavillons claquaient au vent. Les notes des clairons du bord vibraient, saluant le passage du grand paquebot. Pendant que l'écho des sonneries mourait lentement, Alphonse Vercors, portant chapeau de paille et canne, son col haut lui sciant le menton, son éternel cigare aux lèvres, prit place au bastingage, à côté de Scott.

L'antiquaire français désigna l'immense quai, droit devant. On y voyait surtout des matelots, des soldats ainsi qu'une multitude de coolies qui portaient hommes et marchandises, indistinctement. À l'arrière-plan se trouvaient les marchés de la ville, les bureaux de la concession britannique, les dépôts de marchandises. Plus loin, se profilant entre la ligne des arbres exotiques, de larges maisons en pierres, construites dans le style européen, surmontées d'arcades et ceinturées de spacieuses vérandas.

— Impressionné? fit Vercors.

— Plutôt par ça, répondit Scott en montrant du doigt une masse grouillante de petites embarcations, soudées comme un banc de poissons.

— Ah! s'exclama Vercors, ça! C'est le premier acte du grand opéra de Chine : la cité flottante de Hong Kong! Les Chinois appellent ces bateliers «les gens de la surface de l'eau». Je ne sais pas au juste, mais on dit qu'ils sont des dizaines de milliers...

— Et de quoi vivent ces gens? demanda Scott.

— De tout, répondit Vercors. Ils sont en quelque sorte les mulets de cette partie de la Chine; ils vont là où vous et moi ne pourrions aller... Ils connaissent les moindres cours d'eau, du ruisseau au marigot, et surtout... ils savent éviter les douaniers. Vous comprenez?

— J'ai peur que non, répondit Scott.

— Opium, laissa tomber le petit homme.

— Vous voulez dire que tous ces gens sont des passeurs? Je croyais le trafic de l'opium enrayé depuis longtemps en Chine...

Vercors émit un ricanement.

— Hong Kong n'est pas véritablement la Chine, cher docteur, reprit-il. Vous savez ce que Hong Kong veut dire en cantonais?

Scott fit non de la tête.

— Port parfumé! Charmant et subtil, bien sûr! Je vous laisse toutefois le soin de deviner quelle est l'odeur qui parfume le plus ce capharnaüm!

— Et les autorités chinoises dans tout cela?

L'antiquaire joua avec sa canne, tira un mouchoir et s'épongea délicatement le visage. Il changea de ton.

— Pour des considérations bassement lucratives, beaucoup de Chinois de Hong Kong, c'est-à-dire la bonne majorité, n'ont de jaune que la peau; le cœur, lui, est blanc! Et les autorités chinoises ne font pas exception. Hong Kong ne vit que par et pour le commerce; l'important, ici, étant de s'enrichir et de sauver la face. Un bon Chinois récite Confucius et a un bon *joss*, c'est-à-dire une bonne étoile. Il finit par appartenir à une des puissantes familles de Hong Kong et à traiter avantageusement avec un des *taï pan*... Il y a aujourd'hui encore une vingtaine de *taï pan* qui contrôlent les activités de Hong Kong...

— Hong Kong a pourtant bel et bien été cédée à l'Angleterre, l'interrompit Scott. Et qui dit colonie britannique...

— Allons, docteur! gloussa Vercors, moqueur. L'ordre et la discipline britanniques sont des vertus d'ambassade! Les Anglais sont responsables de ce qu'est devenue Hong Kong. Lorsqu'ils sont arrivés ici avec les premiers chargements d'opium, il y avait à peine huit cents familles sur ces terres; aujourd'hui, seulement quatre-vingts ans plus tard, il y en a trois cents fois plus. Tous les Chinois du sud de la Chine ont convergé vers Hong Kong. On trouve ici autant d'Anglais, de Français, de Portugais et d'Allemands que de Chinois, tous intéressés par la même chose : la richesse. On y parle presque tous les dialectes de la Chine et toutes les langues étrangères... et tous se comprennent, sans se comprendre, évidemment! C'est pour cela que je vous dis que Hong Kong n'est pas véritablement la Chine; c'est beaucoup plus...

— Ce qui veut dire?

Vercors souriait. Il imaginait Philip Scott étendu sur un petit lit de bois laqué, la tête sur un coussin dur, en train de savourer pour la première fois l'étrange et fort parfum d'une boulette d'opium.

— Nous avons découvert grâce à la Chine de nouvelles formes de corruption, de vice et de tyrannie!

L'antiquaire s'amusait en constatant l'effet de ses dernières paroles. Philip Scott avait ouvert la bouche, mais demeurait muet.

Le *Viceroy of India* amorçait les manœuvres d'accostage au milieu d'un fourmillement de jonques.

Margaret avait rejoint Philip. Elle avait une mine radieuse. Elle jeta un coup d'œil en direction de Vercors. L'homme la salua en soulevant son chapeau de paille et s'éloigna d'un pas nonchalant. Derrière lui flottaient les dernières volutes de fumée de son cigare.

— Alors, Philip, lança-t-elle avec humour, le voilà enfin, ce peuple de fourmis...

— Fourmis peut-être, fit Scott avec gravité, mais capable d'arrêter la marche du temps et de tout engloutir...

— C'est à croire que M. Wong t'a fait une rude leçon, constata la jeune femme, redevenue sérieuse.

— M. Wong... L'honorable Wong, répéta distraitement Scott. Qui est-il véritablement ? Un de ces innombrables masques de l'Orient ? Tu le sais, toi ?

Scott regarda autour de lui comme s'il craignait qu'une oreille indiscrète n'entendît ce qu'il avait à dire.

— Je vais te confier quelque chose, Margaret, fit-il à voix basse. Tu sais ce qui m'est venu à l'esprit en apercevant cette multitude ?

Margaret lui fit signe qu'elle l'ignorait.

— Darwin ! Oui, Darwin ! C'est lui qui avançait la théorie voulant que lorsque deux races humaines se rencontrent, elles agissent précisément comme les espèces animales ; elles se combattent, s'entre-dévorent, se communiquent des maladies, jusqu'à ce que vienne l'épreuve décisive, qui révèle laquelle des deux possède la meilleure organisation ou les instincts qui lui permettent de gagner la bataille...

Margaret souriait avec candeur. Elle mit un doigt sur les lèvres de Scott, l'invitant par ce geste à se taire. Puis ses lèvres effleurèrent celles de Philip.

C'était bien ce que craignait ce dernier. Pour Margaret, la Chine était un rêve. Et les rêves étaient incontournables. Il y a deux jours, elle lui avait parlé de cet enfant qui tardait à venir. Pour Scott, il n'était pas question que leur enfant naisse en Chine. En fait, il n'osait pas avouer à Margaret qu'un homme en fuite ne saurait être père.

* * *

Les rizières se succédaient à l'infini. Une armée de paysans, la tête abritée sous un large chapeau de paille, pataugeaient dans l'eau boueuse. Le buste penché, avec des gestes lents d'automates, ils repiquaient les pousses de riz.

Ailleurs, des attelages de buffles au poil ras tiraient des charrues rudimentaires au milieu de terres partiellement inondées. Çà et là, des hameaux, des bâtiments bas, des maisons aux murs recouverts de crépi blanc.

Poussé par tous les feux de ses chaudières, le vapeur *King George* s'était engagé dans le delta de Canton et remontait la rivière des Perles. La peinture blanche destinée à atténuer les effets de la chaleur résistait si peu que de grandes plaques de rouille donnaient au navire des allures de vieux rafiot.

Le pont inférieur était encombré de Chinois de basse classe. Des militaires britanniques, carabines hérissées de baïonnettes au poing, les surveillaient. La rumeur voulait que des pirates déguisés s'embarquent quelquefois parmi la foule dans le but de s'emparer de la cargaison et de rançonner les passagers.

Philip Scott était en compagnie du révérend Cameron.

— Vous avez entendu ce qu'a dit cet officier anglais à Hong Kong au sujet d'enlèvements de missionnaires?

Le révérend Cameron fit un vague signe affirmatif.

— Oh! Il se dit tellement de choses à Hong Kong et ailleurs en Chine... Ce n'est pas la première fois que pareilles représailles sont exercées. Les guerres de l'opium ont forcément laissé des cicatrices, sans compter les seigneurs de la guerre...

Il exhiba l'épais livre à tranche dorée qu'il tenait à la main : *The Book of Common Prayer of the Church of England.*

— Le livre des vérités essentielles, cher docteur, ajouta-t-il en souriant. Vous le connaissez certainement!

— Dernièrement, cela n'a pas été ma lecture de chevet.

Le révérend Cameron pâlit mais ne répondit rien. Il fixa Scott avec un air de reproche. Un tremblement imperceptible agitait ses lèvres. Embarrassé, Scott tira sa montre et regarda l'heure. Puis son regard erra alentour. Il vit, à quelques pas, Margaret. Près d'elle, Cecilia Cameron. Scott distinguait avec netteté les traits sévères de cette dernière, davantage accentués par des cheveux haut tirés et des lèvres décolorées aux commissures tombantes.

— Ma chère, Canton n'est pas la terre promise, claironnait-elle, bien loin de là ! Il ne se passe pas deux journées sans une averse à vous rappeler le déluge ! Pour ce qui est des odeurs, le premier commerçant qui importera des tonnes d'un de ces parfums français fera une fortune. Et je n'ai pas parlé des Cantonais ! De véritables sacs à puces ambulants, tiens ! Et gloutons de surcroît ! Je les crois capables de tout manger ce qui est à quatre pattes... sauf le mobilier, Dieu merci ! Sans compter cet étrange baragouin qui nous fait bourdonner les oreilles ; quand ce n'est pas ce dialecte incompréhensible, c'est ce pidgin-english tout aussi barbare...

— Pourtant, vous êtes de retour parmi eux, constata Margaret.

L'agacement était visible chez Cecilia Cameron, qui ressentit aussitôt le besoin de se disculper en invoquant une raison noble. Elle releva le menton, serra les dents et répondit sèchement :

— Le révérend Cameron, mon mari, dit souvent que si l'Église d'Angleterre n'y est pas, d'autres occuperont sa place. En clair, cela veut dire occuper l'esprit du peuple chinois...

Puis Cecilia Cameron jeta un regard impitoyable vers les Chinois entassés sur le pont inférieur.

— Regardez-le, ce peuple dont les empereurs se disaient Fils du Ciel, persifla-t-elle. Regardez-les ! Ils sont étendus partout, ils dorment avec le bétail, ils sont crasseux, ils puent, ils fument tout ce qui leur tombe sous la main, ils gaspillent le moindre sou au jeu ; ils vont d'épidémie en épidémie... Voilà pourquoi nous occupons cette place, ma chère ! Dieu n'admet pas un tel état d'abandon !

Margaret ne voyait plus le soleil qui s'enfonçait lentement ni la vague brume qui gagnait la rivière des Perles. Elle se dirigea vers Philip. Elle cacha sa figure au creux de son épaule, puis soupira profondément.

Une heure plus tard, sans avertissement, la pluie creva la nuit noire. Une pluie comme Philip Scott n'en avait jamais vu. Elle tombait en lames, cascadait furieusement, noyait les berges, la rivière, le navire. Il n'y avait plus rien derrière ou devant que le déluge de la mousson.

Dans la moiteur de la petite cabine, Philip Scott regardait Margaret. Elle s'était endormie dans ses bras, l'imprégnant de la chaleur douce de ses seins.

Scott tendait l'oreille à la fureur des éléments. Il lui semblait que le navire, désemparé, se dirigeait droit dans la gueule béante d'un dragon. Pourtant, il filait vers les quais de Canton, défiant les eaux furieuses de la terre et du ciel de Chine. Le bruit des hélices battant à cadence régulière les eaux boueuses rivalisait avec l'incessant crépitement de la pluie qui s'abattait toujours aussi dru. Pas la moindre ondulation ni le moindre roulis.

Lentement, Scott sombra dans sa propre nuit. Il avait besoin d'un grand silence pour y perdre tous les fantômes de son passé. Il arrivait au bout du monde, dans un pays qu'il imaginait si mal.

* * *

À travers l'épais rideau de pluie, le vapeur *King George* arrivait à Canton. Des mâts innombrables se dressaient dans le port. Plus loin, surplombant les toitures gondolées des pagodes, on voyait pointer les flèches gothiques du grand temple catholique.

Ce n'est qu'au moment où la passerelle d'appontement fut tendue que l'indescriptible fourmillement se révéla véritablement aux passagers. Tous ces corps menus, agglutinés, occupaient jusqu'au dernier espace. Ils avançaient à petits pas, presque en courant, pliés sous des charges colossales. Les uns traînaient des tombereaux pleins de caisses et de sacs de riz. D'autres, balancier sur l'épaule, se faufilaient en poussant des cris aigus destinés à réclamer un passage à travers la cohue. Ici, des pousseurs de brouette, la charge doublée par des vieillards assis sur les colis entassés, ahanaient, les bras écartelés par les brancards rudimentaires. Là, des coolies, torse nu, se passaient d'énormes caisses à bout de bras.

Non loin du débarcadère, des femmes, des enfants, des vieillards en haillons, les yeux écarquillés, étaient accroupis, les mains jointes dans un geste de supplication, en montrant leurs paniers vides.

Imperturbables quoique trempés jusqu'aux os, une douzaine de musiciens cherchaient à attirer l'attention des arrivants. Hautbois, cymbales, tambours et clochettes confondaient leurs sons dans un concert discordant.

Serrés l'un contre l'autre sous leur parapluie, Philip et Margaret Scott jetèrent un dernier coup d'œil au *King George*, maintenant amarré. Une file interminable de dockers avaient entrepris le déchargement.

Soudain, Philip Scott tendit l'oreille tout en se mettant à chercher dans toutes les directions.

— C'est mon nom! fit-il. Quelqu'un crie mon nom!

Derrière le cordon de policiers chinois et de quelques militaires anglais et français, il vit un jeune Chinois qui gesticulait.

— Docteur Scott! criait-il. Docteur Philip Scott...!

— Oui...! Par ici! C'est moi! répondit Scott en agitant frénétiquement la main. Je suis le docteur Philip Scott!

Apercevant le couple, le jeune homme se faufila vers lui, suivi d'un autre Chinois, plus grand, vêtu à l'occidentale, les yeux cerclés d'épaisses lunettes et portant haut un parapluie ciré.

— Ah! docteur Scott, fit-il en s'inclinant à plusieurs reprises. Je suis Yu Sheng! *Number one boy...*

Plus calme, l'autre personnage s'inclina légèrement, puis tendit la main à Scott et ensuite à Margaret.

— Je suis le docteur Yang Shao, l'assistant du docteur Theodore Spencer. Je vous souhaite la bienvenue en Chine et dans la grande ville de Guangzhou...

Il s'exprimait d'une voix grave, sans le moindre accent, en détachant bien les syllabes.

Puis il se tourna vers Yu Sheng et lui parla rapidement en chinois. Ce dernier s'engouffra aussitôt dans la foule criarde.

— Yu Sheng va s'occuper de trouver des porteurs pour vos bagages, annonça Yang Shao. Vous en avez beaucoup?

— Quelques caisses, répondit Scott.

— Aucune importance après tout, fit Yang Shao en retirant ses lunettes pour les nettoyer. Si vous le voulez bien, nous nous dirigerons vers votre résidence. Elle est située à l'intérieur de l'enceinte du centre médical. J'espère que vous ne voyez pas d'inconvénient à faire le trajet en chaise à porteurs... Malheureusement, il nous est impossible de circuler en automobile dans ce secteur de la ville. Trop de ruelles encombrées, beaucoup de travaux...

Courbés sous leur parapluie, Philip et Margaret Scott suivirent Yang Shao, en évitant de leur mieux les heurts et les bousculades. Ils virent les chaises à porteurs au milieu de coolies, de porteurs d'eau et de cuisiniers ambulants. À l'intérieur, sur le siège, une vieille couverture. À leurs pieds, une théière garnie et un petit réchaud à charbon de bois.

— Je sens que je vais encore avoir le mal de mer, plaisanta Margaret en s'installant tant bien que mal.

— Ça ne manque pas de pittoresque, rétorqua Philip Scott.

Le trajet leur sembla interminable. Ils passèrent par des ruelles étroites au point que deux chaises à porteurs pouvaient difficilement se croiser par endroits. La plupart des venelles n'étaient pas dallées et servaient de dépotoirs d'immondices. Des enfants parcouraient les lieux, recueillaient les ordures qui jonchaient le sol boueux et les fourraient dans des seaux. Les toits des maisons se touchaient presque, ne laissant filtrer qu'un rai de lumière incertaine. Partout, des gargotes à bon marché exposant des corbeilles remplies des pires mélanges voisinaient avec des boutiques empestant le poisson séché et les algues. L'odeur des latrines se mêlait à celle des rebuts.

Sans cesse, tel un flot remuant, des coolies à demi nus, transportant les charges les plus bizarres et répétant indéfiniment les mêmes cris, les croisaient.

Lorsqu'ils eurent franchi le portique d'un mur d'enceinte, la Chine leur sembla tout à coup derrière eux. Les bruits s'étaient évanouis comme par enchantement. Tout était calme. Des édifices spacieux, mêlant les styles Second Empire et néogeorgien, se dressaient au-dessus de la rangée d'arbres. Ici, une toiture en fausse mansarde; là, une autre en pavillon à terrasse orné de crêtes de fonte.

Ils s'arrêtèrent enfin près d'une résidence en briques rouges, avec de petits portails de bois peint et, à chaque extrémité, des fenêtres en saillie. Un fronton disposé sur des colonnes de bois peintes en blanc surplombait l'entrée.

Il ne pleuvait plus. Les porteurs s'étaient immobilisés. Quelqu'un lança ce qui semblait être des ordres en chinois. C'était le docteur Yang Shao qui interpellait le chef des porteurs, un gaillard corpulent au visage ravagé par la petite vérole. Puis il lui tendit une poignée de cigarettes. L'homme les distribua également entre les porteurs. Accroupis, ces derniers tirèrent aussitôt de longues bouffées.

Yang Shao montra la grande maison.

— J'espère que vous aimerez. Je ne crois pas que vous y serez... comment dit-on?... dépaysés...

— On dirait Londres, murmura Margaret en serrant le bras de Philip Scott.

Le Chinois esquissa un petit sourire.

— Les Anglais ont presque tout construit ici, sauf la partie chinoise de la ville, bien entendu, répondit Yang Shao. Venez, je vous prie. Ne vous inquiétez pas pour vos bagages, ils seront ici sous peu. Yu Sheng est très fiable, vous verrez. Il prendra soin de tout. Il vous conseillera surtout sur le choix de vos domestiques...

— Domestiques? s'étonnèrent en même temps Philip et Margaret. Nous n'avons pas besoin de domestiques...

— Vous êtes les invités de la Chine et, comme tels, vous priver de domestiques serait perdre la face! fit le Chinois en affectant un air solennel.

Scott remarqua un certain durcissement dans le regard de Yang Shao. Les deux hommes se toisèrent en silence.

Quelques instants à peine, puisque la file de porteurs apparut. Ils se déplaçaient en scandant : «Ah-yo! Oh-yo! Ah-yo! Oh-yo!» Un cortège d'hommes soufflant comme des bêtes et supportant le poids des caisses, dont la dernière, immense, oscillait dangereusement. Margaret porta les mains à son visage.

— Mon piano! lança-t-elle d'une voix étouffée.

6

Les cinq Chinois discutaient bruyamment. Une odeur d'alcool de riz, mêlée à celle, plus âcre, du tabac, flottait dans le réduit.

Kao Feng, le lettré, portait une tunique de soie bleu foncé qui lui descendait jusqu'au-dessus du genou. Les yeux mi-clos, il lissait d'une main les poils de sa moustache et suçait lentement les poils d'un pinceau qu'il tenait de son autre main.

Les quatre autres, parmi lesquels se trouvait Yu Sheng, gesticulaient, brûlaient tout le tabac, puis, les bajoues dégonflées, avalaient goulûment des lampées d'alcool.

— Pourquoi ne pas laisser le sort en décider? lança l'un d'eux avant de se racler la gorge et de cracher sur le plancher.

— Imbécile! répliqua Yu Sheng. Tu parles comme un véritable fils de tortue! Et comment veux-tu que le sort en décide? C'est bien pour cela que tu resteras concierge toute ta misérable vie.

Le vieux Chinois délayait l'encre. D'un geste mesuré, il y trempa le pinceau. Il traça un premier caractère sur le feuille de papier de riz placée devant lui.

— Il s'agit d'éviter de les offenser, fit-il gravement. Toutefois, nous ne pouvons pas employer les caractères du prénom d'un des empereurs ni ceux du nom d'un temple ancestral; ce serait un sacrilège. Mais nous avons d'autres possibilités. Il est médecin?

— Il est médecin, confirma Yu Sheng, mais je ne veux pas qu'on le nomme *I-kouan*... Tous les médecins étrangers sont *I-kouan* ici! Lui, c'est autre chose!

— Pourquoi nous donner tant de mal? fit le cuisinier Cheng avec une moue de mépris. Il n'y a qu'à choisir un caractère facile à reconnaître. Après tout, ce ne sont que deux Tan-kouai de plus...

À ces seuls mots, Yu Sheng entra dans une violente colère. Il se précipita sur son malheureux voisin et le frappa sauvagement, tout en l'accablant des mots les plus grossiers. L'autre, les yeux terrifiés, se cramponnait instinctivement à sa chaise, ne cherchant même pas à parer les coups. Aussi soudainement, Yu Sheng se rassit, sans plus se préoccuper de celui qu'il venait de battre avec sauvagerie. Il était clair pour Yu Sheng qu'un *number one boy* ne devait jamais perdre la face devant les autres domestiques.

Kao Feng approuva d'un petit signe de tête.

— Il a un bon *joss*, insista Yu Sheng. Il faut un nom élégant.

Les autres se taisaient maintenant, se contentant de le regarder craintivement.

— Qu'a dit Yang Shao? demanda le lettré.

— Qu'il n'était pas comme les autres, répondit aussitôt Yu Sheng.

— Oui, il a peut-être un bon *joss*, répéta Kao Feng, et il est médecin. Alors, «Hua», en l'honneur de celui qui fut le premier grand chirurgien de notre peuple et qui connaissait les vertus de toutes les plantes, et «Fu», qui correspond à un des rites dans la vie d'un homme...

— Lequel? s'enquit Yu Sheng, méfiant.

— Celui qui consiste à faire revenir l'énergie vitale dans le corps après l'avoir quitté pendant un temps, expliqua Kao Feng en traçant les deux idéogrammes, en gros caractères, sur le papier.

— Et pour la femme? demanda Yu Sheng.

— Comment est-elle?

— Comme un soleil! s'exclama spontanément le *number one boy*.

Kao Feng interrogea Yu Sheng du regard. Ce dernier baissa les yeux. Le lettré traça d'autres idéogrammes, déposa le pinceau, fuma, puis avala d'un seul trait le verre d'alcool de riz que Yu Sheng lui présenta.

— «Ping Ming», annonça-t-il. C'est bien à ça qu'elle vous fait penser, à un lever de soleil?

— Ho! s'exclama Yu Sheng. Hua Fu et Ping Ming! *Ya*!

Il avala une dernière rasade. Il était visiblement satisfait, convaincu d'avoir mené à bien sa première mission au profit des Scott.

* * *

Au milieu de la grande pièce s'ouvrait une cheminée en marbre blanc. Les parquets, vernis et brillants comme du verre, étaient nus. Sauf qu'il y avait le piano. Margaret adorait son piano à queue. Un Steinway noir. Son père, Scotty McLaughlin, avait eu une vive admiration pour Steinway, de son véritable nom Heinrich Engelhard Steinweg, un petit émigré autrichien qui bouleversa totalement les conceptions et les méthodes de fabrication du piano. Scotty McLaughlin avait acheté le Steinway, fabriqué en 1880, et l'avait offert à Margaret lorsqu'elle fut admise au conservatoire.

Scotty McLaughlin adorait Chopin parce que, disait-il, «Chopin s'était ému devant Stirling Castle, avait écrit de belles choses sur Édimbourg et Glasgow, et avait conversé avec Dickens». Lorsqu'il entendit pour la première fois Margaret interpréter le *Rondo «Krakowiak»*, il pleura. Ce fut la seule fois que Margaret vit pleurer son père.

Son jeu, trouvait-elle, manquait d'élégance. À l'instant même, avec les avant-bras fortement inclinés vers le clavier et les doigts gourds, il lui semblait que la musique respirait mal et qu'elle n'en tirait qu'un effet d'écho.

D'autres échos lui parvenaient. Des bruits d'objets qu'on déplaçait, des bruits de pas, des cris brefs. Margaret cessa de jouer et regarda autour d'elle. Partout, des Chinois transportaient des chaises, des fauteuils, des tables, des boîtes.

— Madame Ping Ming! Madame Ping Ming!

Pendant un instant, Margaret avait oublié que Ping Ming était son nom chinois.

— Madame Scott, reprit Yu Sheng avec une pointe d'impatience. S'il vous plaît, madame Scott... Il faut choisir domestiques!

Margaret Scott ne comprenait rien. Elle se leva et reçut le Chinois avec son plus beau sourire. Ce dernier était visiblement surexcité.

— Qu'y a-t-il, Yu Sheng?

— Il faut choisir domestiques, répéta Yu Sheng en baissant le ton.

— Mais voyons, Yu Sheng! s'étonna Margaret. Comment veux-tu que je choisisse parmi tous ces braves gens?

— Il faut choisir, s'entêta Yu Sheng.

Margaret soupira en regardant la vingtaine d'êtres grimaçants, tous vêtus d'une simple veste de coton bleu, qui s'efforçaient de placer les meubles au milieu d'un véritable fourbi. Elle se résigna.

— Bon! Que faut-il pour cette maison?

Yu Sheng énuméra sans hésitation :

— *Number one boy*, deux cuisiniers, quatre porteurs, chauffeur, jardinier, blanchisseur, porteur d'eau, concierge, veilleur de nuit... être minimum pour garder la face.

— Bon! Mais tu choisis, fit Margaret, résignée. Tu es *number one boy*, n'est-ce pas?

Yu Sheng lança quelques ordres secs et frappa à plusieurs reprises dans ses mains. Aussitôt, les autres Chinois déposèrent leurs charges et vinrent se placer au centre de la pièce. Yu Sheng les fit mettre en rang. Puis il les passa en revue, scrutant chacun avec la plus haute attention, comme le ferait un officier de ses soldats. Il en désigna un premier d'un geste approbateur, puis un deuxième. Il s'arrêta plus longuement devant un troisième. D'un geste autoritaire, Yu Sheng montra la porte.

— *Tseou pa!* cria-t-il à celui qu'il avait battu la veille.

* * *

Le docteur Theodore Spencer était un homme sec et froid, avec des traits anguleux et un regard dur. Il s'empressa de dire à Scott que ses quinze années passées en Chine lui avaient enseigné de ne jamais faire confiance à un Chinois, encore moins lorsque ce dernier avait reçu une formation occidentale, comme c'était le cas pour Yang Shao.

Il faisait une chaleur d'étuve dans l'hôpital de Canton. Tous les murs étaient blanchis à la chaux et les relents de pharmacie auxquels se mêlaient les odeurs de détergent rendaient l'atmosphère irrespirable.

— Tout passe par cet hôpital-ci, commenta brièvement le docteur Spencer durant la visite des lieux. Les prostituées avec leur vérole, les cas de tuberculose, de syphilis, de dysenterie, de gale infestée et, bien entendu, les opiomanes.

Les grandes salles avec des lits à rideaux étaient remplies de fumeurs et de mangeurs d'opium. La plupart des intoxiqués avaient la mine terreuse, les yeux creux et cernés, le visage bouffi en dépit d'une maigreur squelettique. Leurs mouvements étaient lents, incertains. Ils bégayaient et passaient constamment une main sur leur visage comme pour en chasser une mouche invisible.

Spencer expliqua que l'hôpital se remplissait aussitôt que le prix de l'opium grimpait dans les fumeries de Canton et qu'il se vidait aussi rapidement lorsque le cours baissait.

Le médecin désigna un vieux Chinois qui semblait aux prises avec des interlocuteurs fantômes. Sa peau, marbrée, donnait l'impression de s'écailler. Il avait les gencives saignantes, les dents qui se déchaussaient, alors que ses yeux, mornes et fixes, larmoyaient sans cesse.

— Celui-là est plus riche que les autres, ironisa-t-il. C'est sa dixième cure, au moins. Son luxe est de redécouvrir l'opium, une fois désintoxiqué... Il a bien meilleur goût, paraît-il !

— Il n'y a pas que les Chinois qui consomment de l'opium, dit Scott.

— Admettons que la fumerie d'opium a souvent été le seul amusement des coloniaux, répondit Spencer, agacé par la remarque du nouvel arrivant. Cela dit, il y a aujourd'hui, au bas mot, cent cinquante millions de fumeurs d'opium dans ce pays. Voilà qui démontre bien ce qu'est devenue la Chine : un pays plongé dans l'apathie et la déchéance. Vous voyez d'ici le tableau des horreurs, lança-t-il en guise de conclusion.

— C'est un peu nous qui sommes responsables de ce fléau, rappela Philip Scott.

— Nous essayons de ne pas faire de politique dans cet hôpital, docteur Scott, le reprit assez sèchement Spencer. Ce qu'il faut retenir, c'est que l'opium avilit, puis tue... Il tue de multiples manières !

Au cours de la même journée, Philip Scott eut un entretien avec le docteur Yang Shao. Le Chinois savait à peu près tout sur la culture, les usages, la production et le commerce de l'opium, jusqu'aux modes de falsification à l'aide de mélasse, de bouse de vache, de feuilles de pavot hachées, de gommes et de résines. Il expliqua que si l'opium de luxe valait huit piastres, celui de Bénarès en valait six et celui de Yunnan s'achetait à quatre piastres.

Mais lorsque Philip Scott demanda à Yang Shao s'il accepterait de lui traduire l'essentiel du *Journal d'un fou* de l'auteur Lu Xun, le Chinois, mal à l'aise, s'excusa et prétendit ne disposer d'aucun temps pour s'acquitter d'une tâche aussi délicate. Scott mit ce refus sur le compte des mystères de la Chine.

* * *

Spencer avait dit à Philip Scott que les moindres espaces avaient été réquisitionnés au profit des opiomanes et que les malades les moins atteints avaient été forcés de quitter l'hôpital pour laisser la place aux cas les plus graves.

La solution temporaire qu'il avait proposée se trouvait au sous-sol de l'hôpital. C'était une salle assez grande, un ancien laboratoire, avec une seule fenêtre, une lucarne. Des brûleurs, des éprouvettes, des récipients avec des mortiers, de petites cages d'animaux, vides, encombraient encore les deux comptoirs. Une grande table et trois chaises constituaient l'unique mobilier.

Scott en avait profité pour ranger le contenu de deux caisses. Il ne restait que trois objets à déballer. Il hésita. Levant la tête, il vit un pâle rayon de lune pénétrer par la petite ouverture vitrée. Il tira sa montre de sa veste. Il était presque minuit.

Il se décida enfin. Les deux premiers objets étaient des moulages de crânes d'hominidés : ceux de l'homme de Neandertal et de l'homme de Java. La troisième pièce, de même taille, était enveloppée dans plusieurs morceaux de tissu. Il les retira un à un, avec soin, dévoilant à la fin de l'opération un crâne de carnassier, parfaitement lisse et monté sur un socle de bois, tel un trophée de chasse. Scott manipula l'objet avec délicatesse, le tourna et le retourna dans ses mains, l'approcha lentement de sa bouche et y passa la langue à deux reprises.

Il déposa le fossile sur la table, s'assit sur une des chaises et le fixa longuement.

Bien en vue de la sorte, le crâne lui faisait entrevoir des enjeux qui dépassaient de loin les affaires de la médecine. C'était comme si l'étau des deux mondes se refermait sur lui. La petite communauté européenne dans laquelle Margaret et lui s'intégraient peu à peu accordait, du moins à première vue, une attention exagérée aux meubles laqués, aux vases peints, aux domestiques, au golf. Les uns disaient que la Chine était capable de tous les prodiges; les autres, que le peuple chinois était le plus fourbe de la terre. Scott, pour sa part, sentait la Chine simplement redoutable.

La rencontre avec Spencer l'avait agacé. L'homme lui donnait l'impression d'être privé de sentiments. C'était un colonial endurci et un royaliste. Yang Shao, par contre, l'effrayait. Son regard devinait tout. Sa connaissance de l'Occident et de la langue anglaise lui permettait toutes les incursions. D'ailleurs, Scott comprenait mal le refus du Chinois de traduire les écrits de Lu Xun. Il ne s'en inquiétait pas outre mesure puisqu'il savait maintenant qu'il n'y avait rien, en Chine, qu'une centaine de piastres de Hong Kong ne pouvaient acheter.

Scott était fatigué. Pourtant, chaque jour un peu plus, le sommeil devenait son ennemi.

* * *

Philip Scott s'étendit tout habillé sur le lit. Une odeur de parfum flottait dans l'air et le troubla. Il sentit battre son pouls, fébrile. Était-ce l'envie, cette poussée du seul besoin physique, ou le désir immense de sa femme dont il devinait le corps, tout près ? Il chercha anxieusement dans l'ombre, puis caressa les longs cheveux dénoués, répandus sur l'oreiller.

Ses mains glissèrent sous le drap fin. Au premier contact avec la nudité de Margaret, il sentit le frémissement de la chair, entendit un léger murmure, perçut le bruit d'un souffle court. Il intensifia les caresses. Son propre sexe s'éveilla. Excité, il se défit de ses vêtements et entra sous le drap. Leurs corps se soudèrent aussitôt, succombant aux étreintes. Autour d'eux, toutes choses devinrent abstraites. Même les pensées. Seuls comptaient l'au-delà sensuel et l'enfantement d'un bref bonheur.

La pâle lueur de l'aurore tira Philip Scott d'une somnolence voluptueuse. À ses côtés, Margaret frissonna, s'agita quelque peu avant de s'éveiller en sursaut.

Elle se leva à moitié, puis se laissa retomber sur l'oreiller.

— Je n'arrive toujours pas à bien dormir avec autant de gens dans la maison, dit-elle.

Philip se pencha vers elle et déposa un baiser sur les lèvres entrouvertes. Un bruit de pas et les craquements du parquet les firent sursauter. Il s'arrêta brusquement.

— Chut ! fit Margaret. Écoute...

Ils tendirent l'oreille. Tremblante, Margaret lui prit les mains. Elles étaient froides. Les siennes l'étaient davantage. Ils n'entendirent rien d'autre que le silence rompu par leur propre souffle.

— Treize personnes, chuchota-t-elle, treize Chinois qui s'attachent à moi comme des ombres, m'observent, chuchotent, s'engueulent...

Philip se voulut rassurant.

— Ce sont des domestiques, Margaret.

— Treize bien comptés, Philip! Avec Yu Sheng comme chef d'orchestre de cette cacophonie... et moi qui n'arriverai jamais à me souvenir de tous leurs noms, à commencer par celui qu'ils m'ont donné! J'ai l'impression d'être une analphabète, tu te rends compte?

Ils entendirent d'autres craquements insolites, puis le bruissement de pas glissés. Quelqu'un cogna discrètement à la porte de la chambre. Philip Scott se leva précipitamment et enfila sa sortie de bain.

— Philip, chuchota Margaret, n'ouvre pas...

— Qui est là? demanda-t-il d'un ton autoritaire.

— Yu Sheng! répondit une voix menue.

Scott fit signe à Margaret de se couvrir du drap, ouvrit la porte et sortit en la refermant aussitôt derrière lui. Yu Sheng s'inclina et lui tendit un petit paquet soigneusement emballé.

— Pour l'honorable Hua Fu, fit-il cérémonieusement. Être important!

Scott examina le colis, puis regarda Yu Sheng. Le Chinois l'observait.

— Tout y est? demanda Scott.

Yu Sheng acquiesça de la tête.

— Secret bien gardé, fit le Chinois.

Scott jouait nerveusement avec le paquet. Il le fit passer d'une main à l'autre.

— Combien?

— Cent piastres pour secret bien gardé, lâcha Yu Sheng.

* * *

Scott ne tarda pas à lire ce que les idéogrammes n'avaient pu lui révéler : le récit invraisemblable d'un mangeur d'hommes. Le propos était ahurissant. Lu Xun s'était inspiré de la longue nuit féodale en Chine pour écrire que «dans la haute antiquité, l'homme mangeait souvent de l'homme». Dans ce *Journal d'un fou*, l'auteur citait abondamment les

Annales. Il mentionnait qu'un certain Li Shizhen, pharmacologue du XVIe siècle, auteur d'un livre sur les plantes, avait écrit que la chair de l'homme pouvait se consommer bouillie. À la lecture de l'ouvrage de Lu Xun, Scott fut saisi d'une peur indicible. Probablement parce que Lu Xun était bel et bien vivant. On le présentait comme maître de conférences de l'université de Pékin. De surcroît, il se disait admirateur de Huxley et de Darwin. Mais ce qui effraya véritablement Scott fut d'apprendre que Lu Xun avait écrit ce *Journal d'un fou* en avril 1918. À la même date où Scott était aux enfers, dans les tranchées de Vimy, captif d'un ordre cannibale.

7

Wang le coolie n'était que deux jambes et deux roues filant à un train régimentaire, au trot, au galop, et un cœur surmené qui se cabrerait brutalement dans cinq ans, à moins que la tuberculose ne le prenne de vitesse.

Jour et nuit, Wang le coolie sillonnait au pas de course les rues étroites, contournait les trous, les tas d'ordures, heurtait parfois une pierre déchaussée. Ses jambes, pratiquement noires, étaient couvertes de bosses et de plaies. Pour soigner les profondes entailles et des ulcères qui autrement eussent entraîné la gangrène, il utilisait l'emplâtre à la bouse de vache. Il l'appliquait lui-même le soir pour le retirer au petit matin.

Mais Wang ne se souciait guère de son espérance de vie. Il s'efforçait de garder son travail, de courir pendant quatorze heures par jour afin de mériter le droit de courir quatre heures de plus le lendemain. Souffre-douleur au destin impitoyable, il subissait sans broncher les invectives des boutiquiers qui encombraient les ruelles et il se faisait rosser une fois par semaine par des policiers ou des étrangers.

Jusque-là, Wang n'avait jamais eu à céder sa voiture. Puni de la sorte, un coolie savait qu'il n'aurait plus la possibilité de gagner son bol de riz. Aussi préférait-il la volée de coups de matraque. Une seule fois un policier s'était emparé du coussin de son pousse-pousse. Wang lui avait glissé deux cents sapèques, ses gains d'une semaine entière, afin qu'il le lui rende.

Consciencieux autant que son père et son grand-père avant lui, Wang prenait soin de ne poser par terre que les orteils et la plante des pieds, et de bien lever les jambes en courant. Il savait que les clients les plus avertis examinaient les chevilles du coolie, surtout lorsque ce dernier était plus âgé.

Ce jour-là, Wang n'avait pas encore fait de course. En première ligne de la cohorte de coolies qui s'impatientaient, il guettait le moindre signe d'un passant, en espérant qu'il serait un étranger. Les étrangers étaient de meilleurs clients que les passagers chinois. Lorsqu'il vit l'homme à la forte moustache grise lever sa canne, il se précipita, non sans bousculer au passage plusieurs de ses semblables. L'homme examina Wang de la tête aux pieds, s'attarda aux chevilles, puis il prit place et se cala contre le coussin du petit fiacre. Il n'eut pas à dire où il se rendait, se contentant de toucher l'épaule de Wang avec sa canne lorsqu'il devait tourner, ou bien sa tête s'il devait accélérer. Wang était trempé de sueur. Sa veste crasseuse, largement ouverte, découvrait une poitrine d'une affreuse maigreur. Attelé aux brancards comme une bête de somme, Wang zigzaguait entre les charrettes et les automobiles, cédant à droite, dépassant à gauche, poussant sans cesse des cris d'avertissement.

Filant à bon train, Wang tirait de toutes les forces de ses jambes et de ses poumons. À l'intersection suivante, il vit un policier qui lui faisait signe de passer. En même temps, engagée dans une rue latérale, une puissante cylindrée noire refusa de reconnaître le signal d'arrêt du policier chinois. Arborant le fanion impérial japonais, elle fonça en ligne droite, culbutant sur son passage coolie, voiture et passager. À peine Wang avait-il entendu le son du klaxon que s'y mêlèrent ses propres cris suraigus. La dernière chose à laquelle il pensa fut la colère de son propriétaire lorsque celui-ci apprendrait que le gardien de la loi, en application du règlement, avait dévissé la plaque fixée sur le pousse-pousse.

* * *

De temps à autre, un infirmier aspergeait les lieux d'un parfum résineux afin d'atténuer l'odeur trop forte de corps malades et de mauvais piments qui envahissait le corridor du dispensaire, transformé en salle d'attente. Hommes, femmes et enfants s'y entassaient sans ménagement. Quelques-uns assis, d'autres appuyés sur des béquilles rudimentaires, la plupart allongés par terre. Tous avaient les traits tirés, le corps amaigri. Des vieillards balançaient sans arrêt la tête. Ils toussaient et crachaient.

À l'intérieur d'une pièce austère, une simple table de bois remplie de flacons et de pansements servait de pharmacie de fortune.

Couché sur un lit au cadre métallique, un Chinois malingre, le crâne entièrement rasé, se débattait tant bien que mal alors qu'un infirmier tentait de lui retirer la couverture qu'il tenait serrée contre lui.

— *I-kouan*, suppliait-il en cantonais, je ne vole pas ! La couverture est pour ma famille... C'est toi, *I-kouan*, qui l'a mise sur mes épaules... C'est comme si tu me l'avais donnée !

Sans lâcher prise, l'infirmier chinois traduisait le propos du patient et ajouta laconiquement :

— Vendre couverture pour opium, c'est certain !

Brusquement, le chétif personnage se mit à tousser violemment. Aussitôt, une écume rougeâtre envahit ses lèvres. Philip Scott fit signe à l'infirmier de relâcher le patient. Il s'approcha de lui, examina ses yeux, palpa son abdomen et l'ausculta.

— Ça sonne creux comme une caverne là-dedans, murmura-t-il. Un autre cas de turberculose... Il faudrait le garder...

— Pas de place à l'hôpital pour tireur de rickshaw, s'empressa de dire l'infirmier Wou.

— Nous en trouverons, de la place, Wou. Est-ce assez clair ? Cet homme crache le sang... Tu sais aussi bien que

97

moi qu'il risque d'y passer si nous ne le soignons pas immédiatement...

— Lui tireur de rickshaw, insista Wou. Si tireur de rickshaw à l'hôpital, plus de travail... et plus de famille!

Découragé, Scott regarda l'infirmier.

— Tu me dis que si nous le soignons nous lui volons son travail, et que si nous le renvoyons à son pousse-pousse, même dans son état, nous donnons du pain à sa famille? C'est bien ce que tu me dis, Wou?

L'infirmier haussa les épaules tout en grattant son menton imberbe. Puis il s'entretint avec le coolie. Les deux Chinois gesticulaient, haussaient le ton jusqu'à crier, à tel point que Scott se demandait si les deux hommes n'en viendraient pas aux coups.

— Alors? finit-il par demander à Wou.

— Il dit que c'est le tchi qui circule mal dans son corps, expliqua gravement le Chinois... Il dit qu'il a un mauvais tchi...

— Le tchi...?

— Énergie... Il dit mauvaise énergie! Il dit que *I-kouan* a des médicaments magiques... Juste un bon remède et le tchi redeviendra comme avant.

Scott sentait une sourde colère l'envahir peu à peu. D'un geste machinal, il prit un flacon et le tendit au Chinois.

— Le seul bon remède serait de mettre un terme à cet esclavage, fit-il. Dis-lui d'en prendre une gorgée toutes les heures... Cela calmera ses quintes de toux. Et dis-lui qu'il peut garder la couverture...

— Mais lui acheter de l'opium, objecta Wou.

Philip Scott s'approcha de l'infirmier et le fixa sévèrement.

— Dis-le-lui! Dis-lui exactement ce que...

Soudain, des cris, des gémissements. Scott n'acheva pas sa phrase. La porte du dispensaire s'ouvrit, cédant le passage au docteur Spencer suivi du docteur Yang Shao. Les deux hommes avaient un air contrarié. Derrière eux, un Chinois était maintenu par deux policiers. Son visage était plein de sang. Spencer ordonna à l'infirmier et au coolie de quitter les lieux sur-le-champ.

— Tu dis à tous ces gens qu'ils n'ont rien vu, glissa-t-il en chinois à l'oreille de Wou lorsque ce dernier passa le pas de la porte.

Puis il fit signe aux policiers.

— Mettez-le là !

Les deux hommes traînèrent le malheureux sans ménagement et l'installèrent sur le lit d'examen. Le visage meurtri, respirant avec peine, le Chinois roulait des yeux pleins d'épouvante. En entendant les gémissements de souffrance, Scott pensa aussitôt à l'enfer des landes brûlées. C'était toujours la même chose lorsque descendait l'ombre de la mort : le visage blême, les souillures poisseuses, les formes recroquevillées, les tremblements, les larmes prêtes à rouler au bord des paupières, le voile de brouillard qui rend les contours flous, l'abandon.

Du premier coup d'œil, Scott vit que le Chinois avait le crâne ouvert, le thorax enfoncé et une jambe fracturée. Lorsqu'il voulut l'examiner de plus près, Spencer s'interposa.

— Cela ne vous concerne pas, docteur Scott, fit-il. C'est l'affaire des Chinois... Le docteur Yang Shao va s'occuper de cet homme.

Ahuri, Scott expliqua au directeur qu'il était le médecin de service et qu'il entendait bien soigner tous ceux qui entraient dans le dispensaire.

— Tous sauf celui-là, répondit Spencer.

— Et pourquoi pas celui-là ? demanda Scott.

— Parce que c'est une affaire d'État !

Spencer retira ses lunettes, les essuya et les remit en place.

— Une affaire d'État, docteur Scott, répéta-t-il.

Le grand Anglais invita Scott à le suivre à l'extérieur du dispensaire.

— Un arrêt de mort a été prononcé contre cet homme, laissa-t-il tomber une fois arrivé dans le corridor.

Quoique Scott eût entendu ce que venait de lui dire Spencer, le propos lui sembla néanmoins irréel.

— Il était au mauvais endroit au mauvais moment, continua l'Anglais. Le malheur a voulu qu'il se soit mis en travers d'un véhicule de la diplomatie japonaise.

— Et il est condamné à mort pour cela? s'indigna Scott.

— Mais non! Il a choisi d'être exécuté à la place d'un jeune étudiant chinois qui s'était porté à sa défense...

— Mais c'est insensé!...

— Pas du tout! Cela se passe presque toutes les semaines à Canton... et ailleurs en Chine! Beaucoup de condamnés politiques échappent à la mort en versant une petite fortune à la famille d'un coolie...

— Et vous jouez tous à ce jeu macabre? Personne ne s'élève contre cet abominable troc? ne put s'empêcher de dire Scott.

— Personnellement, je ne joue à rien, docteur Scott, rétorqua Spencer. Nous sommes ici dans un pays démesuré où les faibles sont brutalement éliminés. Pour ce coolie blessé, la vie ne serait plus dorénavant qu'une condamnation à la souffrance. Il l'a logiquement vendue. Tous y trouvent ainsi leur compte...

Scott l'arrêta d'un geste.

— C'est bien vous, docteur Spencer, qui me disiez que vous essayiez de ne pas faire de politique dans cet hôpital, n'est-ce pas?

Il n'attendit pas la réponse de l'Anglais. Il reprit le chemin du dispensaire, mais les deux policiers chinois, le fusil au poing, lui en refusèrent l'accès. Impuissant, il revint sur ses pas, le regard vide, imaginant le coolie se débattant, la poitrine déchirée par de terribles quintes de toux provoquées par l'hémorragie interne, et le docteur Yang Shao, impassible, replaçant d'une brusque traction l'os du tibia qui surgissait hideusement des chairs éclatées.

* * *

Dans le Palais de Justice, tout près de la prison de Canton, trois accusés agenouillés, fers aux pieds et aux mains, avaient subi un procès dans sa forme la plus pénible:

la tête constamment courbée, mais avec l'interdiction de toucher le sol du front. Parmi ceux-là se trouvait un jeune homme de belle prestance, au teint clair, aux traits fins, vêtu d'une riche tunique de satin bleu. C'était Li Tsu Lin, le fils d'un célèbre poète et calligraphe de Canton, l'honorable Li Fan Jung. Malgré la prompte intervention de ce dernier et une offre particulièrement généreuse au magistrat et à la famille de Wang, Li Tsu Lin avait refusé que le coolie subisse le procès à sa place.

Lorsque le juge lui posa comme unique question s'il plaidait coupable, le jeune homme se redressa avec difficulté et, défiant le magistrat du regard, lança, sur un ton enflammé :

— La loi que vous imposez est celle des envahisseurs, qu'ils soient anglais, français, allemands ou japonais! Vous rampez devant eux comme des larves! Ils sont maîtres de nos villes, de nos maisons; ils nous soumettent à leur Dieu par la force, ils nous humilient, nous volent! En nous condamnant, vous nous faites au moins la grâce de mourir pour la Chine! La Chine aux Chinois!

On lui administra la bastonnade, on lui mit au cou une grosse pierre et on le força à se prosterner, le front à terre. Puis on le promena, en l'obligeant à traîner sa pierre derrière lui.

Le lendemain, les trois condamnés, couverts de chaînes, traversèrent le marché aux fruits, puis celui aux poissons. On les mena ainsi jusqu'au pied d'un simple muret, à l'extrémité d'un champ de terre noire. Derrière chaque condamné, on dressa une lamelle de bambou à laquelle était fixée une petite étiquette en bois portant le nom du supplicié suivi de la description du délit qu'il avait commis.

Des soldats leur retirèrent finalement les chaînes, leur offrirent des cigarettes, des morceaux de poisson et de viande ainsi qu'une généreuse portion de riz. Li Tsu Lin refusa avec un haussement d'épaules, pendant que les baguettes volaient à la bouche de ses deux compagnons. Accompagné d'un officiel chinois, un homme vêtu d'une soutane noire s'était approché des condamnés.

— Baptisé, dites-vous ? Nous n'avons rien à apprendre des chrétiens, fit Li Tsu Lin avec mépris.

— La mort vous sera plus douce...

— Je ne voudrais pas arriver dans l'autre monde et ressembler à un porc !

Ignorant la remarque du jeune Chinois, le prêtre fit un grand signe de croix.

— Au porc, dix mille flèches ! hurla Li Tsu Lin.

On entendit des murmures s'élever çà et là parmi les passants qui s'attroupaient pour assister aux exécutions. Parmi eux, des enfants jouaient dans la terre, remuant la poussière, tandis que d'autres s'approchaient le plus possible des trois condamnés.

La table des juges fut montée. Un officier japonais y prit place. Un photographe ouvrit son appareil et le braqua en direction des jeunes Chinois. On déploya une grande bannière jaune sur laquelle il était inscrit : «Par décret du gouverneur de Canton». C'était l'accessoire indispensable pour que le fonctionnaire chargé des exécutions pût ordonner au bourreau de porter le coup fatal.

Puis il y eut trois coups de feu. Les corps luttèrent quelque temps, agités de spasmes. De nouveaux coups de feu retentirent, tirés cette fois dans la nuque des trois agonisants. Des coolies vinrent ramasser les cadavres et les placèrent dans des caisses de bois.

* * *

Les trois étudiants se tenaient au garde-à-vous, casquette à la main, devant un officier qui ne cessait d'éponger la sueur qui coulait sur sa grosse figure ronde.

De temps à autre, des soldats de la garde aux uniformes élimés complétaient leur ronde et venaient s'approvisionner en cigarettes dans la pièce sordide qui servait de bureau. L'officier fit un signe négligent de la main en direction de Hung Mà.

— Pour ce prix-là, vous devrez vous satisfaire d'un seul corps... Il nous a été envoyé il y a deux jours et il n'a pas de tête !

Le jeune homme interrogea ses compagnons du regard. Ces derniers demeuraient silencieux.

— On m'avait dit que nous obtiendrions le corps d'un condamné, peut-être deux, exécutés la journée même, et que le transport ne coûterait rien...

Le militaire fit signe aux soldats de quitter la pièce.

— Et qui vous a dit cela? fit-il d'une voix gutturale.

— Mon père est un ami du gouverneur, répondit Hung Mà en prenant un air déterminé. Il m'a dit que nous pourrions prélever dans cette prison les sujets de notre choix.

L'officier s'épongea une nouvelle fois le visage. Il se leva et fit quelques pas dans la pièce, dont le sol n'avait probablement jamais été balayé.

— Très bien! Un corps entier et pas abîmé, finit-il par dire. Mais c'est vous qui vous chargerez du transport.

Puis il sortit précipitamment et donna des ordres. Un gardien, armé d'un fusil vieillot, fit signe aux trois étudiants de le suivre. Ils longèrent un étroit corridor faiblement éclairé. Le sol défoncé était parsemé de flaques d'eau. De chaque côté, derrière des portes munies d'énormes barreaux, des prisonniers étaient allongés, l'air hagard.

— C'est ici, annonça finalement le soldat en désignant deux cellules. De ce côté, il y en a dix; là, il y en a trois...

— Le corps dont nous avons besoin doit être jeune... et pas trop abîmé, expliqua Hung Mà.

— J'ai compris, fit le soldat. Alors, il faut oublier ceux-là! Ils ont été décapités et les têtes ont été exposées pendant deux jours. Les trois qui sont là ont été fusillés; vous n'avez qu'à choisir... mais faites vite! Euh... vous avez des cigarettes?

* * *

Le crépitement soudain de la pluie qui rageait contre la fenêtre fit sursauter Philip Scott. Il s'approcha. Dehors, ciel et terre se fondaient dans un même gris. Philip Scott essuya machinalement la buée qui s'étendait maintenant sur une large partie du carreau. Le geste répétitif lui glaça la main. Ce geste lui était familier : il l'avait tant de fois esquissé dans les Flandres. Il pensa au petit matin de ce jour d'avril 1917.

C'était le jour où Viateur Martin avait fait bifurquer son destin. Le prêtre avait douté à voix haute de la Genèse.

Depuis cette triste journée, plus triste encore que toutes les autres, le souvenir de l'aumônier hantait Philip Scott. À tout moment, il s'attendait à le voir surgir en pleine lumière, de la façon dont il se manifestait presque toutes les nuits, pour le convaincre enfin que l'indulgence qu'inspiraient les convulsions du drame humain valait bien la tentation du néant, et que l'irrésistible besoin de pénétrer le secret des origines était une étrange passion qui dépassait les récits spéculatifs jaillissant de l'ombre de toutes les religions. Mais alors pourquoi, ce jour-là, lui, le prêtre, s'était-il précipité vers la tranchée alors que les hommes de guerre tremblaient, englués, entre les entonnoirs d'obus et les traits de feu? Avait-il compris que le genre humain n'était pas lié à la naissance du ciel? Son âme se serait-elle soudainement ouverte à la démesure de l'apocalypse? Savait-il que nul n'échapperait à une création devenue monstrueuse?

Scott revoyait la bonne tête de l'aumônier, son regard pétillant et son sourire en coin lorsqu'il répétait pour la centième fois: «Ah! la vallée de la Somme! C'est le paradis des fossiles!» Et lorsqu'il disait le plus sérieusement du monde que «l'ancêtre du cheval, gros comme un chat d'aujourd'hui, côtoyait en toute quiétude des oiseaux grands comme le cheval actuel», Scott, à son tour, souriait, indulgent. Lorsqu'il lui prit de répondre que tout cela risquait fort d'être «des écarts de l'imagination», le père Martin s'était justement emporté. «Ah oui? Et que fais-tu de la théorie de Wegener sur la dérive des continents? Vas-tu nier la concordance des côtes du pôle Sud, de l'Australie et de l'Asie méridionale? Comment expliques-tu les parentés étroites entre les mondes vivants des continents méridionaux?» Sans attendre la moindre réponse, il avait poursuivi l'ardent discours en expliquant que l'Europe préhistorique se trouvait environ mille kilomètres plus près de l'équateur qu'aujourd'hui et que, par conséquent, c'était la forêt tropicale sous un soleil d'Afrique. Il en donnait pour preuve la découverte en 1875 du site de Messel. Des Allemands en quête de gisements de charbon avaient trouvé un crocodile fossilisé auquel les schistes bitumineux avaient servi de linceul pendant deux cent mille siècles. Il s'agissait en réalité d'un alligator diplocynodon, proche de ceux qui se trouvaient aujourd'hui dans le Nil.

En ce matin gris de Chine, Scott n'avait qu'une envie : crier son désespoir! «Je sais, je sais, tu avais raison! Pour que ce crocodile ait pu vivre à Messel, il fallait forcément que le climat fût tropical! Je sais aujourd'hui que toute cette diversité de la faune de la planète tient à un cataclysme planétaire et au mouvement des continents, et que la version biblique du déluge est invraisemblable. Je sais qu'il fut un temps, voilà peut-être cinq cent millions d'années, où l'Europe et l'Amérique étaient juxtaposées, et que, plus tard, l'Afrique percutait l'Europe, et que, plus tard encore, les terres émergées se disloquaient en même temps que régressaient les océans. Je sais que tu avais raison lorsque tu disais qu'alors que les morceaux du puzzle s'éparpillaient, l'homme attendait son tour... Eh bien, j'attends le mien!»

S'arrachant à cette parcelle perdue de sa vie, le regard de Philip Scott s'attacha à cet autre regard, venant d'une photo encadrée d'une jeune femme aux cheveux sombres. Un regard capable de faire tourner les têtes d'un simple battement de cils. Un visage sur lequel planait l'ombre d'un sourire fugace. C'était la photo de Margaret, prise au lendemain de leur plus belle nuit d'amour; après la guerre et avant la Chine.

Les bruits du matin se répandaient dans la maison. L'appel familier de son nom le fit sursauter. C'était la voix de Margaret. Il respira profondément et se retourna. Radieuse, Margaret lui souriait. Il la prit dans ses bras et la serra contre lui.

— J'ai hâte, Philip, soupira Margaret. J'ai vraiment hâte d'aller à cette soirée. Ça fait des semaines que j'y pense et que je me prépare... Tu veux savoir? Je ne tiens plus en place! Dis, tu crois que j'ai bien fait d'accepter?

Il prit son visage dans ses mains et la regarda avec tendresse.

8

La limousine noire passait d'un quartier de Canton à un autre, circulant difficilement parmi les maisons basses et surpeuplées. Malgré les immenses travaux entrepris sous l'égide de Sun Yat-sen, le père de la révolution de 1911, un grand nombre de taudis couvraient encore la ville chinoise. Au milieu du vaste chantier, on creusait partout des égouts et on aménageait de grandes artères.

Un perpétuel grouillement de gens, auquel s'ajoutait le mouvement incessant des bateaux battant tous pavillons sur la rivière des Perles, agitait Canton. L'obscurité n'y changeait rien. Sur le seuil des portes, des familles entières préparaient leur repas du soir sur des feux de charbon. Des milliers d'autres personnes, accroupies le long des façades de chaux, profitaient de la fraîcheur nocturne en sirotant du thé.

Tout au long du trajet, Philip Scott n'avait pas desserré les dents. Il n'aimait pas ces soirées mondaines, les associant au spectacle permanent des classes fortunées courant après tous les plaisirs. Il s'y sentait mal, à l'étroit dans l'habit de gala, dépouillé de sa personnalité, incapable de supporter les mimiques, les jeux de physionomie, les qualificatifs empruntés, les conversations de lèche-vitrines où se débitaient comme litanies les noms des chemisiers, joailliers, bottiers, chapeliers les plus en vue de Londres et de

Paris. S'y ajoutaient obligatoirement les anecdotes sur telle galerie d'art, sur telle autre collection de dessins des contemporains de Rubens, sur telle toile de maître ancien acquise à fort prix, et telle rumeur en provenance du quartier de Soho, à Londres, car il était de bon goût d'y avoir son restaurant attitré et d'y appeler le maître de céans par son prénom.

— Tu n'as pas dit un mot depuis que nous sommes partis de la maison, s'inquiéta Margaret.

— Je n'ai rien d'intéressant à dire, fit Scott du bout des lèvres.

— Au contraire, rétorqua Margaret en lui prenant la main, c'est parce que quelque chose te tracasse que tu ne parles pas. J'ai raison?

Elle lui prit une main. Elle la sentit crispée et moite.

— Tu veux savoir? Rien n'est comme je l'avais imaginé, finit-il par avouer. L'hôpital, Spencer, Yang Shao, les étudiants, tous ces Chinois qui envahissent la maison comme des fantômes, ces foutus dialectes qui font de cette ville une tour de Babel...! Peut-être aurais-je dû accepter l'offre qu'on me faisait à Shanghai ou à Pékin. Là-bas, au moins, les idées nouvelles ont fait leur chemin...

— Il y a deux semaines à peine, tu disais que c'est à Shanghai que les Chinois dresseront le premier bûcher antioccidental. Pour ce qui est des dialectes et des maladies, crois-tu qu'ils te seront plus faciles à apprendre ou à traiter là-bas qu'ici? Qu'est-ce qui s'est passé pour te faire brusquement changer d'idée?

Il ne répondit rien, se contentant d'étreindre la main de Margaret. Il n'avait évidemment pas changé d'idée. Depuis la fondation récente du Parti communiste, les Chinois ménageaient de moins en moins la bourgeoisie occidentale. Selon toutes les apparences, Shanghai était sur le point de défier l'impérialisme étranger en envoyant ses milliers de dockers et d'ouvriers de la misère violer les concessions et braver les murs des enclaves.

L'automobile s'était engagée sur un des deux ponts qui reliaient Canton à la petite île de Shamian. Cette dernière abritait les consulats anglais et français, les comptoirs commerciaux, les banques, les églises et les écoles privées. Des soldats britanniques en tenue de combat surveillaient les grilles d'accès. Sur un écriteau placé bien en vue, on pouvait lire : «Interdiction d'entrer aux chiens et aux Chinois».

Un sous-officier vérifia l'identité des passagers, puis, reculant d'un pas, salua comme au défilé, avant de donner l'ordre d'ouvrir les lourdes grilles.

L'automobile emprunta une avenue qu'ombrageaient de magnifiques palmiers et banians, puis s'immobilisa devant une imposante bâtisse aux murs épais. D'autres automobiles avec chauffeur y étaient déjà rangées.

Ils firent quelques pas le long d'une allée entièrement revêtue de dalles blanches. De chaque côté, les arbres d'un âge vénérable, magnifiques, formaient une arche. Ils gravirent la douzaine de marches pour se retrouver devant une porte d'entrée, large et massive, entièrement vernie, dont le heurtoir et la poignée en beau cuivre, soigneusement astiqués, donnaient à la somptueuse demeure le plus pur cachet londonien.

À peine Philip avait-il soulevé le heurtoir en forme de tête de lion que la porte s'ouvrit. Un domestique en livrée les invita à pénétrer dans une première pièce splendidement décorée dont on ne voyait que lambris et dorures. Un homme de forte taille s'avança vers le couple. La tête haute, chevelure blanche, il tendit ses grandes mains en direction de Margaret.

— Je vous remercie d'avoir accepté ma modeste invitation, fit-il d'une voix grave. Que cette nouvelle année vous soit favorable et que la Chine comble tous vos vœux !

— Nous sommes honorés, Excellence, répondit Philip Scott d'un ton solennel. Mme Scott et moi-même vous exprimons nos respects et tous nos vœux.

Sir Elliot Sinclair cligna de l'œil. Il offrit son bras à Margaret et invita le couple à l'accompagner au grand salon. Se tournant vers Philip, il lui dit avec familiarité :

— Je vous en prie, pas d'«Excellence» entre nous; appelez-moi sir Elliot !

Puis, s'adressant à Margaret :

— Venez, ma chère. Il y a un objet dans ces lieux qui vous comblera, si j'en crois ce qu'on m'a raconté à votre sujet. Votre mari saura bien se débrouiller sans vous!

* * *

Les petits maîtres de l'aristocratie cantonaise étaient réunis dans l'immense salle de séjour lambrissée de panneaux de bois. Les insignes de la monarchie ornaient les murs et le dessus des portes.

De temps à autre, on annonçait en grande pompe le nom d'un invité, déclinant titres et fonctions, après avoir fait tinter une clochette.

Bientôt, des dizaines de hauts gradés de l'armée britannique, la poitrine bardée de décorations, circulaient parmi les autres invités. Les gens entamaient la conversation par petits groupes, les uns et les autres cherchant toutefois, mine de rien et utilisant tous les subterfuges, à se rapprocher du buffet garni de vaisselle d'argent massif disposé sous un immense portrait du roi George V.

— On parle beaucoup de vous ces derniers temps, mon cher docteur!

Celui qui venait de parler était Mortimer Harris, le premier secrétaire du Conseil général de Grande-Bretagne. Un homme assez corpulent, au visage rubicond et à la bouche gourmande.

— Je ne savais pas que je pouvais représenter un quelconque intérêt pour la petite colonie cantonaise, répondit Scott avec le plus grand calme.

— Mais bien au contraire! fit Harris dont le sourire découvrait sa dentition chevaline. Les idéalistes font généralement parler d'eux...

— Idéaliste? reprit Scott, intrigué.

— Les coolies, glissa Harris. N'est-ce pas votre cause?

Philip Scott se raidit. Il déposa la coupe encore pleine qu'il tenait à la main depuis son arrivée. Il regarda l'autre bien en face.

— Est-ce être idéaliste que de se révolter contre le fait que des êtres humains soient traités comme des bêtes? Chaque jour, il nous arrive à l'hôpital une douzaine de tireurs de rickshaw plus morts que vifs, qui ont été culbutés par des automobiles, rossés par des policiers, et qui sont couverts de plaies purulentes; sans compter que la plupart sont déjà tuberculeux. Tout ça pour l'équivalent d'un bol de riz. Je ne vois pas où est l'idéalisme...

Le diplomate ne souriait plus. Déconcerté, il promenait son regard alentour, cherchant visiblement une bonne excuse pour prendre congé de Philip Scott.

— Écoutez, bredouilla-t-il, je veux bien en glisser un mot à sir Elliot, mais je le vois d'ici froncer les sourcils et me rappeler, bien courtoisement d'ailleurs, qu'il s'agit là d'une affaire entre Chinois...

— Pourtant, ce sont les étrangers qui encouragent cet abominable marché d'humains, rétorqua Scott.

— Le mot «étrangers» ne s'applique pas seulement aux Anglais, objecta Harris. Il y a les Français, les Japonais, et qui dit Français....

— Vous avez bien dit «Français»? l'interrompit d'une voix haut perchée un petit homme mince portant un monocle.

Harris salua le nouveau venu et le présenta à Philip Scott comme «Son Excellence le consul général de France, M. Eugène de Lattre, académicien et chevalier de la Légion d'honneur», puis en profita pour se retirer.

— Ah oui! Scott! fit de Lattre. On m'a raconté des choses à votre sujet...

— Décidément, c'est une contagion! ne put s'empêcher de dire Scott.

— Rumeurs de village, mon cher, répondit le Français avec bonhomie. On dit que vous avez des intérêts qui dépassent... euh... comment dirais-je?... le strict cadre de votre enseignement médical... Je parle de vos petites recherches et de votre intérêt pour la paléontologie...

Scott crut avoir mal entendu.

— Des affaires strictement privées, je vous assure, commença-t-il par répondre, visiblement ébranlé.

— Soyez bien aise, s'empressa d'ajouter le diplomate français. Tout savoir sur les uns et les autres est un sport national à Canton... Que dis-je? Partout en Chine! À propos, en quoi consistent ces recherches, si je puis me permettre?

Embarrassé, Scott savait qu'il n'avait guère le choix.

— De bien modestes recherches, fit-il presque malgré lui. Je m'intéresse à la préhistoire, aux origines de l'espèce humaine, à notre passé lointain...

— Passionnant en effet! s'exclama de Lattre. Qu'y a-t-il d'ailleurs de plus romantique que d'imaginer un primitif survivant courageusement dans un milieu terriblement hostile! Dites-moi, est-ce exact que vous avez fait acheter des singes?

Scott répondit sans hésitation.

— Ce qui est exact, c'est que j'ai personnellement acheté et payé ces singes. Ces animaux sont des sujets expérimentaux dont aucun professeur d'anatomie digne de la profession ne saurait se passer...

— Sérieusement, docteur, poursuivit de Lattre, croyez-vous faire en Chine les découvertes qui ont jusqu'à ce jour échappé à la Société géologique de Chine et aux plus réputés chercheurs français?

Scott avait retrouvé son calme. Il regarda son interlocuteur et vit le petit tic nerveux du diplomate français qui, sans cesse, ajustait son monocle.

— Et pourquoi pas la Chine? fit-il.

— Drôle de coïncidence, répondit de Lattre. Vous parlez comme ce jésuite qui a séjourné pendant plusieurs mois dans le nord de la Chine. Un certain Teilhard de Chardin. Vous connaissez?

— Teilhard de Chardin en Chine? s'exclama Scott.

— Par votre ton, je vois que vous le connaissez...

— Si on veut, répondit Scott. Quiconque s'intéresse à la paléontologie connaît forcément ce nom... D'ailleurs, il est président de la Société géologique de France...

— Il l'était, précisa de Lattre. Ses supérieurs jésuites ont préféré l'éloigner de Paris... Des idées un peu trop controversées...

— Que venait-il faire en Chine?

Le Français hésita, puis, haussant les épaules et baissant le ton :

— Tenter d'établir l'existence d'un homme... paléolithique... C'est bien ce mot, n'est-ce pas? Bon! D'un homme paléolithique en Chine... Mais, après tout, peut-être est-ce absurde!

— Rien n'est absurde dans ce domaine qui nous est presque totalement inconnu, corrigea Philip Scott.

* * *

Margaret était rayonnante. Les yeux fermés, elle semblait ne jouer que pour elle, quoique s'exécutant devant une assemblée immobile et silencieuse. Même les domestiques chinois avaient interrompu le service, à la demande de sir Elliot Sinclair.

Le jeu achevé de Margaret entraînait progressivement l'auditoire dans les fascinantes gradations sonores de la deuxième *Ballade* de Chopin, suivie de deux *Polonaises*. Les derniers accents montèrent avec autant de hardiesse que de grâce. Applaudissements et vivats fusèrent d'un bloc. On lui en demanda davantage. Elle leur offrit un *Nocturne*, suivi de la magie ondoyante de la *Barcarolle*, ce dernier morceau étant réputé pour une œuvre des plus modernes sur le plan harmonique.

La dernière note flottait encore sur l'assistance qu'on l'entourait déjà de toutes parts pour la féliciter. Mgr Duchaussoy, le prélat des Missions étrangères de Paris en visite à Canton, s'empressa de l'inviter à un dîner qu'il donnerait en son honneur. Le dernier à lui faire part de son admiration fut le docteur Yang Shao. Il s'était fait discret et avait attendu son tour derrière tous les Occidentaux et les dignitaires chinois. Baisant délicatement la main de Margaret, il lui offrit une orchidée.

— Je serais honoré de vous faire découvrir un jour les merveilles de Canton... Je vous mènerai aussi haut que la pagode de la Domination de la Mer et aussi loin que le pavillon des Amoureux !

Margaret fut troublée par le geste et le propos du médecin chinois.

Pendant ce temps, sir Elliot Sinclair exultait.

— Ravi de vous compter parmi nous, confia-t-il à Philip Scott en le gratifiant d'une accolade. Quel talent ! Quel charme ! Je comprends maintenant pourquoi votre épouse me proposait d'échanger ce piano contre le sien. Hélas ! Il lui faudra s'adresser à Buckingham Palace...

Le diplomate fit suivre ces mots d'un grand rire. Redevenu sérieux, il dit à Scott :

— Mon premier secrétaire m'a fait part de vos états de services, docteur. Vous étiez à Vimy...

— Et à quelques autres endroits également, précisa Scott. Mais j'étais médecin, sir Elliot. Ce n'est pas tout à fait la même chose...

— Ne soyez pas modeste, docteur. Vous étiez un volontaire, vous portiez l'uniforme de Sa Majesté et vous avez fait mieux que bien d'autres, m'a-t-on dit...

Scott n'aimait pas l'allure que prenait la conversation. Il flairait le piège.

— Ce sont de mauvais souvenirs, sir Elliot. Je préfère...

— Allons, allons, docteur ! Vimy ! Une grande victoire pour l'Empire... et pour le Canada, bien entendu !... Cette guerre fut noble et juste. Elle était une affaire de bon droit !...

— Lorsque des pays entiers deviennent des charniers, répondit Scott d'une voix blanche, nous ne parlons plus de bon droit ni de juste cause...

— Et de quoi parlons-nous alors ? s'étonna sir Elliot.

— D'un ordre cannibale, Excellence... Nous parlons d'un ordre cannibale !

Il y eut un bref silence pendant lequel les deux hommes évitèrent délibérément de se regarder. Survint un bruit

113

inhabituel, sorte de claquement sonore, suivi d'un cri et d'une soudaine agitation. Un domestique chinois traversa le salon en geignant. Derrière lui, Margaret accourait, le visage blême.

— Ce n'est pas possible ! Mais comment a-t-elle pu... ?

— Que s'est-il passé ? demanda Scott.

— C'est Mme Cameron... Elle a giflé un domestique... Il avait renversé un peu d'eau sur elle... Du moins, c'est ce qu'il m'a semblé...

Scott ne voulut pas en entendre davantage. Il se rua littéralement vers Cecilia Cameron, bousculant au passage quelques-uns des convives. Cette dernière, hautaine, feignant l'affront, claironnait bien haut :

— Ils sont d'une maladresse de..., mais vraiment de... !

— Votre geste est inexcusable, madame, fulmina Scott. Si ce n'était m'abaisser de la même façon ignoble, je vous rendrais cette gifle avec plaisir... Pas une, mais dix !

Tournant les talons, il se dirigea vers Margaret. Il la prit par le bras et ignora totalement sir Elliot Sinclair. En même temps, les domestiques chinois déposèrent plateaux, coupes, saladiers, puis, un à un, quittèrent les lieux malgré les protestations de sir Elliot.

* * *

L'automobile venait de franchir l'enceinte du complexe hospitalier de Canton. À l'intérieur du véhicule, Philip et Margaret n'avaient pas échangé le moindre mot.

Les phares balayèrent un instant le grand escalier de l'hôpital, le temps pour Philip Scott d'apercevoir des silhouettes vaguement familières. Mais déjà elles s'étaient esquivées dans l'obscurité.

— Tu les connais ? demanda Margaret.

— Ils ressemblent à quelques-uns de mes étudiants, fit Scott évasivement.

— Que font-ils ici à une telle heure ?

— Je ne sais pas, Margaret... Ce n'est peut-être qu'une coïncidence...

Pourtant, Scott était certain d'avoir reconnu Hung Mà.

9

Dans la grande salle de conférences de l'hôpital de Canton, il n'y avait pour tout mobilier qu'une longue et massive table de chêne entourée de huit chaises. Trois d'entre elles étaient occupées, alors qu'un jeune Chinois se tenait debout, tête baissée, à l'extrémité la plus éloignée.

Le docteur Theodore Spencer se voulait plein d'assurance et d'autorité; mais ses gestes brusques et le léger tremblement de ses lèvres le trahissaient. Quant à Mortimer Harris, son visage reflétait une colère mal contenue. Philip Scott, qui n'entendait pratiquement rien au dialecte cantonais, mordillait sa lèvre supérieure et se passait machinalement la main dans les cheveux.

Les trois hommes écoutaient l'étudiant Hung Mà. D'un air piteux, tournant et retournant sa casquette entre ses doigts, il marmonnait quelques explications maladroites. Dès qu'il eut terminé, Spencer l'apostropha.

— Allez rejoindre vos compagnons, lui intima-t-il. Je vous ferai connaître ma décision plus tard. En attendant, abstenez-vous de parler de cette histoire à quiconque. Vous m'avez bien compris?

L'étudiant hocha la tête, puis, sur un signe du directeur, quitta rapidement la pièce. Mortimer Harris prit aussitôt la parole.

115

— Sir Elliot est très embarrassé. Comprenez bien qu'il n'est pas possible pour le consul général d'ignorer une telle plainte...

— Bien sûr, monsieur Harris, l'assura Spencer. Tout cela est extrêmement fâcheux...

Puis, durcissant le ton, il s'adressa à Philip Scott.

— Vous vous rendez compte? Un de vos étudiants se sert des relations de son père avec le gouverneur et un fonctionnaire des prisons pour soutirer des cadavres... Mais qu'avez-vous donc pensé? Oubliez-vous que nous sommes en Chine?

— Comment pouvais-je savoir qu'il passerait aux actes? se défendit Scott. Je m'étais engagé à vous en parler, c'est tout. D'ailleurs, Hung Mà était très bien informé; il était au courant des dissections pratiquées à Shanghai et à Pékin...

— Le mal est fait, docteur Scott, poursuivit Spencer d'un ton cassant. Ce n'est pas tant l'affaire d'un cadavre... Les cadavres ne manquent pas, ici. On fusille et on décapite tous les jours, en Chine... C'est cette affaire de dissection...

— Permettez, docteur Spencer, insista Scott. Je conviens que le corps d'un Chinois exécuté est bel et bien dans la salle de chirurgie, mais personne n'a encore porté la main sur lui...

Spencer grimaça de dépit.

— Dites-le-lui, monsieur Harris...

Le diplomate se tortilla sur sa chaise tout en faisant mine de passer en revue les notes qu'il avait griffonnées et qu'il gardait dans un porte-documents de cuir.

— Vous souvenez-vous, docteur Scott, de ce procès qui a provoqué quelques remous, il n'y a pas très longtemps? Un certain Wang, coolie de son état...

Scott fit «oui» de la tête. Harris poursuivit :

— Le corps que se sont procuré vos étudiants est celui de Li Tsu Lin, exécuté pour crime contre les autorités japonaises... Le même Li Tsu Lin qui a refusé que Wang meure à sa place... Li Tsu Lin était le fils du plus éminent calligraphe et poète de Canton, Li Fan Jung...

— Je ne vois pas très bien où vous voulez en venir, fit Scott.

Harris se leva et fit quelques pas dans la pièce.

— Là où notre affaire se complique, c'est que notre ami le poète est dans ces murs après avoir porté plainte à sir Elliot en personne! Et il n'est pas venu seul. Celui qui l'accompagne est le très influent Liu Ming Pei... L'honorable docteur Liu, comme disent tous les Cantonais. Vous saisissez mieux, docteur Scott?

— Je comprends que si l'honorable docteur Liu est ce que vous dites, il aura vite fait de se rendre à nos arguments... Surtout si nous leur remettons immédiatement le corps...

— Docteur Scott, reprit Harris, rendre le corps serait l'heureuse solution pour nous. Mais pour Liu Ming Pei, cela voudrait dire que l'incident est clos; autrement dit, perdre la face...

— Mais que veulent-ils, à la fin? s'impatienta Spencer.

— Ils n'ont rien dit à sir Elliot, répondit le diplomate en reprenant sa place autour de la table, mais ne soyons pas surpris s'ils exigent d'importantes mesures de compensation... Et je ne parle pas nécessairement d'argent!

* * *

Liu Ming Pei avait dans sa démarche et sa contenance les allures d'un vieux sage. Il portait une longue robe de soie bleue, qui tombait sur ses sandales de gros cuir. Ses yeux, à peine bridés, éclairaient un visage à la peau lisse. À ses côtés, Li Fan Jung, avec sa tête rasée, sa robe de satin sombre et ses petites mains aux doigts ornés de longs ongles translucides, avait presque l'air efféminé. Les lunettes opaques qu'il portait dissimulaient entièrement ses yeux.

Pendant un long moment, on n'entendit rien d'autre que le bourdonnement des mouches et le bruissement de la soie. Une fois assis, Liu Ming Pei se pencha vers Li Fan Jung et lui murmura quelques mots à l'oreille. Ce dernier sortit de sa manche une petite photo et la déposa devant lui sur la table. Liu Ming Pei la prit, la regarda brièvement et la tendit à Spencer. L'ayant regardée à son tour, ce dernier la rendit à Liu Ming Pei avec un hochement de tête.

— Nous éprouvons beaucoup de tristesse, commença par dire Spencer en s'adressant à Li Fan Jung en cantonais. Veuillez accepter tous nos regrets et notre vive sympathie.

Les yeux mi-clos, les deux Chinois demeuraient immobiles. À son tour, Harris prit la parole. Il s'exprimait plus laborieusement que le docteur Spencer, quoique connaissant assez bien le dialecte local.

— Honorable Li Fan Jung, Son Excellence le consul général de Grande-Bretagne vous prie de croire qu'il ne saurait être question pour lui, et par conséquent pour nous tous, de juger les circonstances de la mort de votre fils...

Toujours impassible, Li Fang Jung regardait droit devant lui, comme si les paroles de ses interlocuteurs ne le concernaient pas. À la surprise de tous, ce fut Liu Ming Pei qui répliqua.

— L'honorable Li Fan Jung ne parlera pas, annonça-t-il d'une voix lente en affichant du même coup sa parfaite maîtrise de la langue anglaise.

L'étonnement se devinait aisément sur les visages de Spencer, de Harris et de Scott.

— Vous avez vu la photo, continua-t-il. C'est la raison pour laquelle l'honorable Li Fan Jung ne parlera pas. Il nous semble acceptable qu'un honnête homme puisse prendre le deuil de son fils et garder le silence pendant trois semaines...

— Devons-nous considérer que vous parlerez officiellement au nom de l'honorable Li Fan Jung ? lui demanda Harris.

Liu Ming Pei sourit, tira un petit éventail d'une poche intérieure, le déploya et s'éventa d'un délicat mouvement de va-et-vient.

— L'important pour nous consiste à élucider une question fondamentale...

— Et quelle est cette question ? demanda Spencer.

— Le respect absolu des morts !

— Nous ne saurions insister suffisamment sur ce même respect, s'empressa de dire Spencer. Nous en faisons autant que vous, docteur Liu, une affaire de principe.

Le Chinois referma l'éventail d'un mouvement sec et répondit, d'une voix plus dure :

— Si vous prononcez de tels mots, docteur Spencer, qu'ils ne soient pas vides de sens ou alors mettez-les en pratique. De toute évidence, tel n'a pas été le cas en ce qui nous concerne.

— Allons, docteur Liu, l'interrompit Harris, rétablissons les faits ; c'est pour cela que nous sommes ici. Nous reconnaissons volontiers qu'il y a eu légère transgression du principe et nous voulons réparer la petite erreur...

— Erreur ? répéta Liu Ming Pei avec une pointe d'ironie dans la voix. Voilà un bien petit mot, monsieur le représentant de l'Empire britannique et de ses colonies ! Depuis quelques siècles déjà, ces petites erreurs ont dévoré nos traditions aussi systématiquement que les vers à soie mangent les feuilles de mûrier...

Spencer avait blêmi sous la charge du Chinois.

— Nous n'avons pas enfreint les lois de votre pays, que je sache, répliqua-t-il sèchement. Qui plus est, docteur Liu, la loi chinoise est explicite : les dissections de cadavres sont autorisées, plus précisément lorsqu'il s'agit de corps de prisonniers exécutés. Et cette loi, comme vous le savez sans doute, remonte à 1913.

Liu Ming Pei feignait un calme déconcertant. Il exhiba de nouveau la petite photo et dit :

— Vous parlez de loi, docteur, mais je vous parle de traditions ; vous me parlez de dissection, mais je vous parle de respect. Les cheveux de mon ami Li Fan Jung étaient déjà gris alors que vous tous ici n'étiez encore que des nourrissons... En quelques jours, ils sont devenus blancs ! Qu'avez-vous fait ? Vous avez soustrait le corps de son fils ; privé un honnête homme d'enterrer pieusement ce qu'il avait de plus cher ; plongé l'honorable Li Fan Jung plusieurs fois dans le gouffre de la souffrance. Pourquoi ? Pour interroger un cadavre... Ou peut-être était-ce pour interroger la mort elle-même! Mais vous qui ne comprenez pas encore la vie, comment pourriez-vous comprendre la mort?

Mortimer Harris, excédé par la charge du Chinois, ne cachait plus son impatience.

— Permettez, docteur Liu! Cette affaire devient un procès. Je vous rappelle qu'il s'agit de trouver entre nous un terrain d'entente qui satisfasse l'honorable Li Fan Jung... Laissons aux spécialistes de la médecine le soin de débattre des vices et des vertus de leur science...

— C'est que je suis médecin, monsieur, répondit Liu Ming Pei, et depuis fort longtemps... De plus, je suis familier avec votre science occidentale, qui ne reconnaît que ce qui est saisissable, mesurable, et qui refuse ce qui ne l'est pas. Votre médecine n'a été admise comme science que depuis un siècle à peine; en Chine, la nôtre est une science depuis toujours, c'est-à-dire depuis au moins trente siècles. Pour ce qui est d'une compensation, puis-je vous rappeler que c'est vous qui en faites un enjeu? Pour notre part, nous n'avons rien réclamé! Je vous l'ai dit, c'est une affaire de principe, pas de marchandage...

— Très bien, docteur Liu, enchaîna Theodore Spencer. Vous nous avez remarquablement confondus. Qu'attendez-vous de nous?

Il y eut un long silence pendant lequel le regard de Liu Ming Pei s'attarda sur Philip Scott.

— Rien qui soit mesurable, annonça-t-il finalement. Si ce n'est que nous partirons avec le corps de Li Tsu Lin...

Le Chinois fit mine de se lever. Philip Scott le devança. Il s'avança vers les deux Chinois et dit, d'une voix mal assurée:

— Docteur Liu, honorable Li Fan Jung, cette regrettable affaire est entièrement de ma faute... C'est à cause de mon ignorance des choses essentielles de la Chine que nous en sommes là. Vous dire que je le regrette infiniment ne servirait à rien, pas plus que de chercher à me justifier.

— Docteur Scott, n'est-ce pas? J'ai apprécié ce que vous venez de dire comme j'ai apprécié précédemment votre silence...

Sur ces mots, Liu Ming Pei aida son compagnon à se lever. Les deux hommes s'inclinèrent profondément avant de quitter la grande salle.

* * *

Mortimer Harris rangeait soigneusement ses petits papiers, ajustait sa veste et nettoyait ses lunettes. L'air absent, Philip Scott fixait la petite photo posée sur la table, se demandant s'il s'agissait d'un oubli ou d'un geste intentionnel de la part des deux Chinois.

— Ma foi, l'attitude de ce Liu Ming Pei me dépasse, avoua Spencer. J'aurais donné ma main à couper que ces honorables mandarins, fagotés comme au siècle dernier, ne nous épargneraient pas...

Harris eut un petit ricanement de satisfaction.

— Plutôt une victoire pour nous, si je puis dire! Chaque fois que des Chinois de cette trempe s'inclinent comme ces deux-là viennent de le faire, ils rejoignent un peu plus rapidement la civilisation européenne...

— Je ne partage pas votre optimisme, mon cher Harris, répondit Spencer en affichant un air plutôt sceptique. Changer de visage, voilà la véritable nature de ce pays; c'est ce qu'il a fait tant de fois depuis vingt siècles... À peine l'a-t-on saisi sous une forme, pensant le tenir à notre merci, voilà qu'il modifie tous les traits qui nous devenaient un peu plus familiers...

Harris haussa les épaules.

— Bah! Pour l'instant, ils partent avec le corps... Plus de corps, plus de plainte. Pour le reste...! Au fait, considérez-vous l'incident comme définitivement clos?

— Il se pourrait que nous envisagions le renvoi de certains étudiants, répondit Spencer en fixant Philip Scott. Le docteur Scott sait ce que nous attendons de lui... N'est-ce pas, docteur Scott?

Ce dernier ne dit rien. Il regarda tour à tour Harris et Spencer. Il y avait une lueur de défi dans ses yeux. Puis, se levant précipitamment, il s'empara de la photo de Li Tsu Lin et se rua vers la porte.

* * *

Philip Scott dévala deux par deux les marches du grand escalier de pierre. Il ne sentit pas la chaleur vive qui cuisait le sol ni n'entendit le bourdonnement des insectes et le jacassement des oiseaux qui voltigeaient dans la grande cour de l'hôpital. Il n'avait d'yeux que pour les deux palanquins recouverts de laque noire et décorés d'arabesques.

Six hommes s'apprêtaient à soulever le premier à l'aide d'une longue tige qui passait par des attaches de métal fixées au toit. En retrait, Liu Ming Pei entrait dans le sien par une porte à glissière.

— Monsieur Li, cria Scott en brandissant la petite photo, vous avez oublié la photo de votre fils!

De la main, il fit glisser le treillis attaché sur une des portes et passa la tête à l'intérieur. Li Fan Jung y était assis, les jambes repliées sous le corps. Il avait retiré ses petites lunettes.

— Monsieur Li, insista doucement Scott. Tenez, c'est la photo de votre fils!

Li Fan Jung demeura immobile.

— Donnez-moi cette photo, docteur Scott, fit une voix derrière le médecin.

Scott reconnut la voix de Liu Ming Pei. En se retournant, il vit le Chinois qui tendait la main. Il lui remit aussitôt la petite photo. Ne sachant trop quoi dire, il désigna le sombre édifice de l'hôpital:

— Vous... vous aviez laissé la photo sur la table...

— Je vous remercie, docteur, répondit simplement l'autre en s'inclinant une fois de plus.

— Puis-je vous redire...

Liu Ming Pei ne laissa pas Scott poursuivre.

— Je vous ai dit avoir apprécié votre silence, docteur. Je vous le redis.

— Pardonnez-moi d'insister, docteur Liu, mais puis-je savoir de quel mal souffre exactement l'honorable Li Fan Jung?

Le Chinois hésita un instant.

— Votre médecine appelle cela des cataractes, finit-il par dire. Dans le cas de l'honorable Li Fan Jung, il y a certaines complications...

— Peut-être pourrais-je l'examiner...?

La réaction du Liu Ming Pei fut immédiate. Son regard vira au noir et ses traits se durcirent.

— Ce que notre science n'a pu guérir, la vôtre n'y parviendra pas, docteur Scott. D'ailleurs, la mémoire de l'honorable Li Fan Jung est bien vivante et son œuvre encore plus.

Le Chinois n'en dit pas davantage. Il se contenta de prendre place dans le palanquin, donnant aussitôt l'ordre aux porteurs de se mettre en route.

— Arrêtez! cria Scott, hors de lui. Mais arrêtez donc...!

Les porteurs l'ignorèrent complètement. Décidé à ne pas s'en laisser imposer, Scott leur emboîta le pas tout en continuant d'interpeller le Chinois.

— De quoi avez-vous donc si peur, docteur Liu? Vous m'entendez? Oh oui! vous m'entendez! Je vous dis que je puis aider l'honorable Li Fan Jung... Vous savez que notre médecine peut guérir les cataractes... Vous dites que votre médecine est capable de miracles? La nôtre y parvient à l'occasion... Vous m'entendez, dites? Je ne vous parle pas du respect des morts, docteur Liu, je vous parle du respect de la vie!

Le palanquin s'immobilisa. Liu Ming Pei passa la tête par la petite ouverture qui servait de fenêtre.

— Dites-moi, docteur Scott, demanda-t-il avec désinvolture, en quelle année êtes-vous né?

— Mais... Mais...

— Allons! s'impatienta le Chinois. La question est pourtant simple : quelle est l'année de votre naissance?

— 1889!

123

— C'est de bon augure, conclut Liu Ming Pei.

Quelques instants plus tard, les deux palanquins s'engouffrèrent dans les ruelles tortueuses de Canton.

10

Philip Scott n'entendit plus parler de Liu Ming Pei ni de Li Fan Jung. Il ne sut rien d'autre de la mission chinoise de Pierre Teilhard de Chardin. Il passait beaucoup de temps à parcourir Canton. Il découvrit la rivière des Perles et les singulières jonques dont M. Wong Su avait tant parlé : les bateaux de fleurs avec leurs galeries supérieures ornées de guirlandes et d'arabesques et leurs rangées de lanternes.

Survint la mousson prématurée de 1924. Les grandes campagnes de riz, si vertes, du sud de la Chine disparurent sous les eaux tumultueuses. Les barques qui, les jours précédents, paraissaient courir sur l'herbe défilaient pêle-mêle avec les cadavres d'animaux, les troncs déracinés, les toits de paille arrachés. Les maisons de terre croulaient. Le flot boueux entraînait des grappes de noyés. L'eau pourrissait les récoltes. Les fièvres malignes décimaient plus de Chinois, chaque jour, que la population entière d'une ville d'Europe.

Pendant des semaines, les eaux dévastèrent le sud du pays. Les vents s'abattaient en tourbillons, attaquant jusqu'aux pousses de bambou. Lorsque l'eau se retira et que les bateliers reprirent leurs chants, une partie de la Chine fut réduite à la famine. Décharnés sous leurs haillons, des miséreux serpentaient le long de la rivière des Perles, sur laquelle, de nouveau, les jonques aux voiles de nattes tressées glissaient paresseusement.

Philip Scott savait maintenant que la Chine était capable de tout engloutir, en commençant par l'âme. Il avait compris que cette terre, pour étendue et fertile qu'elle fût, était, dans un sens, la plus pauvre et la plus misérable de toutes. Soumise aux pires catastrophes, elle ne suffisait pas à nourrir ses habitants. On racontait que, dans les campagnes, les gens avaient rongé l'écorce des arbres afin de prolonger quelque peu leur vie. Ailleurs, faute d'écorce, ils avaient gratté le sol et mangé des pierres noires. Les plus résistants s'étaient constitués en bandes, pillant et tuant les autres. Les survivants se mettaient au service des seigneurs de la guerre. Ces derniers pillaient davantage, abusaient des femmes et des enfants, châtiaient impitoyablement ceux qui osaient protester. Pour une écuelle de riz, pour quelques gorgées d'eau insipide, pour pouvoir remuer de leur bras la boue d'une rizière, les parents abandonnaient leurs enfants, vendaient leurs filles ou encore les obligeaient à se prostituer.

L'hôpital de Canton fut témoin de l'interminable défilé des blessés et des malades. À toute heure, les gens mouraient. Dans la cour de l'hôpital, des menuisiers assemblaient à la hâte de modestes cercueils que les proches utilisaient à tour de rôle.

Les yeux rougis, les cheveux agglutinés par la sueur qui lui mouillait le visage et le corps, Philip Scott s'occupait de patients pour la plupart rongés par la vermine et les ulcères. De temps à autre, des infirmiers chinois passaient entre les rangées de malades, emportant une caisse assemblée avec des débris de planches et à travers les fentes de laquelle on devinait un cadavre.

Ce soir-là, Scott, terrassé par la fatigue et une chaleur saturée d'humidité, avait sombré dans une torpeur désespérante. Une voix le tira de son rêve. Il ouvrit les yeux, en proie à une indéfinissable angoisse. Il reconnut Yu Sheng, qui, un éventail à la main, tout en arborant son habituel sourire de politesse et en s'excusant d'interrompre la sieste de «l'honorable Hua Fu», lui tendait une enveloppe. Scott la décacheta lentement.

Je sais que tous les hommes ont un cœur qui ne peut supporter la souffrance d'autrui. Ce que je sais de vous maintenant montre que vous avez choisi d'être là où règne l'humanité. Le grand Maître a dit : «Qui peut extraire une vérité neuve d'un savoir ancien a qualité pour enseigner.»

Liu Ming Pei.

Presque au même moment, un autre domestique remit à Margaret trois superbes orchidées de couleur jaune rayées de pourpre, très odorantes, ainsi qu'une petite enveloppe. Elle se retira dans le boudoir et lut :

À vous, honorable invitée d'un pays lointain, cette fleur étrange d'une élégance inégalée. À vous qui ressemblez tellement à l'orchidée solitaire.

La carte n'était pas signée, mais Margaret ne douta pas un instant de l'identité de l'expéditeur.

Le soir même, Margaret voulut entretenir Philip de leur vie commune. Il n'entendit rien. Il lui fit le récit de toutes les misères dont il était le témoin virtuellement impuissant.

— Mais tu n'as pas à te sentir personnellement responsable, lui dit Margaret.

— J'ai l'affreux sentiment d'avoir les mains entièrement liées par quelque chose d'infiniment plus puissant que toute notre science...

— Par quoi donc?

— La vieille Chine!

La nuit les enveloppa. Elle se transforma, pour l'un et l'autre, en une longue veille.

* * *

Dans la pénombre régnante, Margaret ne distinguait que la ligne d'un corps, ne sachant encore s'il s'agissait d'un homme ou d'une femme. Un doux effluve de parfum auquel se mêlait une odeur de chair s'étendait comme un voile dans l'air immobile.

Une première silhouette se précisa alors que les yeux de la jeune femme gagnaient sur l'obscurité. Celle d'une femme à la longue chevelure et aux courbes généreuses. Elle n'était pas seule. Il y avait un homme couché près d'elle. En s'approchant, Margaret assista à un premier échange timide, puis aux étreintes fiévreuses des mains. Perdue, elle réprima un premier frisson, se demandant à quoi rimait ce jeu d'imposture, de clandestinité.

Ne parvenant pas à voir les traits des deux êtres, elle s'approcha davantage. Ce qu'elle vit éperonna sa propre sensualité.

La femme livrait tout entière sa blanche nudité, se cambrait, émettait de petits cris plaintifs. Ce fut ensuite au tour de l'homme de s'épancher. Un cri primitif s'échappa de sa bouche grande ouverte, annonçant, comme une eau brûlante qui jaillit de sa source, le vertige de l'orgasme.

Qui étaient-ils ? Les traits des amants demeuraient flous. Elle ne pouvait distinguer que le reflet mouillé des yeux de la femme et la rondeur de ses lèvres vermeilles.

C'est alors que Margaret sentit qu'on lui frôlait le dos. Surprise, elle jeta un regard apeuré par-dessus son épaule, sentit un souffle mâle sur sa nuque et entendit une voix qui prononçait doucement son nom. S'apaisant aussitôt, elle ne bougea plus. Quelqu'un lui murmurait sa passion à l'oreille pendant que rampait l'odeur des ébats amoureux du couple. Peu à peu, tous les pores de sa peau s'imprégnaient de sensualité.

Margaret sentit son sang se mettre à bouillonner, son visage s'enflammer et son corps entier devenir brûlant. On lui retirait ses vêtements. Elle se retrouva parmi d'autres corps nus tandis que ses mains griffaient l'air. Finalement, elle sombra au milieu des étreintes.

Margaret s'agitait furieusement. On la secouait. Lorsqu'elle ouvrit finalement les yeux, elle vit une ombre qui se penchait sur elle. Le souffle lui était familier.

— Qu'y a-t-il ? demanda-t-elle, encore sous l'emprise du sommeil.

— Tu t'agitais comme si tu faisais un cauchemar, murmura Philip. Tu es certaine que tu vas bien ?

— Je ne me souviens de rien, souffla-t-elle sans conviction. Je vais bien...

Troublée, elle se tourna, puis se recroquevilla, les mains calées entre ses cuisses.

* * *

Ce fut la teinte de l'œil qui retint immédiatement l'attention de Philip Scott. Un œil d'un brun intense, cerclé de noir. Aucune marque d'émotion ne semblait avoir prise sur ce visage aux pommettes saillantes, où la bouche n'était qu'un trait délicat.

— N'imaginez rien, furent ses premiers mots après le salut traditionnel.

— Je vous assure..., se défendit Philip Scott.

— Vous vous demandez sûrement à quoi je ressemblais avec le crâne à demi rasé et la longue tresse, ironisa le Chinois.

— Bien sûr que non, docteur !

Un sourire narquois flotta sur les lèvres de Liu Ming Pei.

— Ne vous en défendez pas, s'amusa-t-il, nous faisons la même chose... Ce n'est pas nouveau qu'il en soit ainsi entre les hommes de différents peuples.

Philip Scott pria le Chinois d'entrer dans le bureau, s'excusant que le lieu fût devenu un véritable bazar où chaque espace prêtait à un entassement indescriptible de caisses, de livres, de petits ballots, de flacons et de cages d'animaux.

Liu Ming Pei jeta un coup d'œil machinal sur le fourbi. Il remarqua les moulages des deux crânes d'hominidés de même que le fossile, monté sur socle, de l'*osteoburus*. S'approchant d'une des cages, il passa la main sur le grillage et demanda :

— Vous faites de l'élevage, docteur Scott ?

— Oh non ! s'empressa de répondre ce dernier. Une petite expérience de laboratoire...

— Singes, n'est-ce pas ?

— Exact... Macaques et chimpanzés.

— Des dissections... ?

— Non, fit Scott d'un ton ferme. D'ailleurs, les singes ont été remis à leurs propriétaires...

— Je vous en prie, simple curiosité de ma part, fit Liu Ming Pei. En Chine, peut-être le savez-vous déjà, la cervelle de singe fait les délices de bien des tables !

Scott eut tôt fait de débarrasser une des chaises de la pile de livres qui s'y trouvait. Il invita le Chinois à s'asseoir.

— Je vous remercie, docteur Liu, de cette main tendue...

— Vous parlez de ma petite missive, reprit Liu Ming Pei avec détachement. Sachez que je pense toujours la même chose, c'est-à-dire que ceux qui parlent ne savent pas toujours et que ceux qui savent parlent au bon moment...

Philip Scott ne répondit pas. Il se contenta de tendre à Liu Ming Pei un imposant document. Le Chinois le prit dans ses mains, en regarda brièvement le titre, mais ne l'ouvrit pas.

— C'est le rapport de toutes les interventions qui ont été réalisées depuis 1835 à l'Hôpital ophtalmologique de Canton... Vous connaissez certainement... C'est dans le district de Fung Tae Hong...

— Je connais, docteur Scott. On appelle cet endroit l'allée des Cochons... Vos concitoyens sont des familiers des bordels et des fumeries d'opium qui jouxtent cet hôpital... Je le connais, ainsi que tous les autres...

Scott préféra ne pas épiloguer sur le sujet. Il désigna le document et poursuivit :

— Ce rapport fait état de milliers d'interventions réussies. Pour certaines, sur des sujets devenus complètement aveugles...

Le Chinois demeurait impassible. Scott prit un ton davantage convaincant.

— J'ai tout vérifié, docteur Liu. Le taux de réussite d'une telle opération est généralement très élevé... Dans le cas de l'honorable Li Fan Jung, il s'agit d'une opération assez simple.

Le regard de Liu Ming Pei erra par-dessus l'épaule de Scott, s'attardant au fossile du chien-hyène. Revenant au document, il le feuilleta lentement, examinant de-ci de-là quelques diagrammes.

— Vous utiliserez des drogues pour l'endormir? demanda-t-il.

— Pas besoin de l'endormir, précisa Scott. À peine une anesthésie de l'œil pour éliminer toute possibilité de douleur...

— Ensuite?

— Une très petite incision afin de retirer les membranes opaques...

— Ensuite? répéta le Chinois.

— Il faudra le garder quelques jours sous observation... L'honorable Li devra porter un pansement afin d'éviter tout choc traumatique ou toute source de lumière...

— Où?

— À l'hôpital, bien sûr...

— Non, fit Liu Ming Pei. Pas question que l'honorable Li soit vu de tous dans votre hôpital.

— Docteur, je vous en prie...

— Non, insista l'autre. Ailleurs!

— Je ne vois pas...

— Je vous le dirai en temps et lieu, annonça le Chinois d'un ton qui n'admettait plus de réplique. Autre chose : c'est vous qui ferez l'opération... et vous me donnez votre parole que l'honorable Li pourra reprendre son pinceau et se remettre à la calligraphie. Est-ce entendu?

— Mais...

— Est-ce entendu, docteur Scott? répéta Liu Ming Pei.

Au moment où le Chinois allait quitter le bureau de Scott, ce dernier lui demanda, à brûle-pourpoint :

— Pourquoi teniez-vous tant à connaître l'année de ma naissance?

— Ne vous ai-je rien dit à ce sujet? répondit le Chinois en feignant la surprise. Comme on se sert d'une loupe pour mieux étudier la forme des objets, de la même façon faut-il scruter le passé des êtres si on désire comprendre leur comportement présent.

— Et qu'avez-vous appris ? fit Scott, curieux.

— Que vous êtes de tendance yin, natif du Nord et appartenant au solstice d'hiver : lent, secret, désireux d'ouvrir la terre, de la creuser, de la fouiller... Conquérant des terres vierges. Vous êtes un Buffle !

— Dois-je m'en flatter ?

Liu Ming Pei regarda Scott dans les yeux.

— Vous n'y êtes pour rien, répondit-il, puisque ce fut un cadeau du Seigneur Bouddha.

* * *

L'ombre du soir s'épaississait alors que le palanquin longeait des ruelles éclairées par quelques lanternes rouges placées sur les murs.

En plus d'une heure, il passa du quartier des tanneurs à celui des charpentiers, puis à celui des pharmaciens, puis à celui des fabricants de lanternes. Il s'engagea ensuite dans une rue en bordure d'un des canaux de la rivière des Perles et s'éloigna progressivement des bruits nocturnes pour se retrouver en rase campagne.

Plongé soudainement en pleine nuit, Philip Scott fut envahi par un affreux sentiment. Il entendait toujours le souffle saccadé des porteurs, mais de ne plus se sentir à proximité rassurante de la concession le déroutait. Scott savait également qu'il allait franchir les limites étroites que lui imposait son serment de médecin. Pourquoi prenait-il le risque de fouler cette zone d'ombre ? Peut-être parce que Liu Ming Pei était le genre d'homme qui lui faisait prendre conscience de ses préjugés de la façon la plus frappante. Pendant un moment, le Chinois était apparu à Scott comme une sorte de dépositaire de la sagesse millénaire, face à laquelle son propre registre de pensée scientifique lui avait semblé pratiquement dérisoire. Maintenant, Scott ne voulait pas passer pour un néophyte qui renonçait à défendre sa science par crainte ou par manque de conviction. Quelque chose le poussait à prendre tous les risques. Il se sentait convié à la synthèse périlleuse de la médecine occidentale et de la pensée chinoise.

Les six hommes s'arrêtèrent devant un grand portique bordé de hautes colonnes de bois peintes en rouge.

Lorsque Philip Scott descendit du palanquin, un domestique l'attendait. Ensemble, ils traversèrent une grande cour entièrement dallée dans laquelle étaient placées plusieurs jarres destinées à recueillir l'eau de pluie. Ils empruntèrent ensuite un sentier tortueux qui déboucha près d'un étang bordé de rocailles savamment disposées et de petits jardins murés. Ils arrivèrent finalement à une imposante bâtisse dont le toit était recouvert de tuiles vernissées.

Une odeur de camphrier régnait à l'intérieur de la vaste demeure. Il y avait de grands fauteuils, des tables rondes, des petites armoires, des accoudoirs, quelques pots de fleurs, des bibelots anciens et de nombreuses calligraphies suspendues aux quatre coins. L'étrange assemblage se détachait sur fond de panneaux de portes, de cloisons et de paravents, les uns ciselés, les autres travaillés en entrelacs, quelques autres ornés de dessins décoratifs aux couleurs vives.

Scott suivit le domestique. Ils s'arrêtèrent devant un petit homme assis près du mur du fond, à côté d'un autel paré de quelques papiers dorés. Des bâtons d'encens y brûlaient également. Scott reconnut aussitôt Li Fan Jung. Les yeux clos, celui-ci tendit une main fine dans sa direction et lui fit signe d'approcher. De plus près, le vieil homme lui parut plus malingre encore que lors de leur première rencontre. De profondes saillies creusaient son cou, sa mâchoire, ses orbites. Le Chinois tendait maintenant les deux mains. Scott les prit dans les siennes, les étreignit avec délicatesse. Elles étaient glacées. Li Fan Jung marmonna quelques mots. Au même moment, une des cloisons glissa doucement, cédant le passage à Liu Ming Pei.

— Vous êtes ici dans la résidence de l'honorable Li Fan Jung, déclara-t-il tout en vérifiant du regard si Scott s'était bel et bien muni de sa trousse de médecin.

— Vous voulez dire que c'est ici que je devrai pratiquer l'opération? demanda Scott.

Le Chinois se contenta de hocher la tête. Philip Scott jeta un rapide coup d'œil en direction de Li Fan Jung. Aidé du domestique, ce dernier s'était levé et s'apprêtait à brûler de nouveaux parfums et d'autres papiers dorés sur le petit autel familial.

— Allons-y! fit résolument Scott.

Liu Ming Pei le précéda le long d'un escalier étroit. Ils aboutirent à l'étage, dans une pièce où se trouvait un lit très large et bas, entouré de rideaux et de tissus. Quelques grandes lanternes, les unes rondes, les autres carrées, faites en papier et chargées de figures allégoriques, ornaient la pièce.

— Il me faudra beaucoup plus de lumière, annonça Scott après avoir constaté le faible éclairage produit par les lanternes.

Liu Ming Pei le regarda en souriant.

11

L'image que le miroir renvoyait à Margaret lui révélait l'inquiétude, le désarroi, un désir de fuite. Le regard de biche n'y était plus. La grâce de petite princesse non plus. Elle ne voyait que des yeux fatigués au fond desquels l'habituelle lueur de jeunesse s'était éteinte.

Aujourd'hui, la jeune femme avait conscience que Philip n'était plus son amant. Les absences prolongées de celui-ci, sa quasi-indifférence confirmaient bien les appréhensions qu'elle avait. Philip ne se confiait plus depuis l'incident de l'hôpital, sinon pour de rares allusions à ses recherches. Tout au plus le devinait-elle au seuil d'un pas décisif. En attendant de le franchir, il semblait pris d'une sorte de vertige existentiel.

Margaret fouilla dans sa bourse, déplia nerveusement un papier qu'elle relut pour la dixième fois. Le docteur Yang Shao lui avait proposé le rendez-vous au pied d'une des collines les plus élevées, au nord de Canton. Elle avait longuement hésité. D'une certaine façon, elle risquait de compromettre définitivement sa relation avec Philip, sans imaginer toutes les autres conséquences. Ce fut la tentation qui l'emporta.

* * *

Les deux pousse-pousse gravirent le sentier jusqu'au grand bâtiment rouge de cinq étages pourvu de toits à angles recourbés, datant de la dynastie des Ming. De cet endroit, on distinguait l'immense mosaïque de Canton se détachant dans le lointain. Le ruban sinueux de la rivière des Perles traversait la ville d'ouest en est. Au milieu d'une mer de toits vernissés s'échappaient les flèches de la cathédrale, de style gothique.

Yang Shao n'avait encore rien dit. Il portait avec élégance le costume à la mode Sun Yat-sen, du nom du fondateur de la République : un pantalon en drap bleu et une tunique à col droit, de coupe européenne, à cinq boutons.

Margaret avait fait quelques pas pendant que Yang Shao regardait dans une autre direction, vers les chaumières accrochées à flanc de colline. Elle se retourna brusquement :

— Êtes-vous marié, docteur Yang Shao ?

Le Chinois plissa les yeux et esquissa un sourire presque timide. Pendant un instant, il admira l'ourlet des lèvres de Margaret.

— Je ne le suis pas, répondit-il. Et si j'en venais là, je ne marierais pas une femme de mon pays...

— Ah ! Et pourquoi donc ?

— Être chinoise dans ce monde est une infirmité, fit-il sourdement. Lorsque j'étais enfant, je ne voyais autour de moi que des femmes totalement soumises, brutalisées même, et cela n'a guère changé...

— Et votre mère ? Vos sœurs ? demanda Margaret.

— Ma mère fut rejetée par tous parce qu'elle avait refusé d'avoir les pieds bandés... Elle a préféré l'honneur de la mort... Cela s'est passé à une époque pas si lointaine où on mariait la femme à un homme qu'elle n'avait jamais vu... Je ne sais rien de ma sœur, et mon autre frère est mort-né... Quant à mon père, disons que je ne le connais plus...

— Je suis désolée...

— Ne le soyez pas... Ce n'est pas ma pire épreuve...

Margaret sentit en même temps l'imperceptible frôlement des doigts du Chinois sur sa main. Elle voulut la retirer, mais n'en fit rien. Levant les yeux sur Yang Shao, elle vit l'éclat noir de ses yeux et de ses cheveux, son menton volontaire. Il semblait très calme, mais, en réalité, il tremblait légèrement. Ils restèrent ainsi un bon moment, l'un près de l'autre, avec leurs mains pour seul contact.

— Je ne sais pas pourquoi je suis venue, finit par dire Margaret. Je ne comprends pas véritablement ce que je fais ici avec vous... Il faut que je parte !

Margaret sentit qu'il lui glissait une feuille pliée dans la main.

— Tenez, ceci est pour vous, murmura Yang Shao. Mais, je vous en prie, ne lisez pas maintenant... C'est moi qui partirai !

Il y eut un moment de silence. Puis elle entendit les pas de Yang Shao qui s'éloignait. Elle contempla le petit kiosque peint en rouge et en vert, sur un îlot minuscule au milieu d'un lac artificiel bordé de bosquets et de rochers : le pavillon des Amoureux. Elle sentait encore ce premier contact, léger comme un papillon, sur le dos de sa main. Maintenant, elle était seule. Elle déplia le petit parchemin.

À quoi sert-il de naître prince
Et de n'avoir pour partage
Que vents d'automne et couche solitaire!

* * *

Le pousse-pousse traversait le fouillis des ruelles, passait les boutiques où se vendaient du thé, du tabac, des drogues, pour se retrouver parmi des charrettes tirées par des bœufs, des coolies surchargés de ballots de marchandises et une cohorte de Cantonais bourdonnant comme des frelons dans leur tunique de taffetas bleu.

La sourde rumeur mêlant les bruits confus, les cris, les vociférations, les éclats de gong montait de partout. Le coolie s'était engagé dans une rue latérale. Il se faufilait habilement, évitant les trous, les tas d'ordures, mais se retrouva soudainement au milieu d'une dispute de porteurs qui se bousculaient sans raison apparente. C'est alors qu'une femme couverte de haillons, le visage partiellement dissimulé sous un chapeau de paille conique, surgit brusquement, se dirigea droit vers le pousse-pousse immobilisé, y déposa d'un geste décidé un paquet crasseux, puis profita de la confusion pour se perdre dans la cohue. Margaret eut beau regarder de tous les côtés, elle n'aperçut personne d'autre que les coolies qui se chamaillaient.

— Mais qu'est-ce que...? murmura-t-elle en touchant le paquet du bout des doigts.

Une sorte de murmure se fit entendre, qui semblait venir du colis. Ahurie, Margaret ne s'expliquait pas le mystère, lorsque le bruit singulier augmenta peu à peu, ressemblant davantage à de petits cris plaintifs. Elle n'eut plus à chercher : la taille du colis, les bruits insolites mais tout à fait humains... C'était un enfant!

* * *

Philip Scott rabattit la copie du *South China News* de décembre 1924, dont une des pages titrait en gros caractères : «DÉCOUVERTE DU CHAÎNON MANQUANT EN AFRIQUE DU SUD».

L'article relatait qu'un certain Raymond Dart, professeur d'anatomie à l'université Witwatersrand de Johannesburg, en Afrique du Sud, venait de découvrir la première preuve tangible de l'existence de primates bipèdes. Le docteur Dart, d'origine australienne, avait nommé sa découverte *Australopithecus africanus* et déclaré que ce «chaînon manquant» occupait «une position intermédiaire entre les singes anthropomorphes actuels et l'homme».

Le texte racontait que le professeur Dart avait découvert une partie de boîte crânienne et la partie postérieure d'une mâchoire inférieure dans une carrière de pierres située à Taung, à quelque trois cents kilomètres de Johannesburg. Dart avait rassemblé tous les fragments dispersés et, par un processus de moulage, était parvenu à reconstituer la majeure partie du crâne d'un enfant en bas âge. L'article mentionnait que le professeur Dart avait immédiatement communiqué sa découverte à un grand nombre de savants européens, mais que l'idée qu'il pouvait s'agir d'un être doté de facultés proches de celles de l'homme avait aussitôt soulevé un grand scepticisme. Ce qui retenait l'intérêt, par contre, au lieu de l'hypothétique existence de caractères hominiens, était la présence inexplicable d'un singe supérieur à l'autre extrémité de l'Afrique, à une latitude où aucun grand singe n'avait jamais été rencontré jusqu'alors.

Scott savait que, depuis la découverte d'une «espèce d'homme-singe» à Java en 1891 par le docteur Eugène Dubois, toutes les recherches faites dans le but d'exhumer des fossiles humains avaient été infructueuses et que les ancêtres de l'homme n'étaient représentés que par les restes de néandertaliens. Par conséquent, la découverte de Dart révélait vraisemblablement l'existence d'un être tel qu'imaginé par tous les théoriciens de l'évolution depuis Darwin.

Pendant quelques heures encore, Scott chercha à se convaincre qu'il n'y avait rien de plus dans cet article qu'une nouvelle tentative de séduction du milieu scientifique. Jusque-là, tout le monde ignorait l'existence de cet anatomiste perdu à l'extrémité de l'Afrique. Il était d'ailleurs probable qu'on ferait à ce Dart les mêmes misères que celles que l'on fit jadis à Eugène Dubois. Lui aussi avait revendiqué la découverte d'un ancêtre hypothétique, le *Pithecantropus erectus*, que la presse avait rebaptisé «homme de Java». Comme Dart, il avait eu en main un crâne. En 1895, il avait présenté sa découverte au Congrès international de Zoologie; un an plus tard, il l'exposa dans la salle de conférences de la Société zoologique britannique. Aujourd'hui encore, Dubois continuait de s'opposer au monde scientifique en prétendant que *Pithecantropus* était le chaînon manquant, alors qu'une nouvelle génération d'anthropologues parlait du fossile de Java comme de l'*Homo erectus*.

La tête rentrée dans les épaules, Scott arpentait son bureau. Il se sentait tour à tour furieux, frustré et déçu. D'abord, il avait déchiré le journal, l'avait jeté, pensant qu'il chasserait délibérément de son esprit ce qu'il venait de lire. Évidemment, il n'y arriva pas. «C'est trop bête, après tout! pensa-t-il. Bien au contraire, je devrais le féliciter chaudement.» Il était pâle et défait lorsqu'il décida de se mettre à fouiller dans de vieux bouquins et à déchiffrer ses propres notes qu'il retrouva au fond d'une des boîtes. Les mots à peine lisibles dansaient devant ses yeux.

Leur lecture ramena Scott au début, plus précisément à Darwin. Le savant était arrivé à la conclusion qu'il n'y avait rien de tel que des espèces indépendamment créées, affirmant qu'elles étaient plutôt des variétés fortement définies d'un même lignage. En 1854, Charles Darwin et Alfred Wallace avaient, chacun ignorant les théories de l'autre, formulé une même loi voulant que toute espèce soit venue à l'existence en coïncidant, à la fois dans le temps et dans l'espace, avec une espèce préexistante qui lui était étroitement apparentée. Ce qui rendait alors intelligibles un grand nombre de faits isolés jusqu'alors inexpliqués.

Il faisait nuit lorsque Scott décida d'écrire au docteur Raymond Dart. Il le félicita, affirmant que sa découverte élevait le débat des origines de l'homme bien au-dessus de la simple descendance d'un quadrupède poilu.

Votre découverte, écrivit-il, *nous renvoie à la vision de Darwin. Nous savons, quoiqu'il en soit encore plusieurs pour entretenir les plus grands doutes, que les êtres organiques n'ont pas été créés immuables. De là faut-il croire que le premier homme fut, en fait, l'aboutissement de lentes modifications congénitales, ellesmêmes les conséquences d'imperceptibles changements des habitudes héréditaires.*

Darwin soutenait que la descendance de l'homme devait être incluse parmi les autres êtres organiques dans toute explication générale de la manière dont il est apparu sur terre. Mais cet homme, quel qu'il fût d'allure et de comportement originels, portera toujours dans son corps le sceau indélébile de sa basse origine, nonobstant

qu'il se soit élevé au sommet de l'échelle organique.
Cela devient la deuxième vérité qu'inspire votre dé-
couverte.

Dans sa lettre, Scott ne fit nulle mention de ses propres recherches. Il se présenta comme un professeur d'anatomie très épris de paléontologie. Il termina en écrivant que, grâce à cette découverte, les frontières de l'humanité allaient probablement reculer d'un millier de siècles.

La vue de Scott s'était brouillée. Il ramassa les feuilles éparses et rangea tant bien que mal ses vieux carnets bourrés d'observations. Il ne s'était pas rendu compte que tant d'heures s'étaient envolées. Il relut la lettre. Ses mains tremblaient. Il pensa à Viateur Martin.

* * *

Lorsque Scott franchit la porte de la résidence, son imagination travaillait encore. Il alluma sa pipe, tira les premières bouffées, regarda alentour, s'étonna du silence inhabituel qui régnait dans la maison. Un parfum étrange quoique subtil traînait dans la pièce de séjour. Il chercha et vit les quelques orchidées soigneusement disposées sur le piano. Rien. Même pas un domestique. Il prit les orchidées une à une, passa un doigt sur les pétales charnus. Un bruit de pas le tira de sa courte rêverie. Deux domestiques montaient rapidement à l'étage. Scott n'eut même pas le temps de les interpeller. Surpris, il se précipita dans l'escalier, craignant le pire.

Il les trouva tous dans la chambre, près du grand lit. Agités, tous les domestiques, Yu Sheng en tête, entouraient Margaret.

— Oh! joli, très joli! faisait Yu Sheng en battant doucement des mains.

Personne n'avait remarqué Scott. Margaret, de dos, ne pouvait l'apercevoir. Il s'approcha.

C'est alors qu'il vit l'enfant. Il devint pâle. La surprise fut si grande que les premiers sons restèrent pris dans sa gorge. Seul le geste vint. Un geste brusque, qui montrait bien son étonnement autant que sa contrariété. Il repoussa les domestiques et se campa devant Margaret. Cette dernière sursauta, puis sourit. Scott vit sur ses traits rayonnants cet attendrissement de femme qui apaisait toutes les fureurs.

* * *

Philip et Margaret n'avaient pas parlé de tout le repas. Il repoussa l'assiette de curry et de riz. Il n'avait rien mangé, pas plus qu'il n'avait goûté à la soupe à la tortue.

— Litchis? s'enquit respectueusement le domestique.

— *Mhaihi!* fit sèchement Scott. Pas de litchis!

Les litchis étaient pourtant son dessert favori. S'il ne mangeait rien d'autre, il dégustait généralement ces petits fruits de la grosseur d'une noix, dont la chair, blanche et délicate, était aussi parfumée que celle de l'ananas.

— Ce n'est pas une raison pour t'en prendre aux domestiques, Philip, lui reprocha Margaret.

— Et moi je t'avais dit que plus jamais nous ne monterions dans un pousse-pousse... et tu étais d'accord! Alors, où diable avais-tu la tête?

Margaret avait remarqué les yeux rougis de Philip, son air farouche, ses traits tirés. Elle se demandait si sa remarque exprimait une inquiétude réelle. L'instant d'après, elle fixa Philip avec un regard de défi. Le sang lui colorait les joues. Il devina sa détermination.

— À présent, parlons, lança-t-elle. Il n'y a probablement pas de hasard... Et puis, peu importe... Je tiens à cet enfant...

— C'est insensé! rétorqua Philip. Toi-même, tu disais te sentir envahie par cette armée de domestiques et je ne sais qui encore..., et tu voudrais maintenant ajouter au lot? Je ne te comprends tout simplement pas...

— Ce n'est surtout pas de domestiques qu'il s'agit! Et venant de toi, Philip, de toi, un médecin? Je m'attendais à plus de compréhension, de compassion surtout...

— Je t'en prie, Margaret, fit-il en haussant le ton. Je passe mes journées à côtoyer la misère dans cet hôpital... et je ne te parle pas des autres problèmes...

Margaret se leva d'un bond.

— Tu côtoies la misère dans l'hôpital ? Eh bien ! il faut la voir dans les rues, cette misère... Peut-être bien que ça te changerait de tes...

Il ne la laissa pas achever sa phrase.

— On ne peut pas garder cet enfant, trancha-t-il.

— Et pourquoi pas ?

— Pour toutes les raisons que tu voudras : culturelles, politiques, religieuses... Nous ne resterons pas éternellement en Chine, tu le sais bien... Un an encore, peut-être deux. Et après ?

Margaret posa sur lui ses grands yeux sombres. Il y eut un bref silence. Il vit la résignation passer sur le visage de la jeune femme.

— Explique-moi pourquoi, à l'âge que nous avons, il n'y a toujours pas d'enfant, répondit-elle avec amertume.

— Tu es injuste...

— Peut-être, Philip... Mais toi, alors ? Il est grand temps que tu cesses de porter le deuil de cette guerre que le reste du monde a oubliée, grand temps que tu quittes toutes ces reliques, ces rêves étranges...! Quand tout cela finira-t-il, Philip ?

Scott retenait son souffle. Ses yeux se promenaient, hagards, évitant le regard de Margaret. Il haussa les épaules. Margaret le regardait sans rien dire. La douleur montait en elle. Elle pleurait. Il voulut la prendre dans ses bras, mais elle s'arracha aussitôt à son étreinte. Des pleurs d'enfant leur arrivèrent faiblement aux oreilles. La jeune femme tressaillit, puis, en courant presque, elle monta à l'étage.

12

Le lent défilé des glaneuses recommençait comme à chaque matin. Le fléau de bambou sur l'épaule, la coiffe de paille rabattue sur les yeux, elles étaient légèrement courbées sous le double fardeau qu'elles transportaient ainsi depuis quelques heures déjà. On devinait leur pas traînard, lent, au frottement des sandales sur le dallage inégal de la rue du Riz-Blanc.

Au-dessus du portique de brique émaillée qu'elles franchissaient l'une derrière l'autre, une simple inscription en caractères chinois signalait la vocation de l'établissement : «Orphelinat des sœurs de l'Immaculée-Conception de Canton». Sur le pas de l'enceinte rôdaient des femmes et des enfants vêtus de cotonnades usées.

Les grandes portes s'ouvraient sur une cour étroite, mais assez longue, où s'alignaient des sacs de riz, des paniers de fèves et des urnes remplies d'eau.

— Vous désirez parler à notre Mère supérieure? demanda la religieuse dont le visage encadré par la cornette blanche paraissait plus minuscule encore.

— Si cela est possible, bien entendu...

— Suivez-moi, je vous prie. La Révérente Mère se nomme sœur Marie-du-Rosaire.

Les deux femmes longèrent de grands corridors blancs où régnait l'odeur de l'eau savonneuse.

La petite sœur cogna doucement et s'annonça à voix haute. La sœur Marie-du-Rosaire ouvrit elle-même la porte et accueillit la visiteuse avec courtoisie. Elle avait un visage large, des yeux rieurs et des mains épaisses de travailleuse des champs. Les présentations faites, elle offrit à Margaret du thé dans une tasse de porcelaine fine.

— C'est le seul luxe que je me permets, fit-elle sur un ton jovial. Mais comme j'ai pris cette habitude des Chinois, je ne mets pas de sucre. Il paraît que l'arôme du thé se perd si on ajoute la moindre chose ou si on le remue... Mais ce n'est pas de thé que vous souhaitez m'entretenir, n'est-ce pas, madame Scott?

Un peu hésitante, Margaret finit par lui faire le récit de son aventure. La sœur Marie-du-Rosaire l'écouta sans l'interrompre une seule fois. À peine jouait-elle de temps à autre avec le grand chapelet passé dans son ceinturon.

— Nous avons l'habitude, finit-elle par dire. Nous recueillons cinq cents à six cents nourrissons... par mois.

Margaret semblait ahurie.

— Mais c'est plus de six mille enfants par année! s'exclama-t-elle. C'est invraisemblable!

— Pas vraiment, expliqua la religieuse. Nos glaneuses partent chaque matin à la recherche d'enfants abandonnés. Elles en trouvent des quantités parmi les ordures... Des bébés rongés par les rats, des petites filles surtout... Dans les campagnes, ils sont suspendus aux arbres ou exposés en bordure des chemins...

— Et les autorités, dans tout cela? s'indigna Margaret. N'allez pas me dire qu'elles ferment les yeux, tout de même!

— En Chine, on ne fait pas de procès pour l'infanticide, répondit la sœur Marie-du-Rosaire. Les parents sont maîtres chez eux, qu'ils soient fonctionnaires, mendiants ou lépreux... Pour les pauvres, il est plus important de nourrir les porcs que de s'occuper d'un enfant... Et si cet enfant a le malheur d'être une fille...

— Quelle horreur! murmura Margaret.

— Vous n'avez pas tout entendu, madame Scott...

* * *

Margaret aurait voulu courir, ne plus jamais s'arrêter ni regarder derrière elle ; courir et boire ce vent de Chine pour oublier ce que la sœur Marie-du-Rosaire, avec son éloquence nerveuse, avait reconstitué de tragédies. Ce fut avec les yeux remplis à la fois d'horreur et de colère qu'elle s'engouffra dans l'automobile.

Affalée sur la banquette arrière, le cœur brisé, elle sanglota. Yu Sheng l'interrogea du regard mais sans oser lui adresser la parole. En levant la tête, Margaret vit à travers ses pleurs l'air embarrassé du Chinois.

— Ce n'est rien, Yu Sheng... De la fatigue, c'est tout ! murmura-t-elle.

Elle se détourna et coula dans une immense tristesse. Le récit de la religieuse la hantait. «Une langue, lui avait-elle dit pendant la visite de l'orphelinat, reflète l'âme du peuple qui la parle. Or, il est dans la langue chinoise un caractère qui dépeint clairement le peu d'état qu'en Chine on fait de l'enfant : c'est le caractère *hi*. Il représente deux mains armées d'une fourche et repoussant un enfant naissant... Son sens est celui de rejeter.»

La sœur Marie-du-Rosaire avait raconté à Margaret que les seize religieuses canadiennes et les trente-six novices chinoises qui s'occupaient de l'orphelinat de Canton avaient recueilli et baptisé plus de sept mille enfants en une seule année, mais que quarante seulement avaient survécu. «En 1914, l'année de mon arrivée en Chine, c'était l'année du Tigre. Or, cette année-là, on ne voulait pas de filles en Chine, sous prétexte qu'elles porteraient malheur à leur mari plus tard... Dans cet effarement superstitieux, la rivière des Perles déborda littéralement de cadavres de nouveau-nés...»

Margaret pensait à cette enfant que le destin avait mis sur sa route. Elle aurait pu être abandonnée n'importe où, au coin d'une rue parmi les ordures, dans le premier arroyo venu, suspendue à un arbre dans un lambeau de natte ; elle aurait pu mourir de froid, être dévorée par les chiens ou les rats. Elle aurait pu mourir le même jour, dans ses bras. «Vous savez, avait ajouté la religieuse, en Chine, le mal est partout et finit par ne frapper nulle part, tellement ces mauvais diables se plaisent à entretenir tout ce qui est vénal... Il y a plus de quatre cents millions de païens dans ce pays; chaque âme que nous amenons au Seigneur est un chrétien de plus... Amenez l'enfant ici, et elle entrera au vestibule du paradis!»

Margaret imaginait la chose sans peine. Le temps de quelques frémissements de la nature et l'enfant deviendrait une jeune fille animée par la vertu, la piété, la chasteté, la soumission et l'humilité. Elle serait une de ces «fleurs du paradis écloses sous le ciel d'Orient», qu'une dame patronnesse du Canada revendiquerait pour quelques dollars, valeur d'un sacrifice offert lors d'une soirée mondaine ou d'une messe solennelle pour sauver une âme errant dans les régions ténébreuses du paganisme.

D'abord une Chinoise minuscule, petite poupée de porcelaine trottinant gauchement. Une simple orpheline répandant son sourire angélique et récitant les Ave Maria à la suite et en latin. Puis une vierge catéchiste poussée à la conquête de la prière et du sacrifice.

Margaret avait vu ces jeunes Chinoises dans le modeste atelier de tissage de l'orphelinat. Elles actionnaient péniblement les lourds métiers. «Pour chacune de ces filles, nous avons déboursé trente dollars de Hong Kong, avait expliqué la Mère supérieure, une paire de souliers et deux tabliers de coton, et nous avons marchandé ferme. Aujourd'hui, les Vierges de Canton nous le rendent bien : leur travail nous permet d'acheter du riz, du poisson salé, des pommes de terre sucrées, de l'huile, du coton à repriser... D'autant que le riz commence à se faire rare; il cesse pratiquement d'entrer à Canton; on dit qu'on garde tout pour les soldats.»

En effectuant cette visite à l'Orphelinat des sœurs de l'Immaculée-Conception de Canton, Margaret s'était rendue à un des arguments de Philip. Elle considérait ce geste comme un compromis. «Des gens admirables, avait-il dit. Ils se dévouent corps et âme pour les enfants. En attendant, je vais la faire examiner à l'hôpital.» Que devait-elle faire : garder l'enfant ou le rendre?

Elle était ainsi perdue dans ses pensées lorsque l'automobile freina brusquement. Secouée, Margaret regarda par la fenêtre de la portière et vit la masse sombre de la cathédrale de Canton. L'œuvre de pierre, sans être un chef-d'œuvre, n'en évoquait pas moins la splendeur de l'art gothique. Au fil des dentelles de pierre, le granit montait jusqu'à la flèche, dont la croix dominait Canton.

La jeune femme n'eut de l'édifice qu'une vision fugace. Des centaines de Chinois avaient envahi la place et entravaient la circulation dans ce secteur de la ville. S'y coudoyaient, venant de tous les coins de Canton, des mendiants, des aveugles, des vieillards courbés, des incurables de toutes sortes. Mais le plus impressionnant était la cinquantaine d'adeptes des arts martiaux.

Le crâne rasé, torse nu, les paumes tournées vers le haut, ils se tenaient immobiles, les yeux mi-clos. Leur sangle abdominale, tendue, se détachait avec netteté sous la peau mince, formant une saillie noueuse. Un son étrange, ventral, lancé par une première voix, repris par une seconde, puis par toutes les voix en chœur, s'éleva tel un long bourdonnement. Inquiète, Margaret demanda à Yu Sheng ce qui se passait.

— Boxers, répondit ce dernier en grimaçant.

— Voyons, Yu Sheng, répondit-elle, nous ne sommes plus à l'époque de la guerre de l'Opium.

— Boxers, répéta Yu Sheng, visiblement nerveux. Pas savoir...

Il ne termina pas sa phrase. Une violente charge lancée par les policiers chinois sema la confusion parmi les manifestants. Ils s'acharnèrent sur les Boxers, les rouant de coups à l'aide de bâtons de bambou. Les Boxers n'opposèrent aucune résistance. Stoïques, ils s'efforcèrent de rester debout et soutinrent sans broncher la bastonnade.

— Danger ! lança Yu Sheng. Partir vite !

Il pressa le chauffeur, l'invectiva même. Ce dernier accéléra, s'efforçant d'éviter les miséreux qui fuyaient en tous sens. Margaret se rappela les mots de la sœur Marie-du-Rosaire : «Le mal est partout ici...» Elle toucha le chauffeur à l'épaule.

— Ho Fu, tu arrêtes ici, lui ordonna-t-elle.

L'air effaré, le Chinois regarda Yu Sheng, assis à côté de lui sur la banquette avant.

— Mais, madame Ping Ming, danger...! s'exclama Yu Sheng.

— Tout de suite! cria Margaret.

L'automobile s'était à peine immobilisée que déjà la jeune femme claquait la portière et s'élançait vers le parvis de la cathédrale. Elle grimpa les marches à toute vitesse et franchit le lourd portail, qu'elle referma aussitôt derrière elle.

Un calme impressionnant succédait au tumulte qui régnait dehors. De grands vitraux éclairaient une nef entourée d'ogives et de colonnes graciles. Dans la pénombre bleutée, elle entendait les premières syllabes d'un chant religieux accompagné par une musique d'orgue. De faibles faisceaux de lumière balayaient la voûte et les dalles. Margaret sentait qu'une puissance invisible lui accordait le droit d'asile.

* * *

En franchissant le portique de couleur vieux rose et couronné de tuiles en faïence, Philip Scott savait qu'il entrait dans un lieu où le temps devenait immatériel. Il traversa un petit pont orné aux extrémités d'effigies de dragons et de phénix. Ce pont enjambait un paisible bassin où des lotus flottaient paresseusement.

Ici, des arbres; là, du sable rouge; plus loin, des lianes épineuses qui s'entrelaçaient sous les pierres; partout, des fleurs et des fruits.

L'édifice avait une vaste toiture, des grillages finement sculptés et une grande terrasse bordée de colonnes de bois entièrement peintes.

À l'intérieur, une subtile odeur d'encens parfumait l'atmosphère. Des boiseries, quelques-unes peintes, d'autres laquées, ainsi qu'une variété de treillages en cèdre troublaient l'œil.

Scott admirait un splendide vase aux couleurs douces, nimbé de rose, lorsqu'une voix familière lui parvint :

— Ce vase est de l'époque des Tang...

Liu Ming Pei se tenait derrière lui, en compagnie d'un vieux Chinois tout ridé et courbé. Il salua Scott, déploya délicatement l'éventail qu'il tenait déjà à la main, fit signe au vieillard de se retirer et dit :

— Venez... Laissez-moi vous montrer la seule chose au monde qui soit éternelle.

— Docteur Liu, commença Scott, je voulais avant toute chose...

— Pas maintenant, l'interrompit doucement le Chinois, pas encore... Venez !

Il le mena près du petit étang, puis, par l'étroit sentier, dans le jardin. Une volée d'oiseaux s'égailla aussitôt, mêlant leurs sifflements aux bruissements des frondaisons.

— Les fleurs, murmura Liu Ming Pei. Voilà les seules choses qui soient éternelles ! Elles se succèdent au cours des saisons, et quand on croit qu'elles ont exhalé leur dernier parfum, elles se ferment pour une nuit et renaissent avec le soleil levant. Regardez !

Scott vit la splendeur d'une mosaïque qu'il n'avait pas remarquée lorsqu'il avait franchi le petit pont pour la première fois. Les couleurs brillantes des pivoines, des hibiscus, des orchidées ; les coloris plus sombres des pruniers, des amandiers ; les «ballons de soie brodée», comme on surnommait familièrement les prunes *Yo-li* ; plus loin, les nénuphars et les jacinthes d'eau. Même le parfum de la cannelle embaumait les lieux.

— C'est une splendeur, murmura Scott.

— Quelques sages qui vieillissent doucement au milieu des fleurs ont plus d'importance que vingt générations d'empereurs, fit Liu Ming Pei.

— Et c'est vous, docteur Liu, qui prenez soin de toutes ces merveilles ?

— Je les contemple et les laisse m'inspirer. Celui qui s'en occupe, c'est Ling, le vieil homme que vous avez vu là-bas. Il a consacré sa vie à ces fleurs. Il m'a appris qu'aucune fleur n'était banale et qu'aucune tige ne méritait qu'on la coupât... Un jour que je lui avais dit qu'une fleur n'avait qu'une existence éphémère, tout au plus quelques jours de vie, il me raconta l'histoire d'un certain Siu-tsiu, qui vécut à une époque fort ancienne. Grâce à lui, les Chinois, pour des dynasties à venir, ont appris à vénérer les fleurs.

Liu Ming Pei fit quelques pas dans le jardin, s'arrêtant ici et là pour humer un parfum ou passer le doigt le long d'une tige.

— Tiens! s'émerveilla-t-il, une nouvelle pivoine a surgi ici... Puisse-t-elle vivre pour toujours!

Plus loin, Scott, songeur, contempla la brassée de fleurs aux sépales étalés, les unes vertes, les autres violacées, quelques-unes blanches et roses, dont le parfum aux effluves de musc lui était quelque peu familier.

— Que représente l'orchidée en Chine, docteur Liu? demanda-t-il à brûle-pourpoint.

Un sourire imperceptible passa comme une ombre sur les traits de Liu Ming Pei.

— Toutes les fleurs sont des lueurs dans la fausse clarté de la vie, répondit-il, mais l'orchidée est plus que cela... Elle représente l'empreinte du cœur!

* * *

Sous la grande armoire d'acajou aux multiples tiroirs, des animaux fabuleux en céramique de l'époque mandchoue, chiens, lions, griffons, affectés d'une allure belliqueuse, se dressaient parmi les vases, les urnes et les mortiers de toutes grandeurs.

Une statue du Bouddha assis sur un lotus, jambes croisées, doigts réunis autour de la fleur mystique, trônait, tel le protecteur des lieux.

Un domestique avait apporté le thé parfumé aux graines de lotus dans le cabinet de travail de Liu Ming Pei. Les deux hommes avaient bu les premières gorgées en silence.

— Docteur Liu, finit par dire Scott, un peu mal à l'aise, aujourd'hui vous m'avez fait l'honneur de votre demeure... Est-ce à dire qu'entre nous existe maintenant un pont?

Le Chinois fronça légèrement les sourcils, puis murmura pensivement :

— Et qui, selon vous, le franchira en premier ?

— Moi, docteur Liu, répondit Scott.

Joignant le geste à la parole, Scott tendit au Chinois un objet rectangulaire soigneusement enveloppé d'un papier de soie. Liu Ming Pei prit le paquet, l'examina, puis le déposa sur une petite table d'appoint. Il s'inclina.

— Peut-être franchirons-nous ce pont ensemble, fit-il.

— Monsieur Li Fan Jung m'a fait remettre une magnifique calligraphie, et vous, vous m'avez comblé en...

Liu Ming Pei l'interrompit.

— Sa gratitude à votre égard est immense...

— Malheureusement, je n'ai pas encore réussi à traduire le poème...

— Ce n'est pas un poème, rectifia le Chinois. Il vous écrit : «Mille milles s'amorcent sous tes pas ; ne crains pas d'avancer ; tout finit par s'accomplir. »

Il y eut un court silence pendant lequel Liu Ming Pei défit soigneusement le papier d'emballage. C'était un livre entièrement relié d'un cuir souple : un exemplaire de *De l'origine des espèces au moyen de la sélection naturelle*, de Charles Darwin. Le Chinois parvint difficilement à réprimer la surprise et une certaine émotion.

— Je vous suis reconnaissant, absolument ! N'est-ce pas que ce M. Darwin a lui aussi parcouru difficilement les premiers milles de son très long voyage... ?

Il feuilleta le livre, tournant nerveusement les pages et répétant à quelques reprises :

— Une œuvre unique ! Un cadeau princier !

— Ce n'est rien en comparaison du vôtre, docteur Liu. De toute ma vie, je n'avais vu une telle pièce... C'est à faire rêver tous les musées du monde ! Comment avez-vous su... ?

— Dans votre bureau, répondit Liu Ming Pei. J'ai simplement constaté que vous aviez le respect des origines... Nous sommes tous issus d'une même eau, même si la source est très lointaine...

— Ces moulages que vous avez vus sont les seuls souvenirs de la préhistoire de l'homme, fit Scott. L'un a été trouvé à Neandertal, en Allemagne, et l'autre à Java, en Indonésie. Le premier a trente mille ans; l'autre, cent mille ans peut-être... C'est tout ce qui existe... Les deux peuvent aisément être rangés dans une boîte à chaussures...! Ce crâne d'hipparion que vous m'avez donné, docteur, est un joyau de la préhistoire... Inestimable! Cet ancêtre du cheval vivait voilà plus d'un million d'années en Europe et en Asie... Aussi, au risque de vous paraître inconvenant, j'ose vous demander sa provenance...

— Sa provenance? fit Liu Ming Pei, étonné par la question de Scott. Mais je n'en sais rien! Quelque part en Chine...

— Mais, docteur Liu, ce fossile est très rare... Si vous pouviez...

Liu Ming Pei s'était retourné lentement, dans un léger froissement de tissu, après avoir refermé le livre d'un geste qui évoquait une sorte de séparation. Il faisait face à Philip Scott.

— Voilà bien une réaction occidentale! Vous vous inquiétez du nom des choses, des dates, des provenances... Pourquoi faut-il toujours que pour vous, Occidentaux, les choses soient saisissables ou mesurables?

— N'en est-il pas de même pour vous? rétorqua Scott. J'admire un de vos vases et voilà qu'aussitôt vous en précisez la dynastie...

Le ton montait. Le Chinois faillit s'emporter. Se raidissant pour ne pas perdre sa contenance, il fronça les sourcils.

— Nous ne sommes pas comme vous, à tout vouloir soumettre à des classifications, par espèces et sous-espèces, à glorifier des découvertes, à les ranger dans une science ou une autre... Toujours ce mot : science! Un mot abusif devenu un prétexte pour dominer...

Scott ne voulut pas en entendre davantage. Liu Ming Pei relançait le débat qui opposait, de façon inconciliable, ceux qui tenaient pour des dogmes les théories érigées en système, et ceux qui soutenaient que les maximes et les pratiques ancestrales étaient une panacée.

— Docteur Liu, je vous en prie, déclara-t-il avec fermeté. Nous devions traverser ce pont ensemble, disiez-vous. Très bien! Alors, reconnaissons ensemble que croyances anciennes et courant scientifique récent se rejoignent sur un même principe de fond : le besoin de vérité...

— Je ne vous accusais de rien, fit Liu Ming Pei d'un ton doucereux. J'exprimais simplement ma grande désillusion...

— Et un peu de mépris...?

— Peut-être, avoua le Chinois. Peut-être parce que des origines de votre science surnagent morbidité et perversion...

— Je ne saisis pas très bien, s'étonna Scott.

— Que faisait celui que vous considérez comme le fondateur de l'anatomie... moderne? Il déterrait les cadavres et subtilisait les pendus. Est-ce exact...?

— C'est exact, docteur Liu, s'empressa de répondre Scott. André Vésale faisait cela, au grand scandale de tous ceux chez qui Galien faisait autorité depuis des siècles... Et après? Ne nous a-t-il pas légué une connaissance du corps humain dans ses formes vraies? N'a-t-il pas corrigé préjugés et croyances monstrueuses? Et si, à mon tour, je vous parlais de vos propres désordres? Si je vous disais que les écrits de votre Lu Xun nous convient à d'autres formes de perversion, bien chinoises celles-là? Et si en même temps je vous disais que, pour morbides qu'ils soient, les récits de Lu Xun ne reflètent rien d'autre que l'état normal de la nature humaine, sans distinction de races? Qu'en conclurions-nous, vous et moi?

Liu Ming Pei eut un petit rire singulier, sans gaieté, mais qui témoignait d'une sympathie grandissante pour cet étranger qui n'était pas comme les autres. Il vit la moiteur sur le front de Scott, la crispation des mâchoires, découvrait qu'au fond de ce regard bleu passaient bien des souvenirs de souffrances et d'espoirs perdus.

— Que cherchez-vous donc, docteur? demanda-t-il.

Scott hésita un peu avant de répondre. Il se gratta comiquement le crâne, glissa machinalement sa main droite dans la poche de sa veste pour la retirer aussitôt et la passer sur son visage.

— Une réponse, finit-il par dire. Une réponse à une question absolument fondamentale...

Il s'interrompit, prit l'ouvrage de Darwin comme pour le soupeser, et poursuivit :

— Il y a quelques années — c'était durant la guerre —, un homme simple et bon voulait m'entretenir des origines des choses, surtout de celles de l'humanité; des siennes, des miennes, me dire que la terre était sacrée... Et je n'ai rien entendu..., peut-être à cause des bruits de cette guerre! J'ai voulu corriger cela!

— Et vous croyez que la réponse est ici, quelque part en Chine, alors qu'elle ne semble être nulle part ailleurs?

Scott eut un geste d'impuissance.

— Je ne sais pas... Je ne sais plus...

Frottements de petits pas sur le parquet; bruissement de tissus fins. Liu Ming Pei était tout près de Philip Scott.

— Avez-vous déjà entendu parler de la respiration des os? demanda le Chinois.

Scott ne comprenait rien. Il fit signe que non de la tête. Il interrogea le Chinois du regard, s'attendant peut-être à ce que Liu Ming Pei lui parlât de drogues de toutes sortes, des huit démons de la fièvre, des vertus de quelque décoction. Rien de cela. Liu Ming Pei se contenta d'ouvrir les panneaux de la grande armoire d'un geste élégant. Du premier coup d'œil, Scott vit une niche abritant une phénoménale ménagerie. Des crânes de toutes espèces étaient disposés sur de nombreuses étagères. Des crânes aux formes étranges, la plupart luisant comme de la porcelaine. Parmi eux, Scott reconnut l'ours géant, le loup, l'hipparion, diverses espèces de hyènes et ce qui ressemblait vaguement à un tigre à dents de sabre. C'était comme si tout ce que la terre recelait de prodigieusement varié et qu'elle avait gardé enfoui depuis si longtemps lui était livré.

— La «respiration des os», expliqua Liu Ming Pei, est une expression très ancienne... Dans notre médecine d'aujourd'hui, nous disons : respiration du courant vital... Il s'agit du souffle de toute forme qui a déjà possédé la vie, incluant l'air, l'eau, la terre et le feu... Il n'y a donc pas de formes vides, il n'y a pas d'âge ; les os desséchés ont, pour leur part, une énergie particulière... Nous récupérons cette énergie et, grâce à la respiration de ces os, nous soignons, nous entretenons, nous transmettons la vie... Tous ces os sont de puissants remèdes ; ce sont des *Lung Ku*, des «os de dragon» !

— Dragon ? s'étonna Scott. Mais il n'y a jamais eu de dragons, docteur Liu...

Le Chinois le regarda fixement.

— Vos saints ne les ont-ils pas combattus pendant des siècles ? rétorqua-t-il. Le dragon, c'est la Chine !

— Et... vous broyez tous ces... os de dragon ?

— Ceux-là et bien d'autres, répondit le Chinois. Voyez...

Il ouvrit l'un après l'autre les tiroirs du grand meuble. Ils étaient remplis de dents et de fragments d'os.

— Vous permettez ? fit Scott.

— Faites.

Scott en prit au hasard, les manipula, examina une dent plus attentivement, puis une autre, toujours sous l'œil amusé de Liu Ming Pei. Il passa d'un tiroir à l'autre, tourna et retourna une autre dent entre ses doigts, la déposa délicatement pour la reprendre et la scruter sous un autre angle.

C'est dans le dernier tiroir, sous un amoncellement de dents, que Scott vit l'objet. Il était différent de tous les autres ; par la forme, la texture, la couleur. Il le prit et y passa la langue. C'était un fragment de maxillaire avec deux molaires, des racines d'incisives et de canines plutôt petites.

— Cette pièce vous intéresse ? demanda le Chinois.

— Docteur Liu, accepteriez-vous de me laisser examiner ceci, cet... os de dragon ? Véritablement, en laboratoire.

Liu Ming Pei prit le fragment des mains de Scott, le regarda distraitement et le lui remit.

— Vous y voyez quelque chose de particulier... ? Il est à vous !

* * *

La nouvelle que venait d'apprendre Margaret l'avait terrassée. Maintenant, l'ordinaire refuge des larmes ne suffisait plus à réprimer la cuisante douleur. À ses yeux, la vie ne proclamait rien d'autre que l'inanité de tous les espoirs et condamnait au deuil et à la révolte.

Cela ne lui semblait pas possible même si tout ce que Philip avait dit ne permettait pas le moindre doute. Il avait dû s'interrompre après chaque phrase, disant qu'il eût souhaité du fond de l'âme que tout cela ne fût qu'une erreur. Il répéta certains mots, certaines explications, sachant bien qu'il précipitait aussitôt la mesure d'un désespoir devant lequel on demeurait habituellement impuissant.

— On a découvert des lésions tuberculoïdes chez le bébé, avait commencé par dire Philip.

— Quoi...? La tuberculose...?

— Ne m'interrompts pas, je t'en prie! Il y a autre chose... Certaines parties du corps de l'enfant sont dépourvues de sensibilité... et ces zones correspondent aux taches que tu avais remarquées sur son abdomen...

— Ça ne veut rien dire pour moi...

— Et il y a aussi des ulcérations dans ses oreilles...

— Philip, assez de tout ce jargon médical! Qu'est-ce qu'elle a?

— Elle est atteinte de... LA LÈPRE!

Margaret s'était mise à trembler.

— La lèpre! Mais c'est impossible, Philip...! Elle avait l'air si bien... Elle est si belle...

Philip avait souffert de voir Margaret si bouleversée. Puis il y avait eu un terrible silence, suivi de phrases entrecoupées de sanglots, inachevées. Il aurait voulu la prendre dans ses bras, lui dire qu'il l'aimait encore profondément. Mais, craignant qu'elle ne s'échappât de son étreinte, il l'avait frôlée à peine.

— Je suis désolé... mais il n'y a aucun doute possible...

— Mais alors quoi? Nous la soignerons...!

— La lèpre est contagieuse, avait expliqué Philip. Elle se transmet par les sécrétions nasales, par la salive... Nous ne sommes pas en mesure de la garder, ni ici ni à l'hôpital, ni dans aucun hôpital, d'ailleurs... S'il fallait qu'une personne atteinte de la lèpre soit admise dans un hôpital, ce serait aussitôt l'émeute! Il n'y a qu'une solution... et tu la connais... Si tu veux, je prendrai toutes les dispositions nécessaires pour...

— Non, Philip! C'est moi... et moi seule qui m'en occuperai!

* * *

Margaret avait déjà entendu parler des lépreux. On les entassait pêle-mêle dans des cases sombres, un peu comme des morts vivants à côté de leurs cercueils. Dans ce vestibule des misères, il n'y avait que des relents de chairs pourries et de loques putrides. Dans l'enceinte, ils étaient réduits à ramper en quête d'insectes. Lorsque certains se glissaient à la dérobée hors des limites et que par malheur on les attrapait, on les chassait à coups de pierres.

C'est par un matin baigné de lumière que Margaret retourna à l'orphelinat. Les glaneuses étaient déjà à l'œuvre. La jeune femme serrait contre elle le poupon, consciente de le sentir ainsi pour la dernière fois peut-être. Lorsque les portes s'ouvrirent, elle se sentit coupable de précipiter de la sorte l'abandon du petit être. Mais, au risque de heurter sa propre conscience, elle s'était surtout hâtée afin d'abréger sa souffrance. Elle eût cent fois préféré que la chose se passât par une nuit noire. Pour ne rien voir, ne rien sentir, cacher ses pleurs. À cette heure matinale, toutefois, il n'y avait que les quelques misérables écroulés à l'ombre des façades lézardées de la rue du Riz-Blanc pour remarquer ses traits pâles et son angoisse.

La Mère supérieure pria Margaret de la suivre. Elle la mena droit au vaste dortoir. Elles étaient passées vite devant cette pouponnière de fortune lors de la précédente visite de la jeune femme, aussi Margaret découvrait-elle l'endroit. La salle, aux murs tout blancs, était remplie de couffins disposés en rangs serrés. Bien en vue sur le mur du fond, une inscription latine en gros caractères : «Sinite parvulos venire ad me.»

Margaret défila lentement devant tous ces poupons emmaillotés, dont la plupart dormaient. Quelques-uns, plus agités, pleuraient.

— Vous deviez me parler de Shek Lung, ma sœur, fit Margaret.

— Ah oui! Shek Lung! C'est notre léproserie. Une île à environ quatre-vingts kilomètres de Canton. C'est la délivrance de tous ces emmurés que l'on ne tient plus pour des êtres humains. Voyez-vous, madame Scott, Shek Lung est un lieu où le miracle se produit chaque jour.

Lorsque la religieuse voulut prendre l'enfant de ses bras, Margaret eut un recul. C'était comme si on la privait du droit de tendresse; qu'on lui arrachait toutes les joies durables que procurent les enfants.

— J'attendais depuis des années... un enfant et tout ce qu'il procure... Je sais, elle n'est pas ma chair et mon sang... Je pensais bien...

Elle avait dit cela d'un timbre devenu voilé, les mots entrecoupés par l'émotion.

— Si c'était vrai! Si seulement ce que vous disiez au sujet des miracles qui se produisent chaque jour était vrai!

La religieuse se contenta de tendre les bras une fois de plus. Margaret lui donna alors l'enfant.

— Elle aura les meilleurs soins, la rassura la sœur Marie-du-Rosaire. Dès que nos sœurs de la léproserie de Shek Lung viendront pour les provisions, elles s'occuperont de l'enfant...

— Je veux être là pour le départ, dit Margaret d'un ton qui était soudainement redevenu ferme. J'insiste, ma sœur!

Puis, incapable d'en dire davantage, elle se détourna.

— Nous la baptiserons aujourd'hui même, lui annonca la religieuse. Avez-vous choisi un nom?

— Ping Ming! répondit Margaret sans la moindre hésitation.

— Mais... mais c'est un nom chinois, un nom païen...!

— Elle est chinoise, ma sœur, et elle le demeurera. Ping Ming sera son seul nom.

En quittant l'orphelinat, Margaret se sentit le cœur vide. Au passage, elle regarda longuement couler les eaux boueuses de la rivière des Perles.

* * *

Elle avait parlé sans arrêt pendant une bonne heure. Elle lui avait confié le meilleur et le pire d'elle-même, jusqu'à cette joie désaltérante que lui avaient procurée son attention, ses délicatesses, ses gestes tendres. De l'enfant aussi.

Ils échangèrent un long et dernier regard au fond duquel logeaient la désillusion, le regret et l'espoir. L'espoir de ce miracle qui nourrit, ne serait-ce qu'un instant, les cœurs meurtris.

Elle ferma les yeux. L'étreinte fut brève.

— Je vous prie de ne plus m'envoyer d'orchidées, lui dit-elle.

— Puis-je vous écrire ? demanda Yang Shao.

— Ne m'obligez pas à vous répondre !

Ils se détournèrent alors l'un de l'autre, soudain brisés. Ils s'éloignèrent, chacun de leur côté, jusqu'à ce qu'ils aient disparu dans l'ombre du soir.

* * *

Philip tournait et retournait entre ses mains la grande enveloppe brune que lui avait remise un courrier militaire du consulat général de Grande-Bretagne. La petite note d'accompagnement, signée de la main de Mortimer Harris, expliquait que la lettre avait été expédiée d'une adresse à l'autre, au point d'avoir été égarée pendant plusieurs mois par les services administratifs de l'université Harvard, où Scott avait enseigné pendant quelques mois avant son départ pour la Chine.

Scott se méfiait toujours de telles livraisons, les tenant plus souvent qu'autrement pour de mauvaises nouvelles. Il décacheta finalement l'enveloppe. Elle en contenait une autre, blanche celle-là, volumineuse, portant l'en-tête du musée d'Histoire naturelle de Paris. Elle était couverte de timbres, eux-mêmes recouverts d'oblitérations. Dans sa hâte d'en prendre connaissance, il l'ouvrit avec une telle maladresse qu'il la déchira pratiquement en deux. S'y trouvaient une bonne dizaine de feuillets.

Philip Scott crut que son cœur allait s'arrêter subitement de battre. Ce n'était pas possible ; cette lettre ne venait pas d'outre-mer, mais plutôt d'outre-tombe. L'histoire simple d'une mort et d'une résurrection. La lettre était datée du 15 octobre 1923, donc écrite depuis plus d'une année. Le récit témoignait d'un miracle. Mais pourquoi avoir attendu si longtemps ? Justement parce qu'il avait longuement hésité avant de franchir le seuil de la vie. Parce qu'il ne savait plus s'il était un vivant parmi des cadavres ou un mort parmi des vivants. Il aura attendu plus de cinq ans pour trouver la réponse et se révéler à Scott. Faisant cela, il n'avait pas seulement tourné des pages indélébiles de souvenirs, mais il arrachait de l'ombre la partie du destin de Scott qui s'y réfugiait encore.

III

Dao Xian

Il y eut une succession de temps d'ombre et de temps de lumière auxquels survécurent la mère et l'enfant. De nouveau, la Terre jaune était sèche. Aucune trace d'eau. Çà et là, le sol était parsemé de bouses séchées, envahies par les insectes. Yeux-Vifs les écrasait pour s'en nourrir sur-le-champ.

Belles-Narines était maintenant voûtée. Ses cheveux, devenus blancs, se faisaient plus rares. Elle se déplaçait difficilement, en claudiquant. Sa respiration était sifflante. De temps à autre, elle émettait de petits sons plaintifs. Yeux-Vifs s'arrêtait, la regardait fixement, se mettait à tourner autour d'elle, venait la renifler, avant d'explorer les alentours à la recherche de quelques racines et de baies sauvages. Il avait remarqué qu'elle ne parvenait plus à mastiquer la viande crue.

Plus tard, il tomba en arrêt devant des empreintes de pieds, nettes, qui ressemblaient aux siennes. Il les suivit, l'œil aux aguets, les narines frémissantes, ainsi qu'elle le lui avait montré. Il découvrit bientôt des choses qu'il n'avait jamais vues. Des pierres de diverses tailles, grossièrement disposées en cercle. Des cendres, des ossements cassés et brûlés. Trois crânes percés d'un orifice rond au sommet. Quelques éclats très durs, taillés en pointe. Des lambeaux de peaux séchées. Et encore d'autres empreintes,

165

où se détachaient les marques du talon et du gros orteil. D'abord, il se contenta de regarder, puis, le temps passant, il flaira chaque objet. Il finit par les toucher prudemment. Au déclin de la clarté, il se redressa brusquement et rebroussa chemin.

En, route il repéra un potamochère et le guetta en silence. Le cochon sauvage n'avait pas encore aperçu le jeune chasseur qui, immobile comme une pierre, attendait qu'il se fût approché suffisamment avant de s'en saisir.

Les ombres allongeaient lorsque Yeux-Vifs bondit en poussant un cri. Il emprisonna le groin de la bête entre ses mains et la mordit de toutes ses forces au cou. Réalisant qu'il ne parviendrait pas à déchirer le cuir épais, il s'empara des pattes de l'animal, le souleva et le frappa violemment contre le sol. Il recommença plusieurs fois, jusqu'à ce que la bête eût cessé de bouger.

* * *

À l'abri de quelques rochers au milieu desquels poussaient de rares buissons, Yeux-Vifs avait démembré le potamochère. Assis à côté de Belles-Narines, il attendait d'elle un signe lui indiquant son intention de partager la viande avec lui. Elle n'en fit aucun. Elle demeurait prostrée, se contentant de gémir tout doucement et de frotter ses rotules saillantes. Yeux-Vifs la regardait fréquemment pendant qu'il déchiquetait à belles dents un morceau de viande arraché à la carcasse. Il fit une autre tentative. Il lui toucha les lèvres, le menton, en même temps qu'il posait un doigt sur les restes du cochon sauvage. Belles-Narines détourna les yeux, s'étendit sur le sol et se recroquevilla. Peu après, Yeux-Vifs fit de même. L'obscurité avait envahi la Terre jaune.

* * *

L'éclat du soleil et un vrombissement incessant tirèrent Yeux-Vifs du néant. Il vit un essaim d'insectes qui tourbillonnait rageusement autour du corps de Belles-Narines.

Il fronça les sourcils, contractant le puissant bourrelet au-dessus des orbites, ce qui ramena ses yeux à la taille de deux points noirs. Lentement, il s'approcha de Belles-Narines.

Voyant qu'elle ne bougeait toujours pas malgré les insectes qui envahissaient maintenant son corps, Yeux-Vifs les dispersa d'un geste brusque puis la toucha. Il retira aussitôt sa main en poussant un cri et recula instinctivement. Le corps de Belles-Narines était aussi dur et froid que les pierres qui leur avaient servi d'abri.

Pendant un moment, Yeux-Vifs tourna autour du cadavre. Tantôt il fixait la ligne d'horizon, tantôt le ciel. Il fit mine de s'éloigner, revint, repartit, revint de nouveau, examinant à chaque fois la forme décharnée qui gisait à quelques pas.

Bientôt, des charognards ailés apparurent dans le ciel. Ils formèrent un large cercle et survolèrent sans répit l'aire où gisaient les deux dépouilles. Quelques-uns se posèrent à une petite distance du corps de Belles-Narines. Ils se déplaçaient à petits pas, déployaient nerveusement leurs ailes, épiaient les allées et venues de Yeux-Vifs.

D'inquiétants hurlements et glapissements s'ajoutèrent aux cris des vautours. Aussitôt, les lointaines silhouettes se précisèrent, révélant des bêtes au pelage hirsute : des hyènes des cavernes. Elles étaient nombreuses, se déplaçaient sans cesse, le mufle écumant, ouvert sur deux rangées de dents puissantes.

D'instinct, Yeux-Vifs comprit la menace que représentaient toutes ces bêtes. Celle des gros oiseaux qui planaient au-dessus de sa tête et qui s'apprêtaient à fondre sur les corps inertes. Et celle des hyènes, qui disputeraient aux vautours les meilleurs morceaux.

Yeux-Vifs commença à battre en retraite. Mais au fur et à mesure qu'il s'éloignait du corps de Belles-Narines et qu'avançaient imperceptiblement les charognards, il sentit quelque chose d'étrange monter en lui et l'envahir. Il se prit la poitrine comme pour en extirper ce mal inconnu. Sa gorge se nouait. Il bomba le torse, secoua ses épaules trapues et hurla à pleins poumons. Les bêtes s'agitèrent, battant des ailes, hérissant leurs poils. Tremblant de tous ses membres, Yeux-Vifs abandonna le corps de Belles-Narines et la carcasse du cochon sauvage à la curée.

* * *

Un espace vide s'étendait devant Yeux-Vifs. À chaque pas qu'il faisait, la terre paraissait davantage désolée, hostile et aride; davantage dévorée par un soleil de feu. Dans le lointain, il voyait se profiler des contreforts montagneux aux formes curieuses.

Yeux-Vifs longea des falaises de calcaire poreux, dont les surfaces anguleuses, striées, projetaient des ombres immenses.

Une nuit, un bruit sourd le réveilla brutalement. Le regard effaré, cherchant à tâtons dans l'obscurité, il crut qu'il allait basculer dans un abîme. Une force colossale soulevait des couches de terre, tourmentait les falaises, provoquait d'incessantes chutes de pierres. La terre s'ouvrait.

Aux premières lueurs, Yeux-Vifs vit que la terre avait vomi des roches très foncées, presque noires. Plus loin, là où elle s'était soulevée, des eaux brunes se répandaient en vastes nappes. Partout, des bêtes hurlaient.

Yeux-vifs se dirigea vers l'eau. D'abord, il pataugea dans une boue liquide. À chaque pas, elle giclait entre ses orteils. Pendant de longs moments, il restait immobile, ses pieds s'enfonçant alors jusqu'à la cheville. Il perçut des odeurs différentes, nouvelles pour la plupart. Des couleurs également. Comme celle de ces eaux qui avaient pris la couleur de la terre. De gros insectes bourdonnaient au-dessus de sa tête. Ils étaient plus gros que tous ceux qu'il avait vus jusque-là; tous striés de jaune et de noir. Et il y avait des oiseaux. Tantôt ils volaient au ras du sol et des eaux, l'instant d'après ils s'élevaient si haut qu'ils se réduisaient à des silhouettes minuscules dans le ciel.

Puis il vit tous ces reflets sur la surface de l'eau. Ceux du soleil, du ciel, des oiseaux. Les contours et les couleurs étaient semblables. Le mouvement aussi. Il s'en étonna. Davantage encore lorsqu'il vit son propre reflet. Sa face avec la mâchoire proéminente; son front, distinct sous une chevelure drue; son torse et ses membres robustes. Il ouvrit la bouche, découvrit ses dents. Elles ressemblaient à celles de ces animaux dont il trouvait, ici et là, les carcasses évidées. Il leva les bras, agita les mains. Le miroir des eaux lui renvoyait en même temps l'image de Belles-Narines. Yeux-Vifs se contempla longuement d'un œil de plus en plus attendri.

13

Cent fois Scott relut la lettre, soupesa chaque mot, comme pour se convaincre qu'elle était bien l'œuvre d'un vivant. Puis il s'en convainquit. Le jour même, il expédia en France un long télégramme. Une exaltation intérieure le poussait. Mais il lui fallait d'abord résoudre l'énigme de la mandibule trouvée chez Liu Ming Pei.

Un fossile incomplet était la seule chose dont il disposait. Et puisque les dents étaient les parties les plus dures du corps, se conservant donc plus longtemps, cette mandibule devait lui permettre toutes les audaces. Mais en l'absence d'un important fragment, Scott ne pouvait imaginer à quoi avait pu ressembler le crâne ni encore spéculer sur son ancienneté.

Il y avait bien cinq dents, encore qu'elles fussent en très mauvais état. Toutefois, c'était quatre de plus que ce dont avait disposé Eugène Dubois en 1891 à Java. En comparant cette seule dent à des molaires d'anthropoïdes, Dubois avait remarqué un plissement étrange de la couronne. À moins d'avoir appartenu à un orang-outang fossile, la dent pouvait être celle d'un homme archaïque, en avait déduit le médecin hollandais.

Scott fouilla la question. Après de nouvelles heures d'infructueuses recherches, il retrouva sa documentation sur l'affaire de Mauer, en Allemagne. En 1907, des terrassiers qui creusaient dans une gigantesque sablière, à près de trente mètres sous la surface du sol, avaient dégagé une épaisse mâchoire brisée en deux. Le professeur Otto Shoetensack, de l'université de Heidelberg, en avait fait l'examen. En premier lieu, il avait diagnostiqué une ressemblance avec la mandibule d'un grand anthropoïde. Scott nota tout de suite la similitude de cette démarche avec celle d'Eugène Dubois. Puis il y avait eu un examen approfondi des dents. Ces dernières possédaient de plus grandes racines et étaient plus volumineuses que celles de l'homme moderne, mais les petites canines et les molaires, usées à plat par la mastication, ne laissaient subsister aucun doute : la dentition était incontestablement humaine.

La conclusion du professeur Shoetensack ne facilitait en rien la résolution de l'énigme. Scott savait bien qu'une mâchoire fossile constituait une preuve trop mince, surtout qu'elle était incomplète et qu'il ignorait tout de sa provenance véritable. Tout ce que révélait le savant concernait davantage l'Europe que l'Asie. Autre difficulté : à une époque aussi reculée, la majeure partie de l'Europe était recouverte de forêts, souvent entrecoupées de clairières et de vastes prairies. Le climat y était chaud; tellement que les buffles d'eau pullulaient au cœur de ce qui était aujourd'hui l'Allemagne. L'Asie, au contraire, en raison de la rigueur des hivers et de la sécheresse des étés, était bien moins accueillante. Et puisque les schémas d'évolution dépendaient étroitement des conditions climatiques, il fallait admettre l'hypothèse de la rareté d'une espèce humaine dans cette partie du monde, si toutefois il y en eut.

Il était presque minuit à la montre de Scott lorsque se produisit une panne d'électricité.

* * *

La panne durait depuis deux jours. Scott travaillait à la lueur des bougies, dont la petite flamme bleutée vacillait au moindre souffle. L'odeur de la cire mêlée à la moiteur des lieux le prenait à la gorge et provoquait chez lui des quintes de toux. Il poursuivait néanmoins ses recherches, scrutait ses notes à la loupe, se laissait gagner malgré lui par une somnolence qu'il combattait aussitôt en ingurgitant le café noir qu'il gardait à portée de la main. Les tasses vides s'accumulaient. Elles traînaient sur la table parmi ses livres et ses notes.

Parfois il tirait sa montre, s'étirait, puis, machinalement, retournait à ses manuscrits.

— Qui es-tu? Qui es-tu, bon sang? répétait-il sans cesse.

L'instant d'après, il se retournait brusquement, comme si quelqu'un ou quelque chose l'eût frôlé. Il lui semblait alors qu'une présence invisible cherchait à se manifester. Violemment tendu, Scott se levait pour entreprendre un va-et-vient qui était de nature à le calmer. Bien entendu, il n'y avait personne. Il se versait alors une autre tasse de café et se remettait au travail.

Un nouvel examen du fossile révéla des dents relativement larges quoique, par la taille et la forme, semblables à celles de l'homme actuel. Il révéla également une usure intensive, ainsi qu'un plissement marqué du bord postérieur des couronnes. Les deux molaires présentaient de nettes caractéristiques de réduction.

Scott savait déjà que les réductions de la taille et du nombre des dents, généralement plus fréquentes que les augmentations chez les primates, avaient une signification évolutive. Le fait que les dernières molaires de l'homme soient très souvent de taille réduite, qu'elles tardent à sortir ou qu'elles manquent congénitalement indiquait clairement qu'elles s'éliminaient petit à petit dans le processus de réduction de la denture humaine.

De la forme de la mandibule, Scott déduisit qu'il s'agissait de la partie supérieure d'une mâchoire et que les canines étaient petites en comparaison de celles, plus ajustées et plus coupantes, des anthropoïdes. Il décela une légère courbure d'un fragment qu'il prit pour une partie de l'arcade dentaire. Or, chez l'homme, cette dernière était justement courbée, ouverte vers l'arrière, alors qu'au contraire, chez tous les singes, le palais était aplati et l'arc dentaire présentait la forme d'un fer à cheval.

Scott s'attarda à l'une des molaires. Les crêtes étaient irrégulières. Il s'agissait là d'un caractère indéniablement humanoïde, puisque les singes qui n'étaient pas anthropomorphes possédaient des molaires à quatre cuspides reliées entre elles deux à deux par des crêtes parallèles. Au contraire, la molaire que possédait Scott en montrait cinq. Avec fébrilité, il nota :

> *Une mâchoire arrondie... Un palais possiblement concave... Des dents disposées de telle façon qu'elles forment une courbe ouverte vers l'arrière... Une molaire à cinq cuspides... Des traces de réduction dentaire... Possiblement une forme qui se place dans l'ascendance directe de l'homme...*

Même s'il ne disposait que d'une portion de maxillaire supérieur, les dents étaient pratiquement de même taille, indiquant à la fois une tendance régressive de la denture et une structure comparable à celle de l'homme d'aujourd'hui. Les indices se recoupaient au-delà du simple effet du hasard.

Lentement Scott bourra sa pipe, l'alluma à l'aide d'une des bougies. Il en tira de rapides bouffées et l'écouta grésiller comme un petit feu de bois. Les yeux rivés sur les bougies, il regardait les flammes s'étirer, monter toutes droites, sans vaciller. Il n'entendait plus rien. Il pensa au télégramme, souhaitant de toutes ses forces que le message parvienne à bon port. Il tenait dans quelques mots et était porteur de tous ses espoirs.

* * *

En deux semaines, Scott avait accumulé près de deux cents feuillets de notes. Il avait traité de l'évolution des climats, de la redistribution de la faune européenne, nord-américaine et asiatique, et longuement épilogué sur les primates.

Scott fit également référence aux travaux de Dubois, de Shoetensack et de Dart. Dans les trois cas, on avait beaucoup insisté sur le concept de mastication. Les trois avaient noté la présence d'incisives moins saillantes, plus larges que longues, et l'apparition sur la couronne d'une molaire d'un tubercule supplémentaire. Le profil d'un être arboricole, mangeur de fruits et de végétaux tendres s'était lentement transformé en celui d'un cueilleur de racines et de rhizomes en milieu de savane et, finalement, en celui d'un chasseur bipède caractérisé par la réduction en taille des molaires et prémolaires, plutôt omnivore, et familier avec le feu. Dans les trois cas, on avait de toute évidence spéculé sur l'ancienneté des fossiles. Dubois avait risqué cent cinquante mille ans pour son homme de Java ; le néandertalien d'Allemagne aurait vécu voilà plus de soixante-dix mille ans, et l'enfant de Taung, récemment découvert en Afrique du Sud par Raymond Dart, se serait éteint à plus de deux cent cinquante mille ans de notre époque.

Scott ne s'intéressait pas à l'ère des néandertaliens. Plusieurs savants, parmi lesquels Marcellin Boule, de l'Institut de Paléontologie humaine de Paris, leur consacraient temps et études. Les deux autres cas se heurtaient à l'incrédulité, sinon à un fort scepticisme, au regard du postulat fondamental : lequel se trouvait le mieux placé dans l'arbre généalogique pour être considéré comme l'être charnière entre l'hominidé et l'homme actuel ?

La communauté scientifique admettait sans discussion que le remplacement progressif de la forêt par la savane, survenu voilà une quinzaine de millions d'années, avait constitué une étape importante dans l'évolution humaine, quoiqu'elle préférât encore que les guillemets fussent mis lorsqu'on utilisait l'expression «évolution humaine». Elle acceptait la relation de cause à effet entre les bouleversements climatiques et l'origine du redressement du corps chez des êtres considérés hypothétiquement comme les premiers hominidés. Cependant, elle n'adhérait que du bout des lèvres, encore qu'il s'agît de quelques progressistes, à la théorie voulant que ces mêmes changements aient directement favorisé le développement du système nerveux central.

Scott n'avait qu'une portion de mandibule. Il était difficile de reconstituer quoi que ce soit à partir d'un reste aussi fragmentaire. Reconstituer une tête entière à partir d'une portion de crâne était déjà un exploit; reconstituer un mode de vie à partir d'outils de pierre et d'ossements en était un autre. Mais de tracer le portrait d'un homme fossile à partir d'un fragment de maxillaire équivalait au miracle. Scott savait qu'il lui fallait trouver d'autres fragments fossilisés, encore que ces derniers, une fois trouvés, dussent avoir une quelconque parenté avec celui qu'il avait entre les mains. Mais comment faire? Où les trouver?

Les fossiles humains étaient tellement rares qu'une petite table eût suffi à rassembler tous ceux découverts jusque-là sur la planète. Pour trouver une seule dent, il fallait remuer des tonnes de sédiments et espérer que d'autres indices fussent enfouis à proximité. Or, les ossements humains étaient généralement dispersés en de multiples endroits et sur de grandes surfaces, comme c'était le cas pour les espèces animales des époques lointaines, à moins qu'ils n'aient été engloutis au fond de quelque lac ou rivière, ou encore retenus par une tourbière ou des sables mouvants. Sinon, le soleil, la pluie, le vent, les charognards, les fourmis les auront nettoyés, séchés, blanchis, dispersés, décomposés et dissous à jamais.

Pour envisager le sens inverse de l'histoire de l'homme et risquer une mesure du temps, il lui fallait absolument découvrir de nouveaux indices. Pour l'y aider, il n'y avait qu'une seule personne : Liu Ming Pei.

* * *

Scott ne se souvenait plus de l'heure à laquelle il s'était couché. Il avait sombré dans un sommeil de brute. Maintenant, il avait chaud. L'air était irrespirable. Il repoussa le drap et se passa la main sur le visage. La nuit avait été peuplée de formes vagues, de silhouettes qui s'étaient noyées dans les ténèbres avant même que leurs traits ne se fussent précisés.

Le son étouffé d'une conversation lui parvint. Il entendit d'autres voix, aussi confuses, puis des mots en ce dialecte cantonais qui ressemblait toujours à une clameur ou à un juron. Se retournant, il constata que la place de Margaret, dans le lit, était vide.

Brusquement, une lueur fulgurante illumina la chambre, suivie aussitôt d'une détonation qui se prolongea en grondements assourdissants. Un dernier roulement de tonnerre ébranla la maison tout entière. L'orage creva le ciel et une pluie furieuse cingla les fenêtres en même temps que le souffle intermittent de la bourrasque s'acharnait contre les portes-fenêtres encore ouvertes. Scott s'empressa de les fermer, non sans mal d'ailleurs, la force du vent parvenant presque à les arracher. Les décharges se multipliaient, embrasaient les lieux. Puis Margaret entra précipitamment dans la chambre. Scott fut surpris de la voir habillée de la sorte : jupe longue, cintrée, chemisier de soie avec collet monté et bordures de dentelle, cheveux relevés, lèvres vernissées, parapluie à la main. Elle avait un air grave.

— Mais que se passe-t-il ? demanda-t-il. Tu sors d'aussi bonne heure et par un temps pareil ?

— Nous sommes convoqués au consulat, fit-elle en desserrant à peine les dents. Quelque chose de grave est arrivé, mais personne ne veut en dire davantage... On nous envoie d'ailleurs une escorte militaire, ce qui en dit assez long, je crois.

Une convocation ? Une affaire grave ? Des militaires ? Sans doute une erreur. Scott essuya la moiteur de son front et commença à s'habiller en maugréant pendant que la pluie continuait de s'abattre avec des crépitements rageurs.

* * *

L'air demeurait surchargé d'humidité et les orages se succédaient sans répit, continuant de répandre des nappes de

177

nuages bas et lourds sur Canton. Par endroits, la pluie avait transformé certaines ruelles en de véritables ruisseaux. Les eaux boueuses y cascadaient, charriant indistinctement des amas de détritus, des caisses éventrées, des paniers.

En ce 14 mars 1925, Canton ressemblait à une cité des morts. La ville était pratiquement déserte, alors qu'il fallait généralement beaucoup plus que des intempéries pour la priver de son animation coutumière.

De tous côtés, cependant, s'élevaient le son grave des gongs et le tintement des cloches de dizaines de temples bouddhistes. L'étrange tintamarre se transformait peu à peu en une lancinante mélopée. Scott interrogea le jeune officier qui les accompagnait. Le militaire le regarda de ses grands yeux pâles et répondit qu'il avait pour seul mandat de leur servir d'escorte à des fins de sécurité. Margaret, le front appuyé contre la vitre de la portière, se contentait de regarder défiler le paysage lavé par les fortes ondées.

Ils traversèrent le pont reliant Canton à l'île de Shamian et roulèrent en direction de la luxueuse résidence consulaire. Sous les parapluies déployés, ils se hâtèrent entre les haies.

À l'intérieur du consulat, la cinquantaine de personnes convoquées par les adjoints de sir Elliot Sinclair feignaient pour la plupart l'indifférence. Après tout, sir Elliot se présentait comme l'ami des Chinois. Grâce à son long séjour en Chine, à ses nombreuses relations, il était toujours parvenu à aplanir les obstacles, à contourner les pires difficultés, à dénouer les conflits, toutes ces choses considérées comme inévitables dans les relations si compliquées entre Chinois et étrangers. Seule la présence d'un aussi grand nombre de militaires gradés en tenue réglementaire, l'arme de service au ceinturon, laissait présager un événement grave. Pourtant, on parlait de toutes les choses qui meublaient le quotidien des étrangers en Chine : vacances à la mer, l'été au Japon, les thés, les dîners, les réceptions, le bridge, les excursions à Macao, les moindres détails de la mode parisienne nouvellement débarquée, la lenteur et la puanteur des trains, les fruits confits et le foie de canard.

L'arrivée de sir Elliot Sinclair mit fin à la rumeur confuse des conversations qui flottait dans le grand salon où cohabitaient le style victorien et la flamboyance de quelques bahuts et paravents incrustés de nacre.

Le diplomate était vêtu sobrement. Les lunettes précairement posées sur son nez en bec d'aigle lui donnaient un air soucieux. Philip Scott remarqua qu'il paraissait plus voûté que lors des précédentes rencontres. Sir Elliot prit place sous le grand portrait du roi George V. Pendant un moment, il parcourut l'assistance d'un regard empreint de lassitude. En quelques mots, de sa voix grave, il fit part aux personnes présentes de ce qu'il appelait «une triste et fort mauvaise nouvelle».

— Le docteur Sun est mort avant-hier à Pékin...

Il parlait de Sun Yat-sen, l'enfant de Canton, qui étudia la médecine aux États-Unis et qui répandit ses idées révolutionnaires parmi ses compatriotes au Japon et dans les possessions anglaises de Hong Kong et du détroit. De l'homme qui fut responsable du renversement du régime impérial en Chine et qui fut élu président provisoire de la toute première République de Chine, en décembre 1911, alors qu'il arrivait d'Europe par l'Amérique. Du fondateur du parti révolutionnaire Kuo-min-tang. De celui qui abdiqua dès 1912 en faveur du militariste Yuan Che-k'ai et qui fonda, à Canton même en 1921, un parti communiste inspiré du modèle soviétique et de la pensée de Lénine, dont il était un grand admirateur.

— Cette mort, continua sir Elliot, suscitera vraisemblablement bien des controverses et des mouvements d'opinion assez violents. Depuis quelques mois, les hostilités avaient cessé en Chine, grâce notamment au docteur Sun...

— Aurons-nous un autre Yuan pour relancer les folies impériales comme en 1912? lança quelqu'un.

D'autres questions fusèrent : combien cela coûterait-il cette fois à la couronne britannique? Qu'adviendrait-il des ententes commerciales? Que feraient les seigneurs de la guerre? Sir Elliot fixa ses concitoyens, décelant sur tous ces visages de curieux regards et une certaine confusion. Les plus anciens se doutaient bien de tout ce qui se tramait déjà. Quelques-uns d'ailleurs souriaient méchamment. D'autres semblaient perdus dans leurs spéculations et leurs calculs. Les ecclésiastiques avaient la mine sombre. Ils conversaient entre eux à voix basse.

Le consul général parla encore pendant quelques minutes. Il demanda notamment à tous les citoyens britanniques d'éviter pendant un certain temps les déplacements dans la ville chinoise, de surveiller de près le comportement des domestiques, de garder des armes à feu à portée de la main, de ne consommer aucune nourriture suspecte, de ne faire aucune confidence ni aucun commentaire sur la situation politique à des interlocuteurs chinois, et ainsi de suite.

Pendant quelque temps, les personnes présentes s'efforcèrent de soutirer rumeurs et informations à toute personne qui semblait avoir quelque lien avec le consulat. Dans tous les coins, les conversations s'animaient.

— On dit que l'académie militaire de Whampoa abrite en réalité une armée de quarante mille hommes dirigés par des officiers soviétiques...

— Non, non! Il n'y a que des cadets dans cette académie... Trois ou quatre mille à peine...

— Vous souvenez-vous de ce qui s'est passé en 1913 avec le général Yuan au pouvoir?

— Vous parlez de la série d'assassinats qu'il aurait ordonnés?

— Quelle importance? C'était entre Chinois! Non, je parle d'argent. Le consortium des banques anglaises, françaises, russes, japonaises et allemandes lui avait offert une sorte de prêt de réorganisation s'élevant à vingt-cinq millions de livres sterling. Faites le compte pour l'époque et allez donc voir ce qui a été remboursé!

Margaret en avait assez entendu. Les propos de sir Elliot lui donnaient l'impression de tomber encore plus vite dans de nouveaux tourments.

— J'ai besoin de sortir... tout de suite! confia-t-elle à Philip en faisant un grand effort pour garder son calme.

— Il faut absolument que je voie sir Elliot...

— Ça te regarde!

Margaret tourna les talons et se fraya un chemin parmi les personnes qui encombraient le corridor menant au hall d'entrée. Pendant un instant, Philip voulut la rattraper et lui dire bien des choses; de celles qui redonnent une ferveur aux relations conjugales. Il amorça un mouvement imperceptible mais se retint. Plutôt, il se dirigea d'un pas rapide dans l'autre direction, vers le diplomate dont la haute taille dominait presque tout le monde.

Le front tendu, les yeux fixés sur ses interlocuteurs, sir Elliot donnait l'impression d'écouter tous les commentaires comme d'autres recevaient des confidences. Il dodelinait machinalement de la tête, répétait tout haut la phrase qu'il venait tout juste d'entendre, puis y ajoutait invariablement sa petite réflexion personnelle.

— Pardonnez-moi, sir Elliot, intervint Philip Scott, mais je dois absolument vous parler... C'est personnel!

Le diplomate s'excusa auprès de quelques personnes et entraîna Scott à l'écart. En quelques phrases très courtes, ce dernier se confia à sir Elliot. Le regard curieux du consul se transforma peu à peu en un regard plein de gravité. Il s'inquiétait sans doute de tout ce que ruminait le médecin canadien. Depuis l'incident du cadavre subtilisé à la prison de Canton, ses adjoints le lui avaient décrit comme un homme animé d'une obsession aussi tenace que dangereuse. Il lui fallait donc être prudent.

— Si je vous autorise à circuler à votre guise du côté des Chinois, je contreviens aux consignes que je viens de donner. Après tout, ce Liu Ming Pei ne partira tout de même pas en fumée!

— Et pour les arrivées de l'étranger? demanda Scott.

— Rien à faire. Tous les étrangers, d'où qu'ils viennent, seront obligatoirement retenus à Hong Kong le temps qu'il faudra... C'est une question de sécurité nationale et j'ai à rendre des comptes directement au nouveau chancelier de l'Échiquier, M. Winston Churchill. Autant dire à Sa Majesté elle-même!

Scott insista. Il voulait encore une réponse de la part du diplomate. Sir Elliot l'entendit sans enthousiasme, en homme pressé. Pendant que Scott formulait sa demande, il le regardait d'un œil sévère, fronçant les sourcils au fur et à mesure que le médecin s'expliquait. Il y eut un bref silence de réflexion, pendant lequel les deux hommes se dévisagèrent.

— À titre personnel, je vous exprime toute mon admiration, finit par dire sir Elliot. À titre officiel, je ne puis rien faire, pour l'instant du moins...

Puis il changea brusquement de ton. Il parlait presque à voix basse.

— Mais je ne veux quand même pas vous décevoir... Le temps venu, on vous fera signe, vous avez ma parole... Mais je dis bien «le temps venu». Maintenant, vous devez m'excuser...

Sir Elliot n'en dit pas davantage. Scott regarda le diplomate s'éloigner. Pendant toute la conversation, Scott avait joué nerveusement, du bout des doigts, avec un petit carton froissé enfoui dans la poche droite de sa veste. Il le retira. Il constata avec surprise qu'il s'agissait de la carte de visite que lui avait remise le petit antiquaire français, Alphonse Vercors.

Scott rangea soigneusement la carte et se dirigea lentement vers la sortie. Dehors la pluie avait diminué considérablement, réduite à une bruine, mais le ciel demeurait menaçant. L'écho des cloches vibrait encore, quoique amoindri par l'épaisse végétation de l'île de Shamian. À quelques centaines de mètres plus loin, sur la rivière des Perles, on apercevait la masse grise des canonnières britanniques et françaises à l'ancre. Les notes cuivrées des clairons sonnaient la rentrée des couleurs. La vue des pavillons rassura Scott.

14

Sous le ciel sombre, Canton ressemblait à une ville assiégée. Des grévistes avaient arraché les enseignes, renversé les charrettes, répandu dans les ruelles tout ce qui leur tombait sous la main. Ils avaient creusé des tranchées, défait des murs entiers et parsemé de milliers de briques les avenues afin d'entraver la circulation. Porteurs, tireurs de pousse-pousse, balayeurs de rues avaient pratiquement disparu. Les escaliers, les dalles, les balustrades étaient blancs de fientes d'oiseaux. Les chiens faméliques, l'œil méchant, la lippe agressive, erraient partout en grognant, se battant avec rage pour la moindre parcelle de nourriture.

On dressait des barricades au débouché de la plupart des rues. Des patrouilles de militaires circulaient sans cesse. Il y avait des coups de feu sporadiques. Même des rafales de mitrailleuse. Des balles passaient régulièrement au-dessus des têtes et s'aplatissaient sur les façades des maisons avec un bruit sec.

La nuit, le flot humain montait de partout comme une marée à l'assaut de la rive. On ne distinguait d'abord que des points lumineux. Grossissant, ils devenaient des lueurs rouges qui dansaient sinistrement, rappelant une gigantesque procession aux flambeaux. Puis, d'un seul coup, une grande flamme s'élevait, illuminait un quartier de la ville. Moins d'une heure plus tard, cela se terminait par l'effondrement d'un toit et de poutres, au milieu de gerbes d'étincelles et de tourbillons de fumée.

Pendant des jours, le cortège des blessés mobilisa le personnel de l'hôpital. Les cours étaient suspendus et les étudiants renvoyés dans leurs familles. Bientôt les lits vinrent à manquer. On jeta sur le sol de vieux matelas, des couvertures, même des nattes crasseuses, afin d'y déposer les blessés qui continuaient d'affluer.

Les affamés, en haillons, la chevelure rongée de teigne, vinrent ensuite grossir les rangs des malheureux déjà entassés dans les moindres recoins de l'hôpital. Les médecins, les infirmiers chinois et les quelques religieuses qui pansaient tous les jours les plaies hideuses devaient se vêtir d'une longue blouse serrée aux poignets et au cou pour éviter la contamination. Dans une atmosphère empuantie, malgré la fatigue, la chaleur et la tension, tous agissaient sans la moindre impatience, avec des gestes d'automate. Les médecins opéraient, amputaient ; les infirmiers transportaient les corps, administraient les médicaments ; les sœurs lavaient les blessés, priaient pour les vivants et les morts.

Dehors, la foule haineuse scandait jour et nuit les mêmes cris : «Chassons les diables d'Occident !» Lorsque la brève sonnerie des clairons rappelait la présence menaçante des canons et que les rumeurs de la révolte se perdaient peu à peu dans la brume crépusculaire, Scott éprouvait une envie, la même chaque soir : fuir la Chine. Elle troublait maintenant son âme, lui faisait revivre les épouvantes d'un certain passé qu'il avait péniblement réussi à confiner dans l'univers des images fugitives.

* * *

Margaret savait que les domestiques l'épiaient sans relâche. Curieusement, ils ne se disputaient plus entre eux, comme si les événements de l'extérieur leur imposaient la consigne de la plus entière solidarité.

Yu Sheng était le seul qui avait le courage de parler. Il fit part à Margaret du sort que l'on réservait aux domestiques chinois qui avaient passé une partie de leur vie au service des étrangers.

— Déjà coupé cinquante têtes, déplora-t-il en grimaçant et en serrant convulsivement les dents. Coupées et suspendues en rangée, toutes ces têtes de domestiques !

— Tu n'as rien de plus réjouissant à raconter, Yu Sheng ? fit Margaret, parcourue par un frisson d'horreur.

— Ah non ! Influences mauvaises partout ! Voilà pourquoi encore la guerre !

Mais l'instant d'après, Yu Sheng demandait bien humblement à Margaret de lui pardonner sa stupidité et l'incohérence de ses paroles, avant de se retirer en glissant sur ses semelles feutrées.

La jeune femme erra d'une pièce à l'autre, donnant l'impression de passer en revue les meubles de style, l'argenterie soigneusement astiquée, l'horloge murale en bronze et laiton, le lustre de cristal, les lampes de marbre, la douzaine d'assiettes peintes à la main, l'imposante vaisselle en porcelaine et les quelques tableaux de maîtres. Tous ces objets qui jadis la rendaient si fière la laissaient maintenant indifférente. Même le piano. Elle ne jouait plus, ou si peu. À peine un air de temps à autre, qu'elle abandonnait à mi-chemin.

Tous ces bruits, ce va-et-vient d'une Chine qui, finalement, demeurait pareille à elle-même, ces exécutions en pleine rue bruyamment approuvées par une foule exaspérée, autant d'effets résultant de la même cause : la présence des étrangers. Il s'en trouvait toujours pour soutenir que l'action de la race blanche était plus nécessaire que jamais dans l'évolution de la Chine. Telle était l'opinion couramment admise par les gouvernements occidentaux, amis comme ennemis. Pour cause : le monde anglo-saxon avait découvert assez tôt la séduisante perspective d'une exploitation intensive des ressources illimitées de cet Eldorado, destiné à faire la fortune de toute nation capable de provoquer des guerres civiles, un bouleversement social, et de profiter ensuite des déchirements internes pour satisfaire ses appétits commerciaux.

À cet égard, la guerre de l'Opium témoignait de tout. Elle avait transformé la Chine, «dépecé» serait plus juste, puisque la bourgeoisie anglaise avait compté écouler en Chine plus de marchandises que dans le reste du monde. Mais puisque les marchandises ordinaires ne suffisaient pas à ouvrir le marché chinois, la guerre de l'Opium y parviendrait. Il était entré près de cinq mille caisses d'opium par le port de Canton en 1800. Moins de quarante ans plus tard, il en était arrivé huit fois plus. De leur côté, les Américains faisaient venir l'opium de la Perse et de la Turquie afin de l'écouler en Chine moyennant d'énormes profits. Rapidement, le commerce avec la Chine passa d'un état déficitaire à un état excédentaire. Vers le milieu du XIXe siècle, l'opium représentait à lui seul davantage que la valeur globale des marchandises chinoises exportées en Angleterre. Le cinquième de toute la monnaie d'argent en circulation en Chine passa à l'étranger, entraînant une dépréciation de la monnaie de bronze et l'effondrement du petit peuple. Le traité de Nankin, signé en août 1842, fut dicté à la Chine sous la menace des canons.

Il en résulta l'occupation de Hong Kong; l'ouverture des ports de Canton, Fou-tcheou, Hsia-men, Ning-po et Shanghai au commerce extérieur; l'extorsion de trente et un millions de yuans à titre de dommages de guerre; la juridiction des consulats britanniques sur tout délit commis en territoire chinois par des ressortissants anglais; des traités imposés par la France et les États-Unis en vue de l'obtention de pouvoirs spéciaux et de la propagation de la religion chrétienne. Soixante-dix ans plus tard, il y avait plus de fumeurs d'opium en Chine que les populations réunies de la France et de l'Angleterre.

Ce n'était là qu'un exemple parmi plusieurs. Chacun grignotait à sa façon une parcelle de cette terre dont les anciens Chinois disaient que le temps lui-même ne pourrait faire disparaître le passé. Quel passé, puisqu'on cherchait à le nier, sinon à le ternir? Fallait-il vraiment autant de carnages et de souffrances pour chasser, chaque fois, les mauvais

génies qui s'acharnaient avec un fanatisme sans cesse renou-
velé? Pourquoi ne laissait-on pas en paix ce peuple qui ne
demandait rien d'autre que de s'agiter chaque matin sous les
grands parasols de papier huilé?

Le 30 mai 1925, de violentes émeutes éclatèrent à la
suite d'un incident survenu dans une filature japonaise située
à Shanghai, au cours duquel un Japonais avait abattu un
ouvrier chinois. Des foules d'ouvriers investirent les bâtiments internationaux et réclamèrent le départ des étrangers.
Les forces de police des concessions internationales ouvrirent le feu et des combats cinglants se déroulèrent. Français,
Anglais et Américains eurent des navires endommagés et de
nombreuses victimes parmi leurs ressortissants : le chiffre de
deux mille morts et blessés fut avancé.

À Canton, des dizaines de milliers d'étudiants, d'ouvriers et de commerçants défilèrent dans les rues, portant des
bannières sur lesquels on lisait : «*Ta Tao Ing Kouo Ki iang
Tao*», ce qui voulait dire : «Déclarez la guerre à l'Angleterre». L'armée gardait les magasins et les maisons des
étrangers.

On avait annoncé que l'écrivain Lu Xun était arrivé à
Canton, qu'il monterait aux barricades, qu'il haranguerait les
foules. Des rumeurs circulèrent : Lu Xun avait été victime
d'un attentat ou encore Lu Xun avait été retenu à Shanghai.
Mais Lu Xun demeurait invisible. On distribua des milliers
de tracts sur lesquels avaient été imprimés des extraits de discours que Lu Xun avait prononcés devant les étudiants de
l'université de Pékin. «Pour les dirigeants et les agresseurs
venus de l'étranger, l'histoire chinoise n'est que festin de
chair humaine depuis des temps immémoriaux, parce que le
peuple, que les oppresseurs mangent, n'a le choix qu'entre
deux festins : être esclaves ou devenir esclaves. Il s'impose
maintenant de balayer ces mangeurs d'hommes, de culbuter
les tables du festin et de détruire les cuisines pour créer une
période d'un troisième genre, inconnu jusqu'ici dans l'histoire de la Chine. Il faut maintenant recourir à la tempête
rugissante de la révolution prolétarienne, assainir le pays et

balayer tout ce qui stagne, avilit et pourrit, afin qu'un système social flambant neuf, totalement inconnu, surgisse du fond des enfers, pour que des centaines de millions d'hommes deviennent les maîtres de leur propre sort...»

* * *

Signal annonciateur d'une tragédie, le bruit lugubre d'un gong traversa la nuit, pendant que la douzaine d'ombres se précipitaient à l'intérieur de l'hôpital. Tous portaient un couperet en bandoulière, à la manière des porte-glaives qui faisaient office de soldats-bourreaux à l'époque de la Révolution de 1912. Ceux-là toutefois n'étaient pas des soldats.

Leurs visages étaient dissimulés sous des masques, et leurs avant-bras, tatoués aux effigies du dragon et du tigre. Ils avaient escaladé le mur d'enceinte et glissé silencieusement jusqu'à l'édifice principal. Au bout d'un moment, il y eut une série de cris et de hurlements effroyables. Puis les hommes masqués débouchèrent dans le grand corridor de l'hôpital en poussant devant eux des infirmiers chinois, les mains entravées et une corde autour du cou. Obéissant à un simple geste de celui qui était leur chef, ils forcèrent les infirmiers à se mettre à genoux. Pendant que l'un d'eux maintenait la tête d'un infirmier, un autre s'improvisait bourreau et la faisait rouler d'une seule frappe.

Lorsqu'ils quittèrent l'hôpital, ils laissèrent derrière eux une haie formée de six corps exsangues.

À l'aube, les rais de lumière s'infiltrant par les portes entrebâillées ne firent qu'aviver l'horreur. Le spectacle des corps décapités donnait à ce coin de l'hôpital des allures d'abattoir.

La consternation et la peur se lisaient sur tous les visages. Silencieux au premier instant, l'œil courroucé, le docteur Spencer ordonna que l'on évacuât les corps et nettoyât à grande eau le parquet.

L'enquête fut brève, l'attentat étant signé. Un parchemin poissé de sang et épinglé à la veste d'un des corps décapités révéla l'identité des assassins.

C'était la signature d'une société secrète, jadis connue sous le nom de Ta Tao-hwei ou Société des Grands Couteaux. On la disait aussi ancienne que celle du Lotus blanc, fondée, croyait-on, vers le XIIᵉ siècle, prohibée, mais reparue deux siècles plus tard et responsable de la chute des Yuan. Le parcours historique de cette société avait laissé des traces sanglantes dans plusieurs régions de la Chine : dévastations, incendies, rapts, vols, assassinats, ruées sur l'Église catholique autour de 1890. Portant à l'origine une étiquette antimandchoue, la société tirait son nom d'un sabre en fer forgé, arme de prédilection des adeptes. Fanatisés par des séances de magie, forts de leur nombre, dirigés par des chefs redoutés, protégés par les seigneurs de la guerre, les membres les plus actifs de la société agissaient dans l'ombre d'une autre organisation secrète, la plus formidable, connue sous le nom de Triade. Vieille de deux siècles, c'est cette dernière qu'employa Sun Yat-sen pour propager la révolution et renverser les Ts'ing en 1911.

Même si toutes les sociétés secrètes de Chine se ressemblaient comme les pépins d'un même fruit, celle des Grands Couteaux effrayait davantage que les Fleurs du Dragon, la secte des Huit Trigrammes ou encore les Lutteurs pour la Justice et la Concorde, derniers survivants de la grande famille des Boxers. La Société des Grands Couteaux se ramifiait dans tous les milieux, des mendiants jusqu'aux magistrats de haut rang, tout en confiant les pires besognes à des voleurs, des trafiquants d'opium, des bandits et des militaires déchus.

* * *

Le docteur Theodore Spencer avait décrété que le personnel chinois devait quitter immédiatement l'hôpital. Il disait avoir l'appui inconditionnel du consul général de Grande-Bretagne. Les Chinois protestèrent, le docteur Yang Shao en tête. Spencer demeura intraitable, affirmant qu'il devait avant toute chose garantir la sécurité des sujets britanniques et des patients hospitalisés. Il ne semblait y avoir aucun doute dans l'esprit du directeur que la Société des Grands Couteaux s'en prenait directement à tous les collaborateurs chinois, qu'elle considérait comme des traîtres. Refusant de céder malgré les arguments de Yang Shao, Spencer leur signifia un ultimatum de quarante-huit heures.

Ce fut au tour de Philip Scott de venir plaider la cause du personnel chinois. Les mains sur les hanches, Spencer fulminait. Il fixait Scott de ses yeux froids. Sous les sourcils froncés, son visage s'était empourpré et ses paupières battaient à une allure folle.

— Vous me demandez cela? Mais c'est une véritable conspiration! Ce que vous avez vu ne vous suffit donc pas? Je vous répète qu'il n'y a rien à faire; cette race est dégénérée... Il n'y a ni moralité, ni courage, ni abnégation; que de la folie meurtrière!

Scott n'avait jamais aimé l'attitude impérialiste de Spencer. Cédant à une brusque impulsion, il rétorqua assez vivement :

— Je ne partage pas votre point de vue, docteur Spencer! Il y a autre chose en Chine que des mandarins véreux et des paysans stupides.

— Ah oui? l'interrompit l'Anglais. J'oubliais probablement les seigneurs de la guerre et tous les charlatans, magiciens et guérisseurs...

Scott ignora les allusions de Spencer.

— Il faut croire que l'Occident a oublié récemment de se regarder dans un miroir, répliqua-t-il. Il y verrait le résultat de ses sautes d'humeur : quelques millions de cadavres!

— Quelle naïveté! Vos fréquentations vous ont perturbé au-delà de la raison...

Spencer n'allait tout de même pas céder à la gêne devant ce jeune médecin qui cherchait désespérément des causes à défendre. Pour l'Anglais, il n'y avait de rempart que les cultures qui avaient su cimenter l'hérédité, l'ambition, le devoir et l'éducation. Cela obligeait à tirer parfois du canon, au nom d'une convention du devoir et de la noblesse.

Mettant de côté son amour-propre, il regarda Scott d'un autre œil. Il se disait qu'en vieillissant, après avoir parcouru le monde, il se rendrait compte à son tour qu'il était préférable de faire son lit sous un toit d'idées larges et à l'intérieur d'un pays riche.

— Philip, fit-il alors d'un ton adouci, vous avez un certain avenir... Je ne sais pas encore si c'est à titre de médecin ou bien d'archéologue, mais vous avez un avenir. Ne le gâchez pas! Le vaisseau chinois est trop lourd, il donne dangereusement de la bande et il va probablement sombrer. L'important, c'est de ne plus être à bord lorsque cela se produira. En attendant, je tiens à ce que le personnel étranger de cet hôpital, le seul dorénavant à y œuvrer, s'en tienne à ses devoirs stricts. Vous avez été militaire, vous savez donc ce qu'est un ordre!

— Un ordre? Mais je n'en ai plus rien à foutre des ordres, docteur Spencer!

Scott n'avait qu'une seule envie : s'enfermer dans son réduit, y enfouir l'horreur de cette journée, renouer avec sa quête.

Il allait sortir, mais se retourna. Voyant que Spencer s'était laissé tomber dans le fauteuil de cuir, il lui dit :

— Le seul moyen de ne plus souffrir d'un ordre, c'est de trouver la force d'en guérir. Au début, c'est une sensation gênante, mais c'est toujours mieux qu'une croix au cimetière pour la gueule d'un général!

* * *

Scott tendit l'oreille. Quelqu'un était là, il en était sûr. On cognait maintenant, discrètement. Méfiant, il porta machinalement la main au pistolet qu'il gardait à sa portée depuis quelque temps. Il saisit de l'autre main une des lanternes qui lui servaient d'éclairage depuis que l'obligation d'un couvre-feu les privait d'électricité une heure après le coucher du soleil.

— Qui est là?

— Yang Shao, répondit une voix qui lui parvint comme un son étouffé.

— Le docteur Yang Shao? demanda-t-il, surpris.

Il ouvrit la porte et leva la lanterne à la hauteur du visage du visiteur. C'était bien le docteur Yang Shao. Mais il n'était pas vêtu comme d'habitude. Il portait une redingote bleue, soigneusement boutonnée à la mode ancienne, et tenait un paquet dans ses mains. La lueur jaunâtre, oscillante, fit passer des reflets étranges sur le visage d'ordinaire impassible du Chinois. Scott y décela même la trace d'une certaine émotion.

— Veuillez m'excuser de vous surprendre à une heure aussi tardive, commença Yang Shao en s'inclinant profondément, mais je dois vous parler...

Scott le pria d'entrer. Le Chinois esquissa un sourire gêné.

— Je suis venu vous remercier pour ce que vous avez fait pour nous tous, continua-t-il. Vous avez intercédé auprès du docteur Spencer. Vous avez été le seul à le faire. Nous avons une dette envers vous...

— Vous ne me devez rien du tout, l'interrompit Scott.

— Quoi qu'il en soit, poursuivit Yang Shao, pour la première fois depuis très longtemps, j'ai senti aujourd'hui que j'étais chinois... Aujourd'hui, j'ai senti de près la répugnance, celle du Britannique colonisateur de vieille souche. Jusque-là, je me considérais comme l'enfant adoptif de l'Occident, de l'Europe que j'admirais...

— Je ne sais trop quoi vous dire, docteur Yang Shao, sinon que la Chine a besoin de vous...

Yang Shao baissa la tête.

— Elle me fait peur, fit-il avec une inflexion triste dans la voix.

— À moi aussi, répondit Scott, mais moi je ne suis pas chinois... et je ne le serai jamais. Que puis-je vous dire? Faites pour elle ce que vous savez faire le mieux : soulager la souffrance.

Scott remarqua les mains crispées du Chinois sur le paquet qu'il tenait toujours. Il vit le désarroi dans ses yeux noirs.

— Peut-être est-il temps pour moi d'ouvrir les yeux sur tout ce que nous ont légué nos ancêtres...

— Vous croyez avoir assez d'une seule vie pour y parvenir? lança Scott d'un ton léger.

— Qui vous dit que je n'en ai pas plusieurs? fit Yang Shao en souriant.

Sur ces mots, il tendit à Scott le paquet enveloppé dans du papier fin.

— Un modeste présent, fit-il en s'inclinant légèrement. Je vous prie de l'accepter en témoignage de ma gratitude.

Scott le prit et passa lentement ses doigts sur le papier lisse avant d'en défaire l'emballage. Puis il ôta le papier, délicatement, comme on pèle un fruit.

C'était une toute petite boîte, au revêtement de soie rose. Elle contenait deux boules de jade, disposées l'une à côté de l'autre comme deux perles dans un écrin. Perplexe, Scott regarda Yang Shao. Ce dernier devina la question muette.

— Ce sont des boules de Baoding, expliqua-t-il. Elles remontent à la dynastie des Ming. Elles ont appartenu à ma famille depuis toujours. Il suffit de les manipuler, de les faire rouler dans la main... Acceptez-les, je vous prie, comme le modeste présent d'un Chinois!

Scott plaça les deux boules au creux de sa main, les tritura, maladroitement d'abord, alors qu'elles s'entrechoquaient bruyamment. Il recommença, cette fois avec la main et les doigts plus détendus. Elles glissèrent plus silencieusement. Une vibration passa de l'extrémité de ses doigts à son avant-bras, monta vers l'épaule, gagna tout son corps.

— Je dois vous quitter maintenant, laissa tomber Yang Shao.

Les yeux du Chinois s'étaient voilés de tristesse. Scott rangea les boules et tendit la main à Yang Shao. Ce dernier l'étreignit. Les deux hommes avaient le sentiment qu'ils se voyaient pour la dernière fois. L'un comme l'autre étaient remués.

— Puis-je vous demander une dernière chose? fit Yang Shao, la voix brisée.

— Ce n'est pas nécessaire, le rassura Scott. Je le ferai... même sans orchidées!

— Vous saviez donc?

— J'ai toujours su que vous étiez un gentleman, docteur Yang Shao.

Scott regarda Yang Shao s'effacer lentement dans l'obscurité du corridor. Il se demanda si le Chinois sortait définitivement de sa vie, surtout de celle de Margaret. Il avait eu raison de craindre cet homme, mais c'était en réalité pour les mauvaises raisons. En fait, Yang Shao avait ranimé un cœur mortellement atteint pour cause d'absence.

Malgré tout cela, Scott savait que le mal rampant installé en lui faisait son œuvre. Devait-il abandonner ce rêve immense qui le hantait jour et nuit? Pour reconquérir l'amour d'une femme hors du commun, il le fallait. Sinon, il devait se résigner à une autre souffrance, permanente celle-là.

brin de causette. Un imposant lustre pendait du plafond haut, cependant que la lumière du jour se frayait avec peine un passage, tamisée par le treillis des fenêtres déjà drapées d'épais rideaux de velours, disposés en plis relevés. De grandes lampes au pied de bronze ciselé étaient dressées aux quatre coins comme des vigiles. Un superbe tapis, mêlant des teintes de rose et de noir, couvrait en bonne partie un plancher en bois, scrupuleusement verni et frais ciré du matin. Le reste des meubles, bibliothèque, tables, chaises, étaient européens. Seul un brûle-parfum de bronze couvert d'inscriptions étranges rappelait la Chine.

Le professeur Rodolph Van Heeg attendait Scott. Le scientifique était un homme d'une soixantaine d'années, au thorax puissant, aux jambes courtes et arquées. Une chevelure blanche, en broussaille, encadrait un visage anguleux. Il respirait bruyamment, souffrant d'un début d'asthme. De grosses veines couraient au dos de ses mains, qui ressemblaient davantage à celles d'un fermier du Yorkshire qu'à celles d'un académicien.

La pipe aux dents, il pria Scott de s'asseoir, tout en continuant de l'observer de ses yeux gris, partiellement dissimulés derrière d'épaisses lunettes. C'est lui qui prit la parole. Sa voix caverneuse impressionna Scott.

— À quoi croyez-vous, docteur Scott? À Dieu, au diable, au chaos des espèces, à une évolution influencée par les bouleversements cosmiques ou alors à rien de cela?

Le débat était brutalement lancé. Scott le savait. Van Heeg était du genre à procéder par grands coups de balai.

— Existe-t-il une réponse? avança Scott prudemment.

Van Heeg plissa les yeux et pencha curieusement la tête, un peu comme le reptile devant sa proie.

— Une certitude, vous voulez dire? Peut-être la longue suite d'extinctions; le genre d'hécatombes qui surviennent aux cent millions d'années. Vous vous y connaissez en dinosaures?

Scott hésita, puis répondit par un non catégorique.

— La plupart des chercheurs d'os n'y connaissent pas grand-chose, répondit Van Heeg avec une certaine suffisance.

197

J'estime, pour ma part, que quiconque prétend mettre les pieds dans l'antichambre de la paléontologie doit d'abord se familiariser avec les cimetières de la vie sur terre, ce qui représente une bonne vingtaine d'années d'études et de recherches patientes et rigoureuses...

— Je n'ai pas de telles connaissances à étaler, répondit Scott d'une voix légèrement irritée. Je sais peu de chose du jurassique, à peu près autant du crétacé et à peine davantage du tertiaire... Mais il semble évident que des espèces nouvelles ont remplacé celles dont les aptitudes de survie étaient déficientes.

— On croirait entendre ce bon M. Darwin, ironisa le savant.

— M. Darwin a avoué que la seule certitude qu'il ait eue fut de devoir entretenir le doute en permanence, répondit Scott.

Van Heeg n'appréciait pas le genre du jeune médecin. Qui plus est, celui-ci était un aventurier, puisque sa feuille de route ne montrait rien de méritoire : ni études spécialisées, ni fouilles, ni publications scientifiques. Mais l'essentiel était ailleurs : il rendait aujourd'hui un service personnel au consul général.

— Je vous accorde une chose, poursuivit-il, une chose absolument fondamentale : jamais l'homme n'a côtoyé les dinosaures... Quelques millions d'années le séparent d'une telle cohabitation... Vous avez vos deux heures, docteur Scott.

Scott ouvrit la petite mallette de cuir noir qu'il avait déposée à ses pieds et en retira une liasse imposante de feuillets manuscrits qu'il tendit à Van Heeg. Ce dernier parcourut en vitesse le document, puis, retirant ses lunettes, dit, le plus sérieusement du monde :

— Nous sommes loin d'un rapport de recherches, docteur; ce ne sont là que des notes et des observations en vrac...

— Croyez bien, professeur, que j'en suis parfaitement conscient, admit Scott. Mais pourrions-nous également convenir que les faits exposés et les conclusions importent plus que la forme ?

Van Heeg grimaça comiquement et se plongea dans une lecture plus attentive. Il tiqua occasionnellement, lorsqu'une idée, une explication ou, plus simplement, des caractères d'écriture mal formés accrochaient ses yeux. Une fois, il interrompit sa lecture pour aviver la braise mourante de sa pipe et en tirer aussitôt de grosses bouffées bleues. Parfois il relevait la tête, le regard fixé droit devant lui, dans une attitude de méditation, avant de reprendre la lecture. Scott, lui-même figé dans son attention, n'osait rien dire, se contentant d'observer les traits du savant, dont les paupières plissées empêchaient de voir les yeux.

Il s'écoula une bonne quarantaine de minutes sans qu'il y eut un seul mot de prononcé. Lorsque Van Heeg eut lu le dernier feuillet, il remit le document en ordre avec des gestes posés, et garda la liasse sur ses genoux.

— J'admire votre audace, laissa-t-il tomber subitement. Toutefois, je pense que vous avez affaire à un primate, une sorte de grand singe.

— Non, professeur ! s'exclama Scott. Vous avez lu le rapport, vu les croquis, et surtout les photos... L'émail des prémolaires est trop épais... et vous savez aussi bien que moi que tous les singes ont une surface émaillée beaucoup plus restreinte et que leurs incisives sont plus hautes, plus pointues que celles des humains...

Van Heeg secouait la tête en signe de désaccord.

— Et je sais également que ce n'est pas en mesurant l'émail des dents qu'on peut déterminer l'existence d'un nouveau genre humain. Ça ne prouve encore rien...

Scott n'entendait pas céder à ce genre d'argument.

— C'est à partir d'une simple dent qu'Eugène Dubois a découvert l'homme de Java.

Cette fois, Van Heeg perdit son flegme. Il faillit éparpiller les feuillets lorsque sa main glissa sur ses genoux.

— Décidément, c'est la contagion ! gronda-t-il presque. Dès qu'une découverte est connue, fût-elle controversée, voilà qu'on se met à vouloir creuser partout... et en Chine par-dessus le marché ! Je vous le dis et je vous le répète, docteur Scott, vos indices sont trop minces. Quelques dents et un fragment d'os ne suffisent pas pour faire admettre une nouvelle théorie des origines de l'homme. Vous parlez de faire reculer la frontière de l'humanité comme du temps qu'il fait aujourd'hui... Allons, docteur! Votre propos attaque les découvertes scientifiques des soixante-quinze dernières années... et je parle de véritables découvertes, de fossiles de taille, d'endroits géographiques précis... Il y a eu des contre-expertises... Vous n'avez rien de cela...

Scott saisit l'occasion.

— Je demande cette chance, justement! Jusque-là, mis à part les découvertes du néandertalien, de l'homme de Java et la plus récente trouvaille du professeur Dart, nous avons trop facilement admis le trou de mémoire... L'occasion se présente d'unir enfin l'homme actuel à des êtres correspondant à une période biologique qu'il nous était encore impossible d'imaginer hier, si ce n'est en rêvant secrètement à une sorte de passé mythique... Nous arriverons peut-être au pied de l'échelle de la race humaine, au moment précis où l'homme a rompu avec le comportement animal...

— Et comment définiriez-vous ce moment, docteur? demanda Van Heeg après un bref silence de réflexion.

— Je ne sais pas encore, admit Scott.

— Le contraire m'aurait surpris, poursuivit le savant, car cela suppose la découverte de traces d'une pensée réfléchie; des signes incontestables montrant la joie, l'angoisse, la peur; bref, tout ce qui concerne l'intelligence. Je crains que ce que vous me montrez aujourd'hui n'ait rien de commun avec de telles pistes.

Ce disant, il rendit la liasse et les photos à Scott.

— Avouez qu'il y a là une piste, insista ce dernier.

— Docteur Scott, répondit Van Heeg, vous essayez de me faire dire que votre piste consiste à nous mettre en présence d'un être qui n'est ni un grand singe ni un homme moderne... mais en quelque sorte le fameux chaînon manquant, à cheval entre le pithécanthrope de Dubois et la lignée des chimpanzés... Comment voulez-vous que je puisse vous soutenir, alors que vous n'avez pour toute preuve que ces quelques dents, fossilisées je l'avoue, trouvées par hasard...

Le savant montrait des signes d'impatience. À deux reprises déjà, il avait tiré sur la chaînette en or et regardé l'heure à sa montre.

— Professeur Van Heeg, obtenez-moi de l'aide pour organiser des fouilles...

Van Heeg ne se montra pas surpris de la demande de Scott. Il décida toutefois que l'entretien avait assez duré et qu'il lui fallait conclure.

— Il n'y a pas de passé en Chine en matière de fouilles, précisa-t-il, parce qu'il n'y a pas de préhistoire humaine dans ce pays. J'ajoute qu'il y aurait trop de risques, surtout en ce moment! Et même si nous oublions la tourmente actuelle, où chercheriez-vous en Chine, docteur Scott? Au Sichuan, au Tibet, en Mandchourie, dans les environs de Canton? Vous n'allez tout de même pas proposer de remuer toute la Chine pour remplir les cavités d'une simple mandibule! Par ailleurs, les Chinois sont très méfiants, surtout lorsqu'il s'agit de mettre à nu leur sous-sol; j'en sais quelque chose! Croyances, superstitions, légendes... Mettez cela sur le compte des mystères de ce continent...

— Teilhard de Chardin y est parvenu, lui, objecta Scott.

— Résultat nul, répliqua Van Heeg. C'était dans le nord de la Chine, dois-je vous le rappeler...? En tout état de cause, il y a tellement de facteurs à considérer, ne serait-ce que la question géologique. La topographie de tous les lieux susceptibles d'être fouillés a considérablement varié depuis des milliers d'années. Certains se sont enfoncés de plusieurs dizaines de mètres, d'autres se sont élevés. L'érosion et les tremblements de terre ont fait leur œuvre. Des milliers de grottes souterraines existent à des profondeurs de plus de cent mètres, sans parler des strates de boue, de calcaire, de gravier, de sable. On peut facilement concevoir dix, parfois quinze strates de plusieurs mètres chacune... Et vous n'avez pas le moindre indice de la provenance de votre fossile. Déjà, avec des indications précises, l'entreprise serait colossale ; vous, vous n'avez rien ! Et ce Chinois ? Pourquoi ne dit-il rien ? Je vais vous le dire : parce que la plupart des sites d'extraction de ces satanés «os de dragon» sont tenus jalousement secrets. Voilà pourquoi ! Désolé, docteur Scott, mais je ne puis partager votre hypothèse, et encore moins vos conclusions...

Van Heeg tira un mouchoir et s'épongea le visage.

— Quelle humidité, n'est-ce pas ? marmonna-t-il. Je ne suis pas fâché de quitter ce pays...

Il tendit sa grosse main à Scott. Un petit sourire dérida sa bouche mince comme une lame.

— Franchement désolé, répéta-t-il.

Scott lui serra rapidement la main.

— Et moi donc ! Mais, quoi que vous pensiez, je vous assure qu'il y a quelque part en Chine des traces irréfutables d'ancêtres de l'homme.

Van Heeg haussa les épaules. Une lueur d'incrédulité passa dans ses yeux. Mais déjà il pensait à son retour en Angleterre ; à l'accueil de l'Académie des sciences. Et — qui sait ? — à son admission éventuelle à la Chambre des lords !

* * *

Dans le bric-à-brac du curieux commerce situé en bordure de la rivière des Perles, parmi le dédale d'entrepôts de tous genres, Scott prit une statuette de bronze dans ses mains et l'examina de près. Elle représentait une divinité protectrice.

— Je pensais bien que vous vous rangeriez un jour dans le camp des collectionneurs, fit une voix qui lui était assez familière, notamment par son fort accent et cette façon chantante de passer d'un mot à l'autre.

Scott se retourna et vit le petit homme replet dont il avait fait la connaissance sur le *Viceroy of India*.

L'antiquaire souriait et d'un geste fit signe au commis chinois de se retirer. Il prit la statuette des mains de Scott, la tourna entre ses doigts comme pour lui en faire apprécier davantage la valeur et la déposa délicatement sur le comptoir, tel un objet de haute curiosité.

— Authentique, dit-il avec détachement. Chez nous, aucune fausse antiquité, aucune œuvre clandestine et... rien qui ne soit laissé à petit prix...

— Je n'en doute pas, fit Scott pour ne pas contredire le Français.

— Je vous avais parlé des bronzes de Liyu, vous vous souvenez? C'est encore une bonne affaire, mais j'ai beaucoup mieux...

L'antiquaire prit Scott par le bras et l'entraîna sous une porte basse percée dans l'épaisse muraille de vieilles pierres. Ils se retrouvèrent dans un réduit sombre. L'humidité suintait sur les murs.

— Ne vous fiez pas aux apparences, murmura Vercors tout en soulevant le couvercle d'un coffre d'acajou.

Il en retira trois superbes pièces de bronze incrustées d'or et d'argent. Elles représentaient respectivement un buffle, un rhinocéros et un tigre dévorant un faon, et étaient hautes d'environ trente centimètres chacune.

— Ces trésors, confia Vercors, furent découverts dans les sépultures des princes de Zhongshan. Je vous parle de trois siècles avant Jésus-Christ.

Scott comprit qu'il lui fallait mettre fin au plus tôt à toute cette mise en scène.

— Monsieur Vercors, dit-il, ces bronzes sont fabuleux, mais je suis ici pour autre chose... J'avais, bien entendu, conservé votre carte d'affaires, et comme je sais que vous connaissez bien la Chine et que de surcroît vous êtes familier avec les fouilles, j'ai pensé que vous pourriez m'aider...

Vercors était perplexe.

— Des fouilles...? Euh... oui... Vous cherchez quoi précisément?

— Des os! fit Scott, mal à l'aise.

— Des os? Des os de quoi?

De la même voix mal assurée, Scott précisa :

— Des os fossilisés! Ne m'aviez-vous pas dit que les bronzes déterrés par les paysans à Liyu avaient plus de vingt siècles?

L'antiquaire fixa sur Scott le regard fouineur de ses petits yeux noirs.

— Figurez-vous, fit-il d'une voix plus audible, que les os, ce n'est pas comme les bronzes... En Chine, ils enterrent leurs morts un peu partout, au gré des croyances et des superstitions...

— Ce qui m'intéresse plus particulièrement, ce sont les os de dragon, fit Scott.

L'antiquaire recula délibérément de deux ou trois pas. Scott ne distinguait plus son visage. À peine voyait-il luire ses yeux, à moins que ce ne fût le reflet de ses lunettes cerclées d'or. Des mots jaillirent de l'ombre.

— Je connais quelqu'un... mais impossible de faire ça le jour ; il y a des risques. Et puis il ne marchande pas ; son prix devra être le vôtre ! Si vous acceptez, je ferai le nécessaire. Mais je préfère vous avertir tout de suite : ça ne se passera pas dans une église !

* * *

Depuis que Philip lui avait annoncé le départ du docteur Yang Shao, Margaret demeurait recluse dans la chambre à coucher. Elle était envahie par une fatigue si grande qu'elle se sentait incapable de penser, irritée par le moindre bruit. Yu Sheng allait lui porter à manger, essentiellement du thé, des biscuits, quelques fruits ; mais la moindre bouchée avait un goût fade et lui restait dans la gorge.

Philip la trouvait prostrée, le regard sans expression. Cela durait depuis plusieurs jours. Il eût cent fois préféré qu'elle lui avouât brutalement qu'après tant de signes d'abandon de sa part elle avait choisi une autre voie. Peut-être était-il trop tard. Lui-même avait fait de la paléontologie son refuge, et ce malgré le désarroi de Margaret.

La maison semblait tellement vide, en dépit de la présence agitée des domestiques. Et cette absence de musique ! Philip revoyait avec nostalgie l'assurance de Margaret, sa pose, la joie exquise qui allumait son regard lorsqu'elle touchait le clavier.

Lorsque Philip lui effleura l'épaule du doigt, il eut la douloureuse sensation de toucher une fleur morte. Jadis cela eût suffi pour la faire se blottir contre lui, se lover au creux de son corps. Maintenant elle ne bougeait pas. À peine le poids de son corps marquait-il la place qu'elle occupait dans le lit.

Philip s'approcha d'elle. Il posa sa tête sur l'oreiller de la jeune femme, s'imprégna de l'arôme de ses cheveux déployés en éventail. En un instant, il communia avec toutes ces odeurs, autant de reminiscences de ce qu'avait été leur amour. Il avança la main et la déposa sur sa nuque. Il voulait reconstituer les gestes de tendresse d'antan; avec la même exactitude. Il effleura de ses lèvres l'épaule de Margaret. Elle ne bougeait pas, mais elle pleurait maintenant. Sans bruit, les larmes roulant sur ses joues, baignant son visage. Philip eut mal. Il noua ses mains avec celles de Margaret, puis il parla. Chuchotements d'abord, qui se transformèrent en une sorte de confession. Un monologue. Il fit ainsi le récit accablant de ce que retenait sa propre mémoire depuis toujours, évoquant pour la première fois les mystères d'un destin personnel.

Le temps avait filé. C'était Philip qui pleurait maintenant. Non pas de douleur ou de regret, mais de soulagement. Penchée sur lui, Margaret le regardait avec des yeux lavés de toute amertume. Il ouvrit la bouche, mais Margaret porta un doigt sur ses lèvres, puis les effleura d'un court baiser. Pour l'instant, Scott n'en demandait pas davantage. Cela lui rappelait d'autres instants merveilleux où leurs regards s'étaient soudés, juste avant l'étreinte, en même temps que l'éclat de rire, l'attendrissement, les mots qu'ils avaient répétés tant de fois. Le frémissement immense de la Chine tourmentée n'existait plus. Seul existait l'instant même.

16

La nuit était descendue sur Canton. Aussitôt assis dans l'automobile, Vercors tendit à Scott quelques vêtements qu'il lui demanda d'enfiler. Un ample pantalon de coton, une casaque sombre à manches larges et un capuchon rapiécé qui dissimulerait une partie de son visage.

Sous la pluie et le vent, ils traversèrent les quais et prirent place dans une modeste embarcation, à l'arrière de laquelle un batelier, les mains sur une rame-gouvernail, s'empressa de manœuvrer. Les deux hommes s'abritèrent frileusement sous une voûte rudimentaire, faite de plusieurs nattes tendues sur quatre tiges de bambou. L'esquif glissa sur les eaux sombres, longea des chantiers flottants, puis louvoya habilement entre les sampans et les jonques marchandes qui allaient et venaient en tous sens.

Scott et Vercors demeuraient silencieux, chacun scrutant de son côté l'obscurité, comme pour se rassurer. En fait, ils n'y voyaient rien. Une heure durant, le batelier, dont l'embarcation était l'unique demeure le jour comme la nuit, se faufila avec assurance dans ce labyrinthe fluvial.

Puis il sembla à Scott que le bateau ne flottait plus sur l'eau, mais qu'il se déplaçait plutôt le long d'une rue étrange, entre deux rangées de maisons parées de fleurs suspendues. L'endroit était éclairé de multiples lanternes. De temps à autre, des éclats de musique et de voix leur parvenaient;

probablement les sons de quelque fête nocturne lancés à l'intérieur d'une maison flottante. Malgré les fenêtres, on n'y voyait rien, puisque tous les volets à coulisse avaient été tirés.

— Nous arrivons, prévint Vercors en poussant un petit soupir de soulagement.

— Et où sommes-nous? demanda Scott.

— Dans le quartier des bateaux de fleurs, répondit le Français. Ou plutôt dans ce qui en reste, puisque la moitié de ce faubourg aquatique a été incendiée il y a cinq ans déjà...

— Accident?

— Non, grogna Vercors.

Il fit un signe au batelier, qui répondit par un simple mouvement de tête. Puis il se tourna vers Scott :

— Quelques petites formalités, annonça-t-il. Ne vous attendez pas à un accueil de distinction. Autre chose : il vous invitera probablement à partager certains plaisirs avec lui... À vous de voir!

— Il...! Il...! Mais qui est-il, à la fin? s'exclama Scott, excédé par tout ce mystère.

Vercors ignora simplement la question. Il poursuivit, de sa petite voix chantante :

— Bon! Réglons le *guanxi* tout de suite, si vous le voulez bien..

— *Guanxi?*

— Allons, allons, docteur Scott! Vous savez bien, fit-il mielleusement. Le gentil mot mandarin... La seule façon sérieuse de conclure une affaire en Chine, d'avoir un bon *joss*, et aussi la seule façon de dire vraiment merci...

Scott fouilla sous la casaque et en tira une enveloppe qu'il fourra prestement dans les mains de Vercors. Ce dernier la fit aussitôt disparaître.

— Vous ne comptez pas? s'étonna Scott.

— Il y a encore tant d'obstacles inattendus et mille manières de vous rendre service, répondit l'antiquaire. Je crois que vous comprenez assez bien qu'en Chine mieux vaut savoir cultiver les relations.

* * *

Scott se trouvait dans une pièce étrange, ornée de lustres, de bouquets odorants, de coussins bariolés et de riches tapis. En guise de portes, des tentures de soie filtraient les émanations des fleurs et la fraîcheur nocturne de la rivière des Perles.

Alors que ses yeux s'habituaient progressivement à la demi-obscurité de l'endroit, il vit trois jeunes filles accroupies, vêtues somptueusement, parées de bijoux, leurs visages dissimulés derrière des éventails déployés. Scott nota que le bas de leurs vêtements était volontairement relevé au-dessus de la cheville, afin d'exposer leurs pieds. L'une d'elles se leva et souleva le coin du rideau de soie. Vercors fit signe à Scott de le suivre. Ils débouchèrent dans une deuxième pièce, en tous points semblable à la première.

Il était là, vautré parmi l'amoncellement de coussins, une chope d'étain à la main. Il ressemblait à un ours plus qu'à un humain. Massif, velu, la tête énorme, le visage envahi par une barbe d'un roux flamboyant. Une vilaine cicatrice courait de la racine de ses cheveux jusqu'à l'œil gauche.

— Gunnar Larssen, fit Vercors en guise de présentation.

L'homme ne se donna pas la peine de se lever, son accueil se limitant à un éclat de rire sonore ponctué d'une vilaine quinte de toux.

— Voilà donc ta nouvelle recrue, fit-il d'une voix avinée en s'adressant à l'antiquaire.

— Un service en attire un autre, répondit Vercors avec un sourire en coin.

— Permettez-moi de me présenter, commença Scott. Je suis le docteur Philip...

— Pas nécessaire, l'interrompit brutalement le rouquin, je sais qui vous êtes. Mon méchant associé m'a fait savoir que vous vouliez vous instruire un peu... Au fait, vous avez apporté ce qu'il faut?

Vercors intervint et rassura Larssen en tapotant la poche intérieure de sa veste. La mine plus réjouie, le colosse s'envoya une longue rasade, puis essuya sa bouche du revers de sa manche.

— Si j'ai bien compris, vous vous intéressez aux fossiles...

— Aux os de dragon, précisa Scott.

— Aux os de dragon, reprit Larssen en se grattant vigoureusement la barbe.

Il s'était redressé péniblement. Scott réalisa que l'homme frôlait les deux mètres; un véritable géant. Ce dernier fit un signe à Vercors. L'antiquaire lui tendit aussitôt une liasse de billets. Le rouquin s'en empara et les compta soigneusement, passant et repassant chaque coupure entre ses gros doigts. Il y en avait pour cinq cents livres de Hong Kong.

— Va derrière, dit-il d'un air entendu à l'antiquaire dès qu'il eut terminé le compte. Tu me donneras des nouvelles de ma plus récente cargaison.

Le Français ne se fit pas prier et s'engouffra dans l'autre pièce.

* * *

On entendait la pluie battre furieusement les battants de bois. Larssen avait de nouveau rempli la chope, puis l'avait vidée en quelques gorgées bruyantes.

— Exécrable, grimaça-t-il en se coulant mollement parmi les coussins. Vous en voulez?

— Sans façon, fit Scott en déclinant l'invitation du Danois.

Des questions se pressaient aux lèvres de Scott. Puis il sentit une odeur douceâtre qui flottait dans la pièce. Elle provenait de l'autre côté du rideau, d'où parvenaient également les sons de voix engourdies. Impulsivement, il inspira, ce qui provoqua aussitôt un frémissement des narines.

Larssen se racla la gorge et, de sa voix bourrue, débita son récit.

— Il y a dix ans ou à peu près, j'ai rencontré un missionnaire allemand, le père Kaschel, qui m'a raconté un soir qu'un de ses collègues, du nom de Mertens, avait découvert des ossements de dinosaure. Pure fantaisie, me suis-je dit! Mais, au même moment, un paléontologue russe, un certain

Krystofovich, fit une semblable découverte en Mandchourie. J'avais une assez bonne idée de ce que cela pouvait représenter, aussi me suis-je lancé à fond dans cette aventure. Pendant quatre ans, j'ai parcouru la Chine à la recherche des meilleurs sites. À ma grande surprise, j'étais chaque fois devancé par quelques savants et une légion de missionnaires. Qu'importe, j'y mettais le prix. Vous me suivez? J'ai appris que tout cela avait commencé en 1899, lorsqu'un naturaliste allemand du nom de Haberer avait acheté des quantités d'ossements et de dents chez des apothicaires. Il les fit analyser par un certain Max Schlosser, un paléontologue de Munich. Ce dernier établit qu'il ne s'agissait pas de restes de dinosaures, mais de ceux de mammifères qui auraient vécu dans les steppes de Chine et près des rivières aux époques du pléistocène et du tertiaire. Il avait dénombré quatre-vingt-dix espèces différentes, allant du mastodonte au rhinocéros, en passant par le chameau, l'antilope, l'ours, la hyène, le tigre à dents de sabre et l'hipparion...

— Vous avez dit l'hipparion? l'interrompit Scott, qui pensa aussitôt au présent que lui avait fait Liu Ming Pei.

— C'est ce que j'ai dit, affirma le gros homme. Vous savez ce que c'est, je suppose; c'est le petit cheval, quoi!

— Et les sites de fouilles? demanda Scott.

— J'y arrivais justement, grommela Larssen. Il y en a un peu partout : à Shanghai, à Ning-po, à Yichang, dans les environs de Pékin... Mais les plus remarquables sont situés dans le sud du Shanxi et près de Hsi-an dans le Henan. On les récolte comme des betteraves aux champs... On creuse, on descend de vingt à trente mètres, on les extrait au pic, on les entasse dans des paniers, on les trie, et le tour est joué...

— Et après?

— Après? reprit Larssen avec un gros rire. Après, on inonde les apothicaires de toute la Chine, puis on leur rachète leurs remèdes magiques devenus des potions d'os de dragon et on les écoule sur les marchés occidentaux pour cent fois le prix. Mais ce n'est pas sans risque! Il y a six ans, le vapeur *Pékin* a sombré durant un typhon au large de l'île de Hainan.

Il avait dans ses cales une véritable fortune : la mienne ! Ruiné en une heure par un foutu coup de grain ! Mais, en Chine, une fortune perdue n'est pas de la malchance... Il suffit d'avoir un bon *joss* ! Et j'ai un bon *joss* ! Voilà trois ans, à Wing Chiao Ku, un petit village du Shan-tung, un heureux coup de pic a tout remis en place. Imaginez ! Il faisait pratiquement dix mètres de long ! Un squelette entier, dans le calcaire. Comme s'il s'était couché là il y a quelques millions d'années pour m'attendre ! Vous savez quoi ? Un *helopus*. Et trois mois plus tard, à quelques centaines de mètres du premier, un stégosaure. Puis une famille entière de dinosaures. Ensuite, des hipparions... De quoi fournir des guérisons miraculeuses au Tout-Paris !

La distrayante vapeur qui se répandait prenait Scott à la gorge. Elle n'avait cependant rien de désagréable. Au contraire, la sensation nouvelle autant qu'étrange le contraignait à se détendre.

D'un simple coup d'œil, Larssen se rendit compte du trouble de Scott. Il sourit, essuya ses mains moites sur sa chemise échancrée et s'étira paresseusement.

— N'est-ce pas que ce parfum de violette est grisant ? dit-il d'un air moqueur.

— Ne serait-ce pas plutôt celui du pavot ? rétorqua Scott.

Larssen fit un effort violent pour s'asseoir droit. Il lança une série de jurons et essuya une fois de plus sa sueur. Puis il éclata d'un grand rire. Scott ne put s'empêcher de trouver ce lourdaud personnage un peu plus sympathique. Il poursuivit avec un brin d'humour :

— Il semble bien que l'homme trouve toujours une bonne raison d'être mécontent de l'état de son intelligence...

— Et à chaque bonne ou mauvaise raison son remède, fit Larssen du tac au tac. Mais ça, on verra plus tard ! Finissons-en avec vos os de dragon...

Scott ne se fit pas prier.

— Est-il possible de trouver des fossiles humains parmi les os de dragon ? demanda-t-il.

Pour la première fois depuis le début de l'entretien, Larssen parut décontenancé. Il ne répondit rien.

— Je ne parle pas de squelettes récents, précisa Scott. Rien à voir avec les nécropoles des deux ou trois derniers siècles, ni les fosses communes...

Larssen se leva. Scott vit la formidable silhouette se dresser dans la pénombre. Sa tignasse touchait le plafond. Le Danois s'approcha de Scott. Il parla de nouveau, mais à voix basse :

— Durant cette même année 1899, un Chinois, je crois qu'il s'appelait Wang Yi quelque chose, tomba par hasard, alors qu'il était malade, sur des os de dragon d'une qualité différente. Il s'agissait de divers fragments d'os et d'écailles dont le point commun était une forte teneur en calcium. Le Chinois en question les examina et remarqua que certains os portaient des inscriptions qui rappelaient une forme très primitive de l'écriture chinoise. En fait, c'étaient des os divinatoires qui, l'a-t-on appris plus tard, remontaient à la dynastie des Shang, c'est-à-dire à quelque trois mille ans. On raconte que les membres de l'aristocratie aimaient demander conseil à leurs ancêtres et qu'ils leur posaient des questions en les gravant sur des os ou des écailles de tortue, et peut-être même sur des os de leurs semblables... Dès que l'histoire de ce Wang Yi fut connue, les apothicaires furent dépouillés de leurs stocks d'os gravés. Des faux firent leur apparition, et je passe sur le reste. Toujours est-il que, voilà quelques années, on mit la main sur d'autres reliques, beaucoup plus anciennes; on parle de six mille ans et même davantage. À An-yang, dans la province du Henan, à cinq cents kilomètres au sud de Pékin. Donc, os divinatoire égale présence d'hommes anciens... Maintenant, allez savoir si, parmi tous ces ossements, certains sont humains; je n'en jure pas, mais je crois que c'est inévitable...

Larssen leva une patte velue comme pour signifier sa lassitude. Il se dirigea vers le rideau, y passa la tête, puis revint lentement vers Scott. Le plancher gémit sous son pas lourd. Il regarda le médecin avec des yeux troubles.

— Satisfait, docteur?

— Connaissez-vous un certain Liu Ming Pei? lui demanda soudainement Scott.

Larssen le toisa de haut, un pli profond lui barrant tout à coup le front.

— Ouais, laissa-t-il tomber, mais ce n'est pas un copain à moi... C'est l'homme le plus redoutable du sud de la Chine...

Aux oreilles de Scott, les paroles de Larssen semblaient aussi irréelles que l'endroit lui-même, avec les débordements de fleurs, les relents d'opium, les soieries et les tissus de fines broderies au milieu desquels s'agitait cette caricature humaine.

— Je ne vous suis plus, balbutia-t-il du bout des lèvres.

— Une sorte de *taïpan*, répondit Larssen sans la moindre hésitation. Vous savez bien, un de ces chefs de clan qui ont fait la loi à Hong Kong il n'y a pas si longtemps... Liu Ming Pei est un de ceux-là. Il est capable de toutes les mystifications et de toutes les alliances; il vit main dans la main avec les sociétés secrètes; il est protégé par un seigneur de la guerre...

— Vous avez des preuves de ce que vous avancez? lança Scott.

— Au sens où vous l'entendez, impossible! Ce serait l'arrêt de mort... Mais le seigneur de la guerre en question, c'est Cheng Li; c'est lui qui contrôle tout le commerce des os de dragon sur la rivière des Perles...

— Mais vous devez bien connaître les emplacements de ces sites? fit Scott.

— C'est le secret absolu!

— Et Liu Ming Pei serait complice d'un tel trafic? rétorqua Scott, toujours incrédule.

Cette fois, c'est Larssen qui se montra excédé. Son visage s'était empourpré et il serrait les poings.

— Vous savez comment on nomme votre Liu Ming Pei dans certains milieux? gronda-t-il. Lung Wang! On le

nomme Lung Wang, et ce n'est pas pour rien ! Cela veut dire
« le Roi-Dragon » !

* * *

Gunnar Larssen avait invité Scott à passer dans la pièce
voisine.

— Le *chandoo* frais n'a ni le mauvais goût ni l'odeur
désagréable du gros tabac, lui souffla-t-il à l'oreille.

Scott remarqua que la pièce de l'autre côté du rideau
n'avait rien à voir avec les bouges sombres et puants dont
les murs de chaux étaient souillés de crachats ou encore de
répugnantes chiques de bétel.

— Ce qu'il y a de mieux ! susurra le gros homme. La
preuve, c'est que la fumée de cette qualité d'opium ne ré-
pugne pas au plus dédaigneux des animaux, le chat ! Ici, vous
lui soufflez de la fumée et il l'aspirera voluptueusement à
pleines narines... D'ailleurs, si vous voulez surprendre les
cafards, les fourmis ou les araignées, je vous défie de leur
envoyer de la fumée dans leur trou ; ils se précipiteront sur
le parfum comme des marins sur mes plus belles putains !

L'endroit était invitant, avec de fines nattes qui se superposaient pour faire une couche au fumeur, des coussins éparpillés, des tapis et des étoffes brodées et soyeuses, de petits
meubles gracieux, des bibelots de bronze et d'ivoire. Tout
pour feutrer et assourdir les lieux.

Sur un petit tabouret près de la couche de chaque
fumeur, les accessoires : pipe, lampe, aiguilles, racloir,
grattoir et boîte contenant les résidus de pavot. Chaque pipe
était, à vrai dire, une petite œuvre d'art : un bambou creux,
avec des extrémités décorées d'incrustations d'argent et d'or,
puis un fourneau tout orné de ciselures.

Scott vit Vercors bien calé dans ses nattes, couché sur
le côté, la tête appuyée sur des coussins superposés. Un boy
s'occupait de cuire sa pipée à point. D'une main agile, il présentait une gouttelette noirâtre à la lampe, la roulant sans
cesse entre ses doigts. L'opium se desséchait peu à peu, gré-
sillait, se boursouflait, prenait une couleur d'ambre, tout en

répandant l'étrange odeur fine et parfumée qu'avait perçue Scott lors de son entretien avec Larssen. D'un geste vif, le boy colla la bulle grésillante, légèrement dorée, sur l'ouverture du fourneau. L'antiquaire saisit la pipe en poussant un soupir de satisfaction, l'inclina nonchalamment au-dessus de la petite lampe, puis, les lèvres collées à l'embouchure, aspira à pleins poumons la fumée épaisse et aromatique. Quelques instants plus tard, un mince filet de vapeur blanchâtre s'échappait de ses lèvres entrouvertes. Aussitôt, le boy s'activa à débarrasser, à l'aide de la tête aplatie de l'aiguille et d'un racloir, les résidus de la combustion qui adhéraient à la paroi du fourneau et encrassaient l'orifice.

Larssen poussa Scott du coude.

— Allez, docteur, laissez-vous tenter ! Si vous saviez tout ce que vous pouvez vous offrir comme rêves... Vous pouvez même vivre plusieurs vies, si cela vous chante...

L'odorant nuage lui donnait le vertige. Les choses se brouillaient. Un long frisson le secoua.

Des rêves ? Les premières fois, peut-être. Ensuite, d'hallucinants cauchemars s'installeront, jusqu'à le priver de sommeil. Jusqu'à ce qu'il ne puisse plus imaginer une journée sans opium.

Scott jeta un dernier coup d'œil à Vercors. Il était étendu dans la pénombre, le calme. Il n'y avait autour de lui rien d'aveuglant, aucun son, nul objet aux angles aigus qui eût pu éveiller des sentiments agressifs. Tout était moelleux, arrondi, émoussé, souple. Mais il avait tout de même ce regard vide qui trahissait le ravage que la fumée d'opium opérait dans son organisme. Des yeux larmoyants, un regard d'idiot, au fond duquel se devinait la lente et pernicieuse action du poison.

Larssen s'était dirigé vers le fond de la pièce. Dans un coin, un vieux Chinois pesait, à l'aide d'une balance délicate, des portions d'une substance noire, épaisse, semi-liquide. Scott vit le trafiquant examiner une pipe en cuir ciselé. Puis, d'un geste de la main, celui-ci l'invita à s'approcher. De l'autre, il tendait la pipe.

L'effet bizarre que produisait sur Scott le fort parfum persistait. Le gros homme lui tendait toujours la pipe. À ses côtés, le Chinois finissait de transformer en une pâte la matière noirâtre et sirupeuse. Sur la couche, Vercors riait béatement, visiblement ravi de son périple dans l'univers des brumes.

Scott coupa court. Il se précipita hors de la pièce. Lorsqu'il respira de nouveau, la pluie lui fouettait le visage. Les vapeurs d'opium avaient fait place aux relents des eaux boueuses de la rivière des Perles. La tête renversée, il fixa le ciel. La pluie lui glaçait maintenant le front, infiltrait son col et coulait le long de son échine. Les lueurs tressautantes des lanternes le ramenèrent brusquement à la réalité. La petite embarcation était toujours amarrée au bateau de fleurs. Il enjamba le bord. Le batelier le regardait silencieusement. Scott sentit poindre en lui une force nouvelle. Sans rien dire, il regarda à son tour le Chinois et sourit.

17

Il avait beaucoup changé. Il avait surtout vieilli. Ses cheveux, plus clairsemés, étaient devenus presque blancs. Sa barbe, quoique soigneusement taillée près des joues, ne le rajeunissait pas. Les longues souffrances avaient creusé son visage, enfoui ses yeux. Et il y avait son corps, ou plutôt ce qui en restait. Tassé, les épaules tombantes, le ventre flasque ; couvert des affreuses balafres de guerre qui révoltent l'œil. Un corps amputé de ses deux jambes à mi-cuisse. Mais qu'importait qu'il fût si différent ? Il était là pour témoigner d'un miracle.

— Ton télégramme, ta lettre, j'aurais sauté de joie... si j'avais pu ! Au Muséum, on ne m'a fait aucun tracas quand je leur ai dit que je partais pour la Chine. C'est à Hong Kong que tout a commencé... Le *Georges-Philippar* était à quai, mais nous étions placés en quarantaine, ou tout comme ! Nous ne savions rien, sinon qu'il y avait de forts risques d'épidémie... Des rumeurs se sont mises à circuler : ce n'était pas l'épidémie qu'on nous avait décrite, c'était un début de guerre civile... Puis, voilà trois jours, le voile fut levé. Jamais je n'aurais imaginé une telle escorte militaire pour aller rendre visite à un ami...

— On nous avait pourtant dit que tous les transatlantiques étaient repartis, s'étonna Scott.

— Aucun navire n'a quitté Hong Kong !

Scott avait les yeux embués. Malgré lui, l'émotion lui obstruait la gorge, brisait sa voix. Il chuchotait plus qu'il ne parlait.

Margaret les regardait tous les deux, souriante et émue elle aussi. Mais elle ne pouvait s'empêcher de dévisager cet homme qui avait fait basculer si abruptement le destin de Philip dans les tranchées de la Somme. Elle le dévisageait avec un brin d'incrédulité et d'étonnement, comme si elle n'était pas entièrement convaincue. Tant de fois, Philip lui avait parlé du chercheur d'os, de cet homme de courage et d'espoir qui avait bravé chaque minute de la guerre et pleuré chaque homme qu'elle avait foudroyé. Maintenant qu'il était là, prisonnier d'une chaise roulante, elle se demandait quelle autre part de Philip réclamerait cet être si brusquement ressurgi du passé.

Scott voulut tout savoir de la bouche de Martin. La lettre de ce dernier n'avait été qu'un lointain appel.

Martin raconta que la tranchée était devenue un cratère, que la boue avait été transformée en lave. Il se souvenait que les explosions avaient ressemblé davantage à des coups de tonnerre et que la fumée qui avait empli ses poumons l'avait anesthésié du même coup.

— Je ne me souviens de rien d'autre, car, selon toute apparence, j'étais mort! Puis, un jour, un mois plus tard, m'a-t-on dit, j'ai ouvert les yeux de nouveau. Du charnier, je me retrouvais dans un hôpital. Un visage inconnu me souriait. C'était un infirmier français. On m'a raconté que lorsqu'on m'avait dégagé des cadavres déchiquetés, mes jambes, absolument mortes, étaient restées là, ensevelies dans la boue durcie. Pour moi, la guerre était finie. La vie aussi. Je ne reconnaissais plus rien qui fût de moi. Je ne voulais rien savoir de cette trêve que me proposait la vie. Dans la boue jusqu'au ventre, je n'avais pas eu le temps de souffrir. Vivant, j'étais condamné au lent pourrissement. Je n'acceptais plus d'attacher un prix quelconque à cette vie mutilée, tout prêtre que j'étais. Lorsque je voulus demander pardon à Dieu d'une telle lâcheté, je me rendis compte qu'il avait déserté ma conscience... Peu de temps après, l'homme a quitté le prêtre... J'ai quitté le sacerdoce.

Scott était embarrassé. Margaret continuait de sourire. Martin se mit à rire. C'était le rire spontané de quelqu'un qui aimait la vie. Son visage s'était illuminé et ses yeux pétillaient comme ceux d'un enfant.

— Savez-vous, tous les deux, de quoi j'ai envie plus que tout ? continua-t-il sur un ton joyeux.

— D'un bon lit, risqua Scott.

— D'un bain chaud, fit Margaret.

— D'un café noir absolument brûlant !

Philip et Margaret échangèrent un regard amusé.

— Tu sais, la Chine n'est pas trop portée sur le café, dit Philip. Je ne sais même pas si nous en avons une tasse... mais nous avons du thé. Je vais demander à Yu Sheng de nous servir une de ces délicieuses décoctions...

— Comment ? se moqua Martin. Du thé ? Des domestiques ? Et pas de café ? Oubliez-vous donc que je suis français ?

Une heure plus tard, bercé par le tic-tac régulier de la grosse pendule anglaise et la pluie qui tambourinait sur les carreaux, il sombra dans un sommeil profond.

* * *

Martin toucha l'objet du bout de l'index comme on touche un trésor. L'expression de surprise fit place rapidement à l'émotion. Son bon sourire s'effaça.

— Je n'arrive pas à y croire, balbutia-t-il. Tu l'as conservé pendant tout ce temps ; tu en as même fait une œuvre d'art ! Moi qui le croyais perdu...

— Mieux, précisa Scott en s'efforçant de paraître calme. Il a une identité : c'est un *osteoburus*, un chien-hyène !

Martin le prit entre ses mains et refit le même geste instinctif que jadis, dans l'abri.

— J'aurais pourtant parié que ce n'était qu'un loup de Neandertal, ce qui n'était déjà pas si mal ! Ça, c'est cent fois plus vieux...

Scott se détourna brusquement et fixa le mur du bureau. Il sentait son corps noué de partout. Il entendit le grincement de la chaise roulante alors que Martin s'approchait de lui. Ce dernier parcourut la pièce du regard, nota l'encombrement. Il réalisait bien que Scott avait mené une lutte de tous les instants sans pour autant aboutir à un résultat. Il en déduisit que l'espoir lui glissait entre les doigts. D'un geste à la fois résolu et délicat, il lui toucha le bras. Scott hocha la tête.

— J'ai envie de tout lâcher, avoua le médecin. Rien ne va plus...

Martin lui étreignit une main.

— Après cette saleté de guerre, j'ai tout foutu en l'air, fit-il, en commençant par Dieu lui-même! Je n'étais plus qu'un pauvre infirme, un débris! Un jour, le hasard m'a mis sur le chemin du professeur Marcellin Boule. Le plus simplement du monde, il m'a invité à partager ses recherches en Europe. Pendant quatre ans, j'ai usé mon froc dans le fond des cavernes, et j'ai découvert qu'il y avait un avantage certain à fouiller la terre lorsqu'on est cul-de-jatte : on est beaucoup plus près des racines!

Il déplaça de nouveau sa chaise roulante. Il s'approcha des deux moulages. Il désigna celui du néandertalien.

— Savais-tu, Philip, que c'est Marcellin Boule qui a étudié le squelette du néandertalien trouvé à La Chapelle-aux-Saints? continua-t-il. Il s'acharne depuis dix ans et il y passera probablement le reste de sa vie.

— Facile à dire, s'emporta Scott. Comment veux-tu balayer la tradition quand tu ne disposes que d'un vulgaire fragment d'os et de quelques dents?

De la main, Martin frôla les feuilles éparpillées sur la table de travail. Sa voix se fit plus sourde :

— Tu ne vois donc pas que nous avons un destin commun?

* * *

Les deux hommes veillèrent toute la nuit dans la pièce. Scott déballa précieusement le fossile, le confia à Martin. Au premier toucher, ce dernier ouvrit des yeux semblables à ceux d'un enfant que tout étonne. Il passa plusieurs heures à scruter, à analyser, appliquant longuement la loupe sur les moindres reliefs de la mandibule, attentif aux plus subtils détails que lui révélait le grossissement du foyer.

De temps à autre, il notait fébrilement quelque chose, faisant appel à ses connaissances, à ses souvenirs.

Pas une seule fois Scott ne l'interrompit. Il retenait ses questions, fumait tranquillement sa pipe, se contentant d'observer Martin penché sous la lampe, absorbé dans ses observations. Il vit les ombres qu'ils projetaient l'un et l'autre sur les murs du bureau. Ses pensées vagabondèrent. Une nouvelle fois, il bourra sa pipe, l'alluma, rejeta un premier nuage bleu. En entendant grésiller le tabac et en le voyant rougeoyer lentement, il pensa à l'opium. Il revoyait la petite flamme lécher la boulette ambrée, l'épaisse fumée qui répandait la curieuse odeur d'encens, les corps engourdis.

Des heures avaient passé. Scott s'était laissé aller à la dérive. En fermant les yeux une première fois, il avait succombé au sommeil. Quelques vagues images auxquelles avait succédé le néant. Lorsque brusquement il ouvrit les yeux, il chercha en vain à se rappeler ses dernières pensées. La tête renversée en arrière, il respirait bruyamment. Devant lui, il vit Martin qui, toujours à la table de travail, le regardait et dissimulait mal son émotion.

— Tu sais bien, fit Martin, le rêve universel, le passage conscient sous l'arche du temps...

Scott vit une lueur étrange dans les yeux de son compagnon.

— Tu tiens une piste, ajouta Martin.

* * *

Les deux hommes avaient les traits tirés et une allure débraillée comme s'ils sortaient d'une mêlée nocturne. Scott, impatienté, bourrait une fois de plus sa pipe. Il bâilla, imité par Martin. Puis ce dernier soupira longuement.

221

— Tu dis que Van Heeg a pris connaissance de toutes tes notes ?

— Des photographies également...

— Et le fossile ? Il a vu le fossile ?

Scott fit non de la tête. Il était perplexe.

— Je n'ai pas voulu... Plutôt, je ne savais pas si je devais... Non, il n'a pas vu le fossile !

Martin n'insista pas.

— Tu as bien agi, dit-il. Je connais Van Heeg... Je devrais plutôt dire qu'il est bien connu au Muséum. Il a mis son nez dans toutes les fouilles. Il scrute les moindres rapports. On chuchote qu'il a autant d'entrées à l'Élysée qu'à Buckingham. Ce n'est pas une sommité, mais quelqu'un qui a du poids... On ne doit pas le sous-estimer. Tout bien considéré, tu as bien fait...

— C'est lui qui a tout bousillé, s'indigna Scott, la voix rauque.

— Philip ! Philip ! fit Martin en l'invitant au calme. Première question et, au fond, seule vraie question : que cherchons-nous, hein ? Que cherchons-nous ?

Scott demeurait sans bouger, les bras ballants. Il regardait Martin, en quête d'un signe d'assentiment.

— À reculer la frontière des origines de l'homme...

La tête de Martin remua lentement ; son regard disait oui, mais il ne se contentait pas de cette réponse évacuée du bout des lèvres.

— Philip, dit-il, nous cherchons un animal rare, complexe, pourvu d'une intelligence évidente, et qui soit à la fois primate, mammifère et vertébré...

— Rien que ça... ! souffla Scott.

— Non... Un peu plus que ça ! reprit Martin. Un animal qui, en un peu moins d'un million d'années, a progressé d'une manière consciente, dépassé le stade d'organisation des loups, recherché la puissance, maîtrisé le feu, inventé Dieu et conquis la planète... Le premier ou un des premiers de cette lignée : voilà ce que nous cherchons !

Un silence. Scott baissa les yeux.

— Bon! Alors, dis-moi, poursuivit Martin. Jusqu'où es-tu prêt à aller?

D'un geste nerveux, Scott frotta l'une contre l'autre ses paumes moites.

— Tu trouves que je ne suis pas allé assez loin? se défendit-il. Je suis au bout du monde... J'ai pratiquement perdu Margaret, Van Heeg m'a ridiculisé, Liu Ming Pei est introuvable, les apothicaires gardent le cadenas sur leurs os de dragon, je tombe au milieu d'une fumerie d'opium, je me fais tondre comme un mouton par un trafiquant, et tu me demandes d'aller plus loin?

Martin rangea la chaise roulante tout près de Scott.

— Tout ça n'est encore rien, fit-il. Là-bas, à Vimy, j'étais mort, véritablement mort! Et alors, pendant qu'on charcutait ce qui restait de mon corps, j'ai vu des choses extraordinaires...

— Ce n'est pas très scientifique, tout ça...

— Tu connais une autre façon d'ouvrir cette porte? insista Martin. Non? Moi non plus! Il faut remonter le temps... au-delà de ce que nous considérons comme acquis, c'est évident. Il faut déconstruire ce que nous sommes devenus... Imaginer un monde sans continents, ni pays ni frontières... Un monde où le feu est le premier trésor, la première source de puissance... Ce monde, Philip, abrite probablement moins de cent mille spécimens humains... et nous avons ici, dans cette pièce, la poignée qui nous ouvrira cette porte : cette mandibule! Alors, donnons-lui un nom!

— Un nom...?

— Oui, un nom! Tu sais bien, comme «Philip» ou «Viateur»...

Ils riaient maintenant. Scott comprit que Martin avait prononcé les mots nécessaires.

— Vas-y, l'encouragea Martin. Comme ça, nous serons deux à le connaître un peu...

Machinalement, le regard de Scott se porta sur les moulages, puis sur le fossile.

— Euh... pourquoi pas Ada? C'est toi qui as dit que le temps biblique n'était qu'un clin d'œil par rapport à l'ancienneté de la race humaine. Ada, c'est avant Adam... Alphabétiquement, en tout cas!

— Très bien! Alors, trouvons Ada!

* * *

Les croquis s'accumulaient. En cinq jours et cinq nuits, Scott en avait réalisé une cinquantaine. Certains dessins ne représentaient que l'appareil masticateur; d'autres, des calottes crâniennes; les derniers montraient des esquisses de crânes entiers, avec le front plutôt fuyant, le bourrelet orbitaire épais, la face bombée et le prognathisme accusé.

De son côté, Martin avait dressé la liste des restes de néandertaliens trouvés depuis 1830. Toutes les découvertes avaient été faites en Europe. Elles comprenaient des mandibules, des fragments de fémur, des crânes et des squelettes incomplets. Il nota tout ce que les analyses avaient permis de reconstituer : l'espérance de vie, le comportement des chasseurs-cueilleurs, les caractéristiques anatomiques, les types de redressement corporel et d'adaptation locomotrice, le culte des morts, les préoccupations métaphysiques probables et la coexistence hypothétique avec un type plus contemporain d'humains.

Au demeurant, les néandertaliens étaient d'une espèce plutôt récente, homogène, représentant l'aboutissement d'une lignée dont le lieu d'origine correspondait au territoire de l'Europe actuelle et dont les spécimens les plus représentatifs n'avaient pas plus de cent mille ans. De toute évidence, les néandertaliens avaient connu des oscillations climatiques variées et côtoyé les grands troupeaux de rennes, de chevaux sauvages, d'aurochs, de rhinocéros laineux, de bisons et de mammouths. Leurs migrations successives les avaient menés de la toundra à la forêt de feuillus; des vallées encaissées de karst aux grottes calcaires.

En examinant les croquis de Scott et en utilisant ses propres notes, Martin se rendit compte qu'il y avait une trop grande similitude avec le spécimen néandertalien, ce qui contredisait quelque peu les observations écrites de Scott lui-même.

— Je crois que nous n'osons pas suffisamment, opina Martin. Nous restons enchaînés à ce que nous connaissons le mieux, le néandertalien! Tes reliefs crâniens diffèrent très peu du profil de celui-ci, alors qu'au contraire tes notes s'en éloignent. Tu sais que la capacité crânienne du néandertalien atteignait des valeurs élevées, s'écartant très peu, en moyenne, de celle de l'humanité actuelle. Et puis il y a toute la région faciale : tes croquis montrent trop d'allégement. Tu sais mieux que moi, sans doute, que les caractères d'évolution anatomique les plus frappants concernent le crâne et la face. Or, dans tes notes, tu émets l'hypothèse que cette mandibule pourrait être celle d'un adolescent...

— Pas davantage, fit Scott.

— Donc, une mâchoire d'enfant, à peu de chose près, poursuivit Martin. Mais la masse osseuse montre une épaisseur qui est en tous points semblable à celle d'un néandertalien adulte...

Scott était songeur.

— Bien sûr, Philip! Ce spécimen est nettement plus ancien que les premiers néandertaliens... On a découvert les plus récents fossiles en Europe; d'ailleurs, tous ont été découverts en Europe! Or, nous savons que le néandertalien a très peu changé de forme; entendons par là que sa structure générale et surtout sa capacité crânienne sont demeurées pratiquement inchangées...

— La mandibule a été trouvée en Chine, l'interrompit Scott, qui commençait à suivre le raisonnement de Martin.

— Et en Chine, enchaîna ce dernier, aucune découverte de néandertalien, ce qui force l'hypothèse qu'en Asie, comme en Afrique d'ailleurs, nous sommes en présence de branches différentes de l'évolution du genre humain... Au fait, j'ai bien lu que la denture de notre spécimen... euh... d'Ada... montre qu'il était omnivore, n'est-ce pas?

— De tendance omnivore, corrigea Scott.

— Encore plus intéressant, fit Martin. Mais encore...?

— On use davantage les dents en mangeant de l'herbe et des feuilles, expliqua Scott; ça prend donc une denture très spécialisée, un émail particulier... et ce n'est pas le cas d'Ada. Il restait suffisamment de fragments dentaires pour établir une usure attribuable à un début d'alimentation carnée à laquelle s'ajoutait possiblement un régime de racines et de graminées...

Les yeux de Martin pétillaient étrangement.

— C'est un pas, Philip, jubila-t-il. Probable qu'il s'agissait d'une période de refroidissement. Il y en a eu plusieurs entre le troisième et le premier millénaire... Alors, presque plus de forêts, des territoires transformés en terres arides, des migrations... et, quelque part, le feu...

Il s'arrêta brusquement de parler, regarda autour de lui, se déplaça au hasard dans la pièce, puis, ne trouvant visiblement pas ce qu'il cherchait, demanda :

— Tu crois qu'on peut trouver de l'argile ici?

* * *

Nerveuse, la petite religieuse roulait entre ses doigts le chapelet qu'elle égrenait machinalement.

— Je vais voir si la Mère supérieure peut vous recevoir, fit-elle d'un filet de voix en baissant les yeux.

Elle s'éloigna aussitôt. Quelques instants plus tard, la sœur Marie-du-Rosaire apparut au bout du corridor. Elle s'approcha d'un pas décidé. Elle était pâle et ses yeux trahissaient des nuits d'insomnie.

— Madame Scott, fit-elle de sa voix un peu grave, soyez la bienvenue même si je ne pourrai pas vous consacrer beaucoup de temps... Je trouve que vous avez maigri; avez-vous été malade ces derniers temps?

Margaret sourit uniquement pour la forme car l'attitude de la religieuse l'incitait à une certaine méfiance.

— Rien de très sérieux, ma sœur... En réalité, je viens prendre des nouvelles de Ping Ming...

La sœur Marie-du-Rosaire posa sur elle ses yeux gris et poussa un soupir. Elle parut quelque peu attristée.

— Les récents événements ne nous ont guère laissé le choix, expliqua-t-elle, pas plus qu'à vous, je suppose... Ping Ming n'est plus ici, madame Scott. Elle est à Shek Lung!

— Mais vous m'aviez donné votre parole...

En quelques mots, la religieuse fit part à Margaret des scènes angoissantes et des malheurs qui avaient frappé l'orphelinat. On avait enlevé la plupart des jeunes vierges cantonaises, battu et séquestré les glaneuses, saccagé l'atelier de tissage, volé les provisions de riz.

Margaret ne savait trop quoi répondre. Au fond, le propos de la religieuse convenait bien à l'attitude de bravoure qu'on prêtait familièrement aux missionnaires de Chine et d'Afrique. Hormis les violences et les saccages, l'existence de l'orphelinat ne semblait pas menacée.

— Je veux aller à Shek Lung, annonça-t-elle d'un air résolu.

La religieuse parut décontenancée.

— Vous n'y pensez pas, madame Scott! C'est très dangereux!

Margaret demeura ferme. Elle sentait son cœur battre violemment dans sa poitrine, mais les palpitations, plutôt que de susciter l'hésitation, la galvanisaient.

— Me direz-vous, ma sœur, que les dangers sont moindres parce que vous portez le voile?

— Oh non! s'empressa de répondre la missionnaire. Ce n'est pas ce que je voulais dire... Juste qu'avec les inondations... et les brigands... Et puis que Shek Lung n'est pas l'endroit sur terre qui puisse nécessairement vous réconcilier avec la nature humaine...

La jeune femme ne broncha pas.

— La seule réconciliation que je cherche, c'est avec moi-même, répondit-elle. Peu importe que Shek Lung soit le lieu des damnés ou celui de la pitié, je veux y aller...

La religieuse n'ajouta rien d'autre. Mais elle refusa d'imaginer Margaret Scott en train de caresser un enfant au milieu du charnier vivant de Shek Lung.

* * *

227

Lorsque la petite balle blanche disparut dans la coupe avec un tintement caractéristique, sir Elliot Sinclair sourit. Il lissa sa moustache, puis marcha résolument sur le gazon, aussi vert et tendre qu'un tapis de mousse. Bien entendu, ce n'était pas un parcours anglais, encore moins écossais. S'il s'ennuyait d'une chose, c'était bien du bon vieux terrain de golf de Saint Andrews, en Écosse.

Il pensait avec nostalgie à l'interminable parcours balayé par les grands vents et bercé d'une rumeur océane. Des vents tels qu'ils plaquaient les vêtements contre le corps. Il fallait se battre à chaque trou, marcher du même pas rapide, frapper la balle au milieu d'un véritable champ de bataille, à même la terre détrempée et des ornières aux allures de tranchées.

Sir Elliot se pencha et sortit la balle du trou. La mine réjouie, il la fit sauter dans sa main à quelques reprises avant de la remettre au boy qui portait son sac de golf.

— On se distingue dans la vie de la même manière qu'on joue au golf, n'est-ce pas, James? lança-t-il d'une voix forte et nette.

Il s'adressait à son chef de la sécurité et des opérations militaires, James Hutchison. Dans la quarantaine, mince, aussi grand que le consul général, avec un profil d'aigle, des yeux d'un bleu très pâle et des cheveux blonds bouclés, Hutchison était un pur produit de la grande école militaire britannique. Sorti de celle-ci, il avait profité merveilleusement des relations de sa famille pour entrer dans les services diplomatiques. Hutchison n'aimait pas le golf. D'ailleurs, il détestait toute activité qui lui donnait la désagréable impression que le temps lui filait entre les doigts sans qu'il pût véritablement en tirer profit. Mais avec sir Elliot, il n'avait guère le choix, d'autant plus que Mortimer Harris, le premier secrétaire, s'adonnait également au golf.

— Vous avez déjà joué à Saint Andrews? lui demanda sir Elliot pour la énième fois.

Hutchison savait bien que c'était pour le narguer. Sa maladresse à manier un bâton de golf faisait les délices du vieux diplomate et ce dernier ne manquait jamais une occasion d'attirer son conseiller militaire sur le minuscule terrain, entouré d'arbres exotiques et d'une multitude d'îlots de fleurs, qu'il avait fait aménager à grands frais sur l'île de Shamian.

— Il n'y a pas de meilleure préparation pour l'armée de Sa Majesté que Saint Andrews, claironna sir Elliot. Pensez-y, James : six mille cinq cent quatre-vingt-un yards d'un terrain qui vous prend vos dernières énergies et vous force à l'humilité bien avant le dix-huitième trou! Alors, James, ces bruits qui courent, fondés ou pas?

Hutchison suait à grosses gouttes. Très strict sur le protocole, soucieux de son apparence, il portait son éternel complet de tweed même lorsque le soleil dévorait la terre entre deux ondées tropicales.

— Vos collègues français pensent qu'ils sont fondés, sir.

— Et vous, qu'en pensez-vous, James? insista sir Elliot avec une pointe d'agacement dans la voix.

— Les bolcheviks vont tenter un autre grand coup, fit Hutchison. Voilà ce qui se trame, sir. Cette fois, le mouvement partira de l'académie militaire de Whampoa...

— Mais ce ne sont que des cadets! rétorqua le diplomate. Des enfants! Avec tout le respect que je dois avoir pour ce Tchang Kaï-chek...

Sir Elliot fit mine de jouer un autre coup. Il amorça un élan, l'exécuta dans le vide. Rien ne trahissait une quelconque préoccupation de sa part, sinon un frémissement de ses mâchoires. Il interrompit toutefois son geste et regarda Hutchison. Les lèvres pincées, ce dernier attendait visiblement cette réaction précise de la part du consul général.

— Votre pronostic, James?

— Une sortie en force des cadets, sir. Ils sont assez nombreux pour nous faire passer quelques nuits blanches... Et Tchang Kaï-chek pourra toujours prétendre qu'il s'agissait d'une faction rebelle...

— Vous croyez qu'ils veulent investir Shamian?

Hutchison affectait maintenant son flegme coutumier. Il était satisfait d'avoir su capter toute l'attention de sir Elliot.

Le diplomate semblait hésitant et sa voix avait pris un ton d'appel.

— Bien entendu, sir, Shamian sera sous la protection constante des canonnières. Toutes les mitrailleuses seront en batterie, les grilles verrouillées jour et nuit, et nos troupes prêtes pour un assaut... Restera le contrôle de la rivière des Perles. Pour cela, nos canonnières ne suffiront pas. Nous devrons faire appel aux Français, aux Allemands et aux Japonais...

Sir Elliot se dressa de toute sa taille et se passa un mouchoir sur le front. Puis, du revers de la main, il lissa la soie blanche de sa moustache. L'humidité s'était accrue. En levant les yeux, il vit les lourds nuages qui s'accumulaient dans le ciel.

— Il y aura encore de l'orage, murmura-t-il.

— Pour les dispositions, sir? demanda Hutchison d'un ton neutre. Pour l'ordre d'ouvrir le feu?

Le diplomate soupira.

— James, fit-il, l'Angleterre a déjà mis la Chine à genoux lors des deux guerres de l'Opium et de la révolte des Boxers...! Vous croyez que tout cela est à recommencer?

— Si nous ne ripostons pas, nous ne serons plus là pour raconter à nos petits-enfants que le soleil ne se couche jamais sur l'Empire britannique...

— Bien dit, James! s'exclama sir Elliot. Vous avez l'autorisation d'ouvrir le feu à la première alerte. Venez, je vous offre un scotch!

* * *

Viateur Martin pétrissait soigneusement la glaise onctueuse et molle. Il répéta plusieurs fois l'opération afin de permettre à la masse argileuse de conserver un certain degré d'humidité et de plasticité, nécessaire au modelage. Dans l'autre coin de la pièce, Philip Scott s'appliquait à modifier les traits du croquis d'un visage. Il portait une attention particulière aux proportions des parties supérieure et inférieure de ce visage, tout en accentuant l'expression de l'œil.

— Pas plus de mille centimètres cubes, murmura-t-il.

— Que dis-tu ? demanda Martin.

— Je disais que, par hypothèse, le volume de la boîte crânienne d'Ada ne dépassait pas les mille centimètres cubes. Celui de l'homme de Neandertal faisait environ mille quatre cents centimètres cubes, celui de l'homme de Java à peine mille centimètres cubes...

— D'accord, dit Martin, pas plus de mille centimètres cubes... Je vais modifier le moulage en conséquence.

Scott secoua la tête et déposa prestement son crayon. Il se leva, s'approcha de Martin et regarda fixement l'œuvre de ce dernier. Tout y était, de la saillie des arcades aux puissants maxillaires, en passant par les tendons du cou.

— Non, Viateur, il en fait moins... Je dirais entre huit cents et neuf cents centimètres cubes.

Martin interrompit son propre travail.

— C'est énorme, Philip, répondit-il. D'après toutes les théories de l'évolution des espèces, ces trois cents centimètres cubes en moins représentent pratiquement cinq cent mille ans... D'un seul coup, nous basculons dans le trou noir ! Comment expliques-tu cette soudaine révélation ?

— Je l'imagine, rétorqua Scott. C'est bien ce que tu voulais que je fasse... ? Il suffit d'imaginer qu'Ada utilisait le feu mais ne savait pas encore l'allumer volontairement... Ça fait le compte, à peu de chose près !

— Aide-moi ! déclara Martin.

— Quoi ?

— Aide-moi ! Tu n'as qu'à pousser ma chaise jusqu'au tableau, là...

Le grand tableau noir, accroché sous la lucarne, était rempli de notes et de dates tracées en gros caractères, à la craie. D'un côté, les époques : interglaciaire Günz-Mindel (700 000 ans), glaciation de Mindel (500 000 à 350 000 ans), interglaciaire Mindel-Riss (350 000 à 300 000 ans), glaciation de Riss (300 000 à 180 000 ans), interglaciaire Riss-Würm (110 000 à 75 000 ans), glaciation de Würm (75 000 à 10 000 ans). De l'autre, les seize grandes découvertes de fossiles humains, entre 1830 et 1924.

On en déduisait que la découverte des néandertaliens correspondait à la glaciation de Würm; celle de Java, à l'interglaciaire de Riss-Würm, et la récente découverte de Raymond Dart, en Afrique du Sud, à la fin de la glaciation de Riss.

Martin demeura immobile un bon moment, les yeux rivés sur le tableau. Puis il émit un sifflement d'admiration et désigna du doigt le bas du tableau.

— Le voilà, le trou noir, Philip! fit-il d'une voix tremblante d'émotion. Là, dans la zone interglaciaire Günz-Mindel... Tu sais ce que ça veut dire?

Scott hésita.

— Au moins... au moins sept cent mille ans!

— Peut-être davantage, reprit Martin. Peut-être un million d'années!

— C'est de la folie! murmura Scott.

— Non, fit résolument Martin. Tous les hommes pétris dans la même argile... C'est bien ça! Alors, pourquoi pas Ada?

— Un million d'années! reprit Scott.

18

Au rez-de-chaussée, près du hall d'entrée, Yu Sheng discutait à voix basse avec le veilleur de nuit et un troisième Chinois. Ils gesticulaient et leurs ombres dansaient sur les murs. Finalement, Yu Sheng monta à l'étage. Il hésita un court moment devant la porte fermée de la chambre à coucher des Scott, avant de l'entrebâiller et de s'y glisser silencieusement. Au moment précis où Yu Sheng allait toucher Philip Scott à l'épaule, ce dernier ouvrit les yeux. Il ne vit d'abord que les contours flous d'un visage à la hauteur du sien. Il fouilla sous l'oreiller en quête de son arme, mais Yu Sheng l'incita à se calmer et à garder le silence.

— Venir en bas, murmura-t-il. Venir tout de suite, s'il vous plaît !

Confus, Scott se redressa brusquement. Il constata qu'il était baigné de sueur.

— Qu'y a-t-il, Yu Sheng ? demanda-t-il à voix basse tout en se frottant vigoureusement les yeux. Quelque chose de grave ?

Yu Sheng secoua la tête tout en insistant.

— Venir, s'il vous plaît... Quelqu'un vous attend !

Scott jeta un coup d'œil inquiet du côté de Margaret. Il se pencha sur elle pour mieux l'entendre respirer, puis il quitta le lit avec précaution, enfila sa robe de chambre et fit signe à Yu Sheng. Ils quittèrent la chambre sur la pointe des pieds.

— Tu veux bien m'expliquer, maintenant, Yu Sheng? demanda Scott, une fois parvenu au pied de l'escalier. Nous sommes en pleine nuit... La première nuit que je passe dans mon lit depuis bien longtemps...

Yu Sheng se contenta de faire un signe en direction de l'autre Chinois qui attendait respectueusement près de la porte. Scott se rendit compte qu'il ne faisait pas partie des domestiques de la maison. Assez jeune, trapu, il portait une vareuse ample et tenait une lanterne qui se balançait doucement à quelques centimètres du sol. Dès que Scott le regarda, il s'inclina poliment, ouvrit la porte et invita l'autre à sortir.

L'air nocturne était chargé d'humidité. Des lucioles voletaient autour de la lampe. Scott jeta un rapide coup d'œil alentour. A quelques pas, sous la rangée d'arbres, il vit un palanquin. Il pensa aussitôt à Liu Ming Pei. Mais c'est Li Fan Jung qu'il trouva à l'intérieur. Le vieux poète lui tendit un message tracé de la main de Liu Ming Pei. Il n'y avait que quelques mots. Un appel impératif et urgent.

Tout cela s'était passé en silence. Juste avant de s'en aller, Li Fan Jung prit les mains de Scott dans les siennes.

De nouveau, Scott se trouva seul au milieu de la nuit. Il savait maintenant qu'il partirait pour se rendre au bout de sa quête. Quitte à connaître d'autres malheurs. C'était la part de risque qu'il devait prendre.

* * *

Margaret ne dormait pas lorsque Philip avait quitté la chambre. Et lorsque, de la fenêtre du haut, elle avait vu le palanquin de Li Fan Jung, elle s'était bien doutée que ce messager de la nuit provoquerait un autre déchaînement du destin.

Stoïque, sa raison surnageant juste assez pour escamoter son trouble, elle aida machinalement Scott dans ses préparatifs. Ce dernier avait d'ailleurs demandé aux domestiques de se retirer pour la nuit.

— Le mot est peut-être mal choisi, finit par dire Margaret, mais c'est de la folie de partir ainsi en pleine nuit, sans même connaître l'endroit où tu dois te rendre...

Philip s'approcha de Margaret, lui prit la main. Il éprouvait du remords.

— Margaret, j'ai cherché Liu Ming Pei avec l'énergie du désespoir; il est mon dernier recours! Je sais que c'est difficile à comprendre... Peut-être ne sauras-tu jamais ce que cela représente pour moi... Mais il faut que j'aille au bout de cette route!

Elle leva son regard vers lui.

— Moi aussi, Philip, il faut que j'aille au bout d'une route... Une partie de ma vie s'y trouve!

Il prit Margaret dans ses bras et l'étreignit avec force. Ni parole ni regard. C'était l'aveu de son amour pour elle. Ils restèrent un bon moment ainsi, immobiles dans les bras l'un de l'autre, en silence.

— Je veux vivre, Margaret, murmura-t-il finalement. «Revivre» serait plus juste! Présentement, je ne fais qu'exister. Au commencement, tu étais là... Maintenant, le regard au bout de cette route, la chimère ne me laissera plus d'un pas; un temps, elle restera tapie dans l'ombre, mais pour me posséder encore davantage une fois de retour en pleine lumière. Ce n'est pas ce que tu mérites.

Lentement, il se détacha d'elle. Au coin de son œil miclos perlait une autre larme. La première avait laissé un sillon luisant sur sa joue.

— Je te donne trois semaines, eut-elle la force de lui dire.

Un instant, Philip sentit un affreux vide. Ces paroles ressemblaient à l'annonce d'une rupture anticipée.

— Passé ce délai, ajouta-t-elle d'une voix qu'elle voulait déterminée, je remuerai la Chine entière pour te retrouver!

* * *

Une odeur envahissante de nourriture brûlée tira Philip Scott d'un trop court sommeil. Il avait froid malgré l'amoncellement de vieilles couvertures qui le recouvraient. À ses côtés, Viateur Martin dormait profondément, à en juger par les ronflements sonores et les sons bizarres qu'il émettait.

Scott se souleva sur ses coudes et regarda autour de lui. Il vit un entassement de bidons, de casseroles, de ballots, de lampes-tempête, puis un grouillement d'humains et d'animaux domestiques, parmi lesquels des chiens et des cochons qui circulaient à leur aise. Des femmes accroupies s'activaient en jacassant autour d'un réchaud à charbon de bois. C'est de là que provenaient les relents désagréables. Au-dessus de leurs têtes, suspendus sous le toit de toile qui servait d'abri contre les intempéries, deux rangées de quartiers de porc fraîchement débités se balançaient lugubrement au gré du roulis.

La jonque maintenait difficilement sa direction alors qu'elle remontait le courant de la rivière des Perles, ainsi qu'en témoignait le bouillonnement tumultueux des eaux fendues par l'étrave. Arc-boutés sur d'énormes rames longues de plusieurs mètres et situées sur l'avant et l'arrière de la jonque, des marins s'efforçaient de garder le cap, d'empêcher le bateau de se mettre de travers et de risquer de s'échouer contre les pierres qui affleuraient. D'ailleurs, attachés à un mât, deux matelots jetaient des sondes à intervalles réguliers et criaient à tue-tête la profondeur de l'eau.

Scott s'extirpa des couvertures. Il était transi. Contrairement à l'air chaud et humide de Canton, l'air fluvial était particulièrement frais. Déjà, le vent ridait la surface de la rivière.

Le long des berges noyées par la crue récente des eaux, Scott vit quelques maisons basses devant lesquelles des enfants barbotaient en compagnie de chiens galeux et de cochons. Entre les espaces vides, une colonie de buffles, aux cornes aplaties, pataugeaient paresseusement dans les eaux brunâtres. Au loin, quelque part au milieu de la masse confuse et grise des collines, montaient d'étroites colonnes de fumée noire.

Scott aida Martin à s'installer dans la chaise roulante, sous les regards curieux et quelque peu amusés des Chinois, groupés maintenant autour d'un chaudron de riz fumant et d'un récipient d'alcool qui puait à dix mètres.

— Rien pour se laver, ici? maugréa Martin.

— Si, répondit Scott en montrant du doigt la rivière des Perles.

— Tu ne sais toujours rien de notre destination? demanda Martin.

— Rien, répondit Scott. C'est le mystère...

— Tu es certain que ce n'est pas un piège?

— Ce lourdaud de Larssen a voulu semer le doute, mais je continue de croire que Liu Ming Pei est un homme d'honneur. Il doit avoir une sacrée bonne raison pour garder la destination secrète...

— C'est ce que j'espère! laissa tomber Martin.

Depuis la rive, les coups de gong résonnaient à intervalles réguliers comme pour marquer la cadence. Un long câble de chanvre reliait la jonque à la berge faite de galets, où une centaine de coolies, sanglés de harnais rudimentaires, halaient le bateau en scandant un chant rythmé.

Le paysage changeait. De véritables murailles de pierre, dégoulinant d'eau, surplombées de blocs de granit, se dressaient, trouées çà et là de crevasses.

Ils naviguaient dans une soudaine pénombre. Les falaises sur les deux berges, rapprochées les unes des autres, obscurcissaient le soleil. À cet endroit, l'étranglement forçait la rivière des Perles à se précipiter en cascades. La jonque, prise dans des rouleaux d'eau et des tourbillons, était secouée dans tous les sens. Une autre centaine de coolies avaient été attelés à des câbles supplémentaires. Certains haleurs glissaient sur les pierres mouillées, d'autres se retrouvaient dans les eaux écumantes, sauvés de justesse par leurs compagnons. Quelques-uns furent brutalement engloutis par d'énormes remous.

Au bout de quelques heures, pendant lesquelles Scott et Martin avaient échangé des regards angoissés, la rivière des

Perles reprit un cours plus paisible. Aux parois escarpées s'étaient substituées des touffes de plantes aux larges feuilles vertes. À intervalles réguliers s'étendait de nouveau la surface luisante et unie des champs de riz à demi submergés, tandis qu'on apercevait au loin les contours bleutés d'étranges élévations en forme de pains de sucre.

— Que se passera-t-il après tout cela? demanda soudain Martin en voyant que Scott était perdu dans ses pensées.

— À vrai dire, je n'en sais rien, murmura Scott comme s'il réfléchissait tout haut. Je dois avouer que je suis en Chine pour un tas de mauvaises raisons...

— Et Margaret?

Martin vit l'air contrarié de Scott. Il chercha aussitôt une formule d'excuse, mais le regard de Scott le rassura. Il y vit une ombre de mélancolie.

— J'aime Margaret, fit Scott avec un accent de tristesse, mais il faudra beaucoup de temps pour que nous puissions reprendre le même chemin...

Il plongea une main dans sa veste de toile et en retira deux boules de jade qu'il manipula sur-le-champ avec une surprenante dextérité.

— Mystère de Chine? demanda Martin, intrigué par le comportement de Scott.

Ce dernier eut un haussement d'épaules.

— Remède de Chine!

* * *

Les échos successifs de trois coups de fusil, tirés depuis la berge, se répercutèrent pendant un certain temps avant de s'estomper. Étonnés, Scott et Martin se regardèrent. Le maître de la jonque, un certain Ji Wei, lança un ordre bref. Les mains amenèrent les voiles et jetèrent l'ancre. Puis un membre de l'équipage tira lui aussi trois coups en l'air. Aussitôt, tous les hommes firent la chaîne et alignèrent sur le pont une douzaine de caisses de bonne taille.

Quelques instants plus tard, un modeste sampan glissa silencieusement vers la jonque et s'y amarra. Une douzaine d'hommes, la plupart armés d'un vieux fusil, montèrent à bord. Parmi eux, un Chinois assez corpulent, à la fine moustache tombante, et vêtu dans le style d'un mandarin, semblait être le chef.

Scott ne comprenait rien de ce qui se disait, sauf qu'il entendit prononcer le même nom à plusieurs reprises : Shu Shin Ho. Fusil au poing, les hommes, vêtus d'une simple veste et d'un pantalon de grosse toile, se tenaient près des caisses, sous les regards méfiants des marins de la jonque. Sur un signe de tête de Ji Wei, ces derniers commencèrent à ouvrir les caisses. Shu Shin Ho y jeta un bref coup d'œil. Puis il vit Scott et, à ses côtés en chaise roulante, Viateur Martin. Il parla à voix basse. Des hommes armés se dirigèrent vers les deux étrangers et leur montrèrent la direction de la cale. Scott comprit qu'il n'y avait aucune discussion possible.

Ji Wei s'avança et fit face à Shu Shin Ho. Celui-ci, impassible, soutint le regard du maître de la jonque.

— Tu n'as pas besoin d'armes ici, fit Ji Wei. Ce que tu as vu devrait t'en convaincre.

— Simple précaution, répondit le notable. Un homme change d'un jour à l'autre...

— Nous ne marchandons pas à la pointe du fusil, s'entêta Ji Wei.

Shu Shin Ho donna l'ordre à ses hommes de déposer leurs fusils. Ji Wei s'inclina et invita Shu Shin Ho à inspecter les caisses. Elles contenaient, les unes des tablettes brunes, les autres des sacs remplis de boulettes noirâtres.

— De la meilleure qualité, fit Ji Wei d'une voix devenue presque enjouée. Récemment arrivé des Indes... Cette marchandise-ci, de Bénarès ; celle-là, de Patna.

Shu Shin Ho retint la manche ample de sa veste et prit une tablette au hasard. Il gratta méticuleusement la surface avec l'ongle démesuré de son auriculaire, le porta à sa bouche et le goûta du bout des lèvres. Il fit de même avec une boulette.

— Combien ? finit-il par demander.

— Huit piastres de Hong Kong pour chaque once d'opium de Patna... et six pour celui de Bénarès! lui souffla Ji Wei à l'oreille.

— Tu veux troubler la paix de mes ancêtres? Tu veux la ruine de cette région? répliqua Shu Shin Ho en grimaçant tout en feignant l'indignation.

Regardant par les fentes des battants de la cale, Philip suivait tant bien que mal ce qui se déroulait sur le pont. Martin, au milieu des femmes et des enfants qui vaquaient, indifférents, à diverses occupations, le regardait anxieusement.

— Que manigancent-ils? demanda-t-il. Ils sont peut-être en train de nous vendre à bon prix!

— Opium! souffla Scott.

Martin s'épongea le visage.

— Quelle puanteur, mon Dieu! Et quelle chaleur! On suffoque, ici...! Opium, tu as dit? Avec nous en prime, je parie!

Sur le pont, les négociations se poursuivaient lentement.

— Cinq piastres pour celui de Patna et trois pour celui de Bénarès, fit Shu Shin Ho.

Ce fut au tour de Ji Wei de s'emporter.

— C'est toi qui veux ma ruine! glapit-il. Je risque ma vie et ma jonque chaque fois que je viens ici...

Shu Shin Ho l'invita à se calmer.

— Et ces quelques pièces d'or et d'argent pour la peine que tu te donnes! ajouta-t-il.

Sur un signe du notable, l'un des hommes vint déposer un coffret aux pieds de Ji Wei. Lorsque ce dernier l'ouvrit, son visage changea brusquement d'expression. Le coffret contenait un ciboire, un calice, un ostensoir et un crucifix finement ciselé.

— Me ferez-vous l'honneur d'accepter un peu de thé? demanda le maître de la jonque, la mine réjouie.

* * *

Le paysage s'était hérissé d'une suite de collines granitiques. Le long des berges boueuses défilaient des hameaux éparpillés. Mais à voir l'aspect de la campagne ainsi que le comportement des humains et des animaux, quelque chose d'inhabituel se passait. Les rizières étaient noyées d'eau et pourtant les oiseaux et les grenouilles se taisaient. Les pies, familières dans toutes les frondaisons, demeuraient muettes. Même les buffles, qui d'habitude se vautraient dans la vase, se tenaient immobiles comme des sentinelles. Personne ne maniait la houe à quatre lames, ni ne soignait les cotonniers, ni ne récoltait de plantes. Les paysans avaient déserté les champs d'orge et les rizières. Les chiens hurlaient étrangement. Les chèvres, les cochons et les canards erraient. Partout on avait allumé des feux, et de nombreux cercueils de bois étaient exposés.

Au cri d'un marin posté en vigile à l'avant de la jonque, les autres accoururent. L'homme pointait frénétiquement son index vers les eaux de la rivière. Ces choses qui, à première vue, ressemblaient à des troncs d'arbres morts ou à des mottes de mauvaises herbes étaient en réalité des cadavres flottant à la dérive.

— Ces corps ne portent aucune trace de violence, constata Scott. Tous des paysans, à voir leurs vêtements...

Il regarda du côté de Ji Wei. Ce dernier conférait à voix basse avec Shu Shin Ho. Le notable n'avait pas quitté la jonque, alors que son escorte armée et la cargaison d'opium avaient rejoint la rive en sampan, une fois la transaction conclue. Les deux hommes désignaient les petites anses qui s'ouvraient çà et là entre des amas de roches anguleuses.

Les collines couleur d'ardoise et de mousse semblaient maintenant à portée de la main. Elles se dressaient, les unes derrière les autres, comme autant de sculptures géantes aux formes fantastiques. Finalement, Ji Wei lança quelques ordres de sa voix gutturale. Les voiles amenées, la jonque fut dirigée à la rame vers une crique bordée d'une bande sablonneuse, à proximité d'un marécage où nichaient de bruyantes volées de canards sauvages.

Une quinzaine d'hommes, la tête enrubannée et un foulard sur la bouche, attendaient l'arrivée de la jonque. Dès qu'elle s'échoua sur la grève, ils s'empressèrent de se porter au-devant de Shu Shin Ho et de s'incliner respectueusement. Sur un signe de ce dernier, on amena les chaises à porteurs. Elles étaient destinées à lui-même ainsi qu'aux deux étrangers. Scott et Martin débarqués, le chef de la caravane, fusil en bandoulière et ceinturons de balles croisés sur la poitrine, leur tendit des foulards et leur enjoignit de s'en couvrir la bouche. Scott repoussa le linge crasseux. Il apostropha le Chinois :

— Mais quelqu'un nous dira-t-il ce qui se trame ? J'en ai marre, à la fin, de cette mise en scène macabre !

Martin tripotait nerveusement le tissu. Il regarda successivement Scott, Shu Shin Ho et le chef de la caravane. Ce fut Shu Shin Ho qui trancha. Les poings sur les hanches, il regarda Scott d'un œil sévère.

— Obéir, docteur Scott ! gronda-t-il.

Abasourdi d'entendre Shu Shin Ho l'appeler par son nom, Scott noua le foulard sur sa bouche sans protester davantage. Docilement, il prit place sur une des chaises à porteurs. Déjà la caravane s'ébranlait.

* * *

Les collines s'estompaient dans le bleu sombre du ciel. Les hommes ne virent d'abord qu'un énorme brasier que des paysans alimentaient en y jetant des branches de cyprès. Puis se profila la silhouette d'une modeste chapelle aux murs blanchis à la chaux. La porte avait été arrachée.

Dès que la caravane s'approcha du portique percé dans le mur d'enceinte, une meute de chiens entoura les hommes en glapissant. Ces derniers les dispersèrent à coups de pierres et de gourdins.

La porte d'enceinte franchie, Scott vit que la plupart des maisons n'étaient en fait que des cabanes de limon ou des masures en bambou avec une simple natte tendue en guise de porte. Des treillis de bois masquaient les orifices qui tenaient lieu de fenêtres. On imaginait facilement que l'intérieur de chaque habitation se limitait à un réduit où s'entassait une famille nombreuse.

Pendant que des habitants assemblaient à la hâte des cercueils à l'aide de planches, d'autres transportaient des cadavres, de vieillards et d'enfants surtout, qu'ils entassaient près des cercueils. Des femmes les aspergeaient d'eau.

Partout, indifférents à ce va-et-vient macabre, émaciés, l'air hagard, des hommes et des femmes étaient allongés sur des litières, à la porte même des maisons. Les tentures se soulevaient, livraient passage à des vieilles femmes traînant péniblement un baquet puant l'urine et les excréments, qu'elles répandaient aussitôt sur le sol boueux.

La caravane s'immobilisa devant une maison plus spacieuse, située sur un tertre, à un jet de pierre d'un petit temple.

Shu Shin Ho quitta le premier la chaise à porteurs et il fit signe à Scott et à Martin de le suivre. Des hommes de la caravane portèrent péniblement Martin jusqu'au seuil de la grande porte, puis ils l'installèrent dans sa chaise roulante.

L'intérieur enfumé de la maison était éclairé par de nombreuses lanternes fixées aux murs et au plafond. Scott foula une natte épaisse et vit plusieurs tables remplies de récipients pleins d'os de dragon ainsi que des tablettes bourrées d'ossements et d'herbages. Une dizaine de Chinois, occupés à broyer ces produits à l'aide de mortiers, regardèrent les deux étrangers d'un air de grande curiosité.

— Je vous remercie d'avoir répondu à mon appel, fit une voix que Scott reconnaissait entre toutes.

Liu Ming Pei sortit de la pénombre et s'inclina.

— Dire que je vous ai cherché partout à Canton et que je vous trouve enfin... D'ailleurs, je ne sais même pas où nous sommes! fit Scott.

— Vous êtes à Dao Xian, docteur, répondit tranquillement Liu Ming Pei. Un mauvais vent s'est abattu sur ce lieu et le mal s'est propagé trop rapidement pour mes humbles moyens... C'est pourquoi j'ai osé solliciter votre aide...

243

Scott ne répondit rien. Liu Ming Pei fixait l'homme assis dans la chaise roulante.

— Je vois que vous n'avez pas traversé le pont tout seul, finit-il par dire.

— C'est juste, répondit aussitôt Scott. Sans cet ami, je ne serais peut-être pas ici...

— Je n'en crois rien, fit Liu Ming Pei en esquissant un mince sourire. Souvenez-vous que vous êtes né sous le signe du Buffle...!

19

L'intérieur de la masure était un fouillis indescriptible. Des poules y circulaient librement, caquetant et soulevant la poussière à chaque battement d'ailes. Un homme à l'allure cadavérique était allongé sur un amas de vieilles couvertures. Des enfants grelottaient, blottis dans un coin. Tous avaient le regard vitreux, les lèvres sèches. Près de l'homme étendu, une femme tenait un enfant dans ses bras, le berçait.

En voyant Liu Ming Pei accompagné d'un étranger, l'homme murmura des mots inintelligibles et tendit une main tremblante. Scott voulut séparer l'enfant de sa mère. Elle secoua la tête et serra le petit contre sa poitrine en gémissant.

— Je dois les examiner, docteur Liu. Il faut que vous leur expliquiez!

Liu Ming Pei parla à la femme. À peine quelques mots, à voix basse, puis il fit signe à Scott. Celui-ci étendit doucement l'enfant et l'ausculta. Il fit de même avec l'homme recroquevillé sur la litière.

— Quand tout cela a-t-il commencé? demanda Scott tout en palpant l'abdomen du malade, lui tâtant le pouls et lui examinant les yeux.

— Il y a un mois environ, répondit Liu Ming Pei.

— Et les morts?

— Quelques jours plus tard. D'abord des enfants, puis des vieillards...

245

— Combien de morts?

— Trente, quarante peut-être...

Scott se releva brusquement. D'un geste rageur, il chassa les mouches qui envahissaient l'endroit.

— Vous voulez dire que vous ne savez pas exactement combien? s'indigna-t-il.

— Cela est-il important? rétorqua Liu Ming Pei sur le même ton. Ils sont morts!

Scott hocha la tête de dépit.

— Où ces gens prennent-ils l'eau qu'ils boivent? demanda-t-il. Il y a un puits dans le village?

— Pas de puits, dit Liu Ming Pei. Depuis toujours, à Dao Xian, nous utilisons l'eau de la rivière...

— Même pendant les inondations?

— Qu'y a-t-il de différent? s'étonna le Chinois. Chaque année, les eaux de la rivière envahissent les rives. Parfois, elles inondent les maisons...

— La plupart de ces gens sont complètement déshydratés, enchaîna Scott. Chute de la température du corps, suppression d'urine, pupilles contractées, crampes musculaires, sécheresse des cordes vocales et, inévitablement, collapsus... Et il y a ces morts! Hélas, tous les symptômes sont là...

Liu Ming Pei parut désemparé. Il demeura silencieux, les bras ballants.

— Nous sommes devant une épidémie de choléra, docteur Liu, précisa Scott. Et si vous ne voulez pas qu'elle s'étende jusqu'à Canton, il faudra agir vite. Très vite!

* * *

Jour après jour, la situation s'aggravait, si bien qu'il n'y eut bientôt plus une seule paire de bras pour vaquer aux cultures et nourrir le bétail. Ce n'était pas que l'endroit fût inhospitalier, bien au contraire. On y trouvait des rizières, des cultures d'orge, de haricots, de maïs et de pommes de terre, ainsi que de petits potagers. Mais le choléra avait donné à Dao Xian l'apparence d'un bourg abandonné.

— Alors, nous sommes prisonniers ici ? demanda Martin.

— C'est la quarantaine forcée, Viateur, répondit Scott. Nul ne pourra quitter ce village sans risquer aussitôt de propager l'épidémie...

— Tu ne crois pas que tu exagères un peu ?

Scott promena son regard sur les lieux. En fait, il n'avait pas tout dit sur la virulence du choléra, sur la rapidité foudroyante de sa propagation.

— Philip, es-tu bien certain qu'il s'agit du choléra ? insista une fois de plus Martin. Peut-être est-ce autre chose ? Tu te souviens de ces diarrhées massives que nous avons connues dans les tranchées ? Quelque chose de semblable aurait pu se produire ici...

Scott ne voulut pas en entendre davantage.

— Le choléra se déchaîne dans les premières heures de l'infection, répondit-il. L'incubation est en général très brève, et les symptômes s'accumulent et deviennent aigus. Tiens, à Munich, lors de l'épidémie de 1837, une victime sur deux mourait dans les quinze jours. L'épidémie qui s'est déclenchée en Inde en 1883 s'est propagée en Arabie, à travers la Syrie, la Turquie, a franchi la mer Noire et a atteint l'Europe quatre ans plus tard. On parle encore de dizaines de milliers de morts, sans pouvoir préciser le nombre véritable. Il n'y a aucun doute, Viateur : nous sommes au beau milieu d'une épidémie de choléra !

— Mais qu'est-ce qui a pu causer une telle contamination ?

— Rien de nouveau, expliqua Scott. C'est l'eau ! Nous sommes en présence d'un cas de choléra fluvial. La suite est fort simple : mesures draconiennes sur l'heure... s'il n'est pas déjà trop tard ; sinon, nous pourrons rayer Dao Xian de la carte de la Chine dans moins d'un mois... et nous avec !

* * *

Sous un soleil brûlant et au milieu d'un infernal bourdonnement de mouches, des villageois, à la file, transportèrent des cadavres enveloppés dans des couvertures. Ils les déposèrent à proximité de plusieurs brasiers, sur lesquels avaient été installés de grands baquets d'eau. «D'abord vous débarrasser immédiatement de tous les cadavres, avait ordonné Scott. C'est un des pires foyers d'infection. Les cadavres devront être lavés et enveloppés, leurs orifices naturels devront être obstrués. Il faudra les mettre en terre loin du village et à bonne profondeur, les recouvrir de chaux... Tant pis pour les cérémonies! Toutes les personnes devront se laver immédiatement après avoir manipulé les cadavres... D'ailleurs, toutes les personnes devront se laver tous les jours! Il faut éliminer les détritus; les excréments doivent être enterrés loin des habitations... Il faudrait des latrines; pas seulement en surface, des fosses profondes... Et puis lavage obligatoire des mains toutes les heures... Défense de toucher les aliments avant de les avoir passés à l'eau chaude; même chose pour la vaisselle, les ustensiles...»

Lorsqu'on prévint Scott, il était déjà trop tard. Le jeune enfant respirait à peine, étendu près de sa mère comateuse. Il mourut quelques instants plus tard dans les bras du médecin.

— Trop tard! cria-t-il. Toujours trop tard! Et toute cette vermine partout... C'est écœurant! Dehors, ces bêtes! Sortez-moi le bétail de toutes les maisons. Il faut désinfecter... et brûler les effets des morts...

Ce fut au tour de Liu Ming Pei de protester.

— Vous voulez brûler les couvertures et les vêtements de ces gens? Sachez que ce sont leurs seuls biens. Morts, ils doivent se présenter convenablement devant leurs ancêtres. Pas question pour eux d'être enterrés nus!

— D'accord, docteur Liu. Mais alors, ceux qui les auront touchés, en commençant par nous, devront faire bouillir leurs propres vêtements et recommencer aussi souvent que nécessaire...

Scott leva la tête.

— Cinq jours déjà, murmura-t-il, et de nouveaux cas chaque jour... Il faut absolument de la pluie...

— De la pluie ? répéta Liu Ming Pei. Vous voulez donc une nouvelle crue des eaux ?

— Bien sûr que non, fit Scott, mais un peu de pluie empêchera vos gens d'utiliser l'eau de la rivière. Les eaux courantes contaminées peuvent rester infectées longtemps. Un microbe comme celui du choléra peut survivre jusqu'à six mois dans la boue d'un cours d'eau... Toutes les épidémies de choléra depuis un siècle l'ont démontré !

— Et l'eau de pluie ? demanda Liu Ming Pei.

— Elle, au moins, n'est pas contaminée, répondit Scott. Nous la recueillerons dans des urnes et la ferons bouillir...

— Mais elle pourrait être souillée par des excréments d'oiseaux ! objecta le Chinois.

* * *

L'obscurité avait englouti Dao Xian et seules les plaintes des malades rompaient le silence.

Une après l'autre, des silhouettes surgirent. On les entendit chuchoter. Peu après, un premier feu s'alluma, puis un deuxième et un troisième, éclairant la nuit. Plus loin, à la lisière du bois, des pioches s'abattirent. C'étaient les hommes et les femmes qui creusaient les tombes.

— C'est une partie de moi qui disparaît, dit Liu Ming Pei avec accablement.

Il fit signe à Scott de le suivre jusqu'au petit temple. Il s'assit sur les marches menant au portique, la tête tournée vers les feux.

— Je savais que vous viendriez, dit-il tout en continuant de fixer les flammes.

— Une partie de moi allait également disparaître lorsque j'ai reçu votre message, avoua Scott.

Le Chinois tapotait du bout des doigts la marche de bois sur laquelle il était assis. De son autre main, il lissa les poils soyeux de sa barbe. Puis il s'abandonna aux confidences.

— Mon grand-père était un paysan de ce village, comme son père avant lui. Il n'est jamais allé à la ville de toute son existence... Il ignorait jusqu'à l'existence même de

Canton. C'est mon père qui, le premier, a quitté le village pour devenir batelier, sur la rivière des Perles d'abord, puis à Hong Kong. Je suis né là-bas, dans la Cité flottante... Ma famille ne possédait rien, à part une modeste embarcation. Le jour de ma naissance, les étrangers détruisirent le Palais d'été à Pékin : représailles de la guerre de l'Opium ! J'ai passé ma jeunesse pieds nus ; à quinze ans, j'étais coolie à Canton et j'ai férocement haï tous ces étrangers qui amassaient une fortune grâce au trafic de l'opium. À cette époque, je ne parlais que le dialecte des coolies ; il fallait bien se forger une langue secrète. J'ai observé tous ces riches et j'ai compris que, sans instruction, nous étions condamnés à demeurer des esclaves, au mieux des serviteurs ! J'ai eu la chance, le bon *joss* comme disent les marchands de Hong Kong, de rencontrer un vieux médecin. Il m'a adopté, en quelque sorte ; il m'a montré tout ce que je sais. Un jour, j'ai refait la route de mes ancêtres ; elle m'a conduit à Dao Xian.

— Et la langue anglaise, que vous parlez avec une telle maîtrise ? Ne me dites pas que vous êtes allé en Europe ! s'étonna Scott.

Sous la sèche vigueur du visage de Liu Ming Pei, les muscles des mâchoires se contractèrent légèrement.

— Non, je n'ai jamais quitté la Chine, précisa-t-il. Avec tous ces corps expéditionnaires, ces diplomates, ces marchands et trafiquants, il n'était pas nécessaire d'aller ailleurs pour apprendre la langue... Nous ne pouvions plus faire un seul pas dans ce pays sans que vos missionnaires soient sur nos talons... Alors, à force de mauvaises fréquentations... !

— Parlant de missionnaires, intervint Scott, j'ai vu cette chapelle à l'extérieur de l'enceinte du village. Elle est bien abandonnée, n'est-ce pas ?

Méfiant, Liu Ming Pei posa un regard interrogateur sur le médecin.

— Il faut absolument isoler les malades, ajouta Scott, et cette chapelle pourrait nous servir de dispensaire...

— Elle est vide, en effet, répondit le Chinois.

— Et le missionnaire ?

La question sembla ennuyer Liu Ming Pei. Il se leva et fit quelques pas. Scott le rattrapa. Il attendait une réponse.

— Des bandits l'ont enlevé, laissa tomber le Chinois.

— Ils l'ont tué?

— Non! Mort, il n'aurait aucune valeur, s'empressa de dire Liu Ming Pei. Il est détenu en otage, en attendant une rançon... Malheureuse coutume, me direz-vous!

— Et vous n'avez rien pu faire?

— Je ne suis pas responsable des allées et venues des missionnaires en Chine, répliqua assez sèchement Liu Ming Pei. Celui-là connaissait les risques lorsqu'il s'est installé à Dao Xian.

Scott fixa Liu Ming Pei droit dans les yeux.

— Pourtant, on chuchote que vous voyez tout et que vous savez tout, fit-il d'un ton résolu. Y a-t-il quelque chose que puisse ignorer le Roi-Dragon?

Liu Ming Pei continua d'avancer lentement.

— Vous répétez ce que vous avez entendu, fit-il. Vous ne parlez pas de ce que vous connaissez.

Scott s'emporta. Son visage était devenu blême et sa voix tremblait, tellement il avait peine à contenir sa frustration et sa rage.

— Oh! je sais bien! Toujours les mystères de la Chine...! Quel merveilleux prétexte! Et quel refuge! La Chine par-ci, la Chine par-là... Les traditions indéracinables, le Chinois à la source de toutes les inventions, la Chine qui engloutit tout ce qui n'est pas chinois... Alors, excusez-moi de ne plus avoir de goût pour l'occulte, docteur Liu!

Liu Ming Pei s'arrêta. Il posa une main paisible sur l'épaule de Scott. Sous la pression de ses doigts, il sentit la raideur qui figeait ce dernier. Scott ne le regardait plus.

— Pas de mystère, murmura Liu Ming Pei. Il y a plus de quatre siècles, les Portugais ont débarqué à Canton, puis les Hollandais, suivis des Anglais, des Français, des Allemands, des Japonais... Il en a surgi de partout! À peine les uns s'étaient-ils installés que les autres cherchaient à se rendre davantage maîtres des lieux. Si les premiers avaient cent canons, les deuxièmes arrivaient avec le double. Ils sont arrivés en conquérants violents et ont abusé de la bonne volonté de tout un peuple. S'il est un mystère, ce n'est pas celui de la Chine, mais plutôt celui de cette rage de possession et de conquête qui fait de l'Occident le pire des monstres!

Scott haussa les épaules comme pour dire qu'il se soumettait à la dure loi de la fatalité. Liu Ming Pei avait au moins raison pour une chose : l'histoire de la Chine était une interminable succession d'invasions, de famines, d'épidémies, au fil desquelles chaque Chinois s'était résigné à souffrir et à mourir dans une égale indifférence. Aujourd'hui le choléra régnait en maître, demain un autre fléau lui succéderait. Chaque jour, la mort réclamait sa part de vivants; d'autres plus nombreux les remplaceraient. Et la race continuerait de vivre.

— Revenons à l'essentiel, si vous le voulez bien, docteur Liu, dit Scott. L'épidémie gagne sur nous, des enfants meurent, vous n'avez plus d'os de dragon, je suis à court de morphine...

— Que proposez-vous? demanda Liu Ming Pei.

— L'opium!

IV

La colline du Roi-Dragon

Yeux-Vifs continua sur son erre. Il longea les falaises, emprunta les défilés étroits, se nourrit de hérissons, de lièvres, de rats, de fruits sauvages et de tubercules.

Le soleil était haut dans le ciel lorsqu'une odeur particulièrement âcre frappa son odorat. Les effluves venaient du côté de la barrière rocheuse qui se dressait devant lui. Il s'en approcha avec précaution.

Il entendit d'abord des sons faibles, qui ne tardèrent pas à s'amplifier et à se transformer distinctement en grognements et en hurlements intermittents. Puis il les vit : des créatures extrêmement robustes, aux membres puissants, munies de grosses pierres et juchées sur un surplomb. Et plus bas, devant l'ouverture d'une caverne, un ours monstrueux. La bête, au pelage noir et lisse, se tenait debout sur ses pattes de derrière. Bavant une écume blanchâtre, elle poussait de formidables rugissements et battait l'air de ses pattes de devant dotées de griffes crochues et acérées. À quelques pas gisaient deux corps éventrés.

Une première pierre atteignit l'ours au sommet du crâne. Elle fut suivie aussitôt par une pluie d'autres pierres, la plupart lourdes et coupantes. Excédé, l'ours faucha les cadavres de ses griffes, projetant les restes sanglants contre la paroi. Sa rage fut vaine. Bientôt son propre sang poissa sa toison et la teinta de rouge. Les dents découvertes, frappant de tous côtés, il essaya d'atteindre ses tourmenteurs. La lapidation reprit de plus belle. Peu à peu ses rugissements se transformèrent en grognements de douleur, puis en râles. Il croula brusquement. Les créatures descendirent de leur perchoir et se ruèrent sur l'énorme masse, que seuls quelques spasmes agitaient encore.

À l'aide de fragments tranchants en forme de hachereaux, les chasseurs débitèrent adroitement l'ours. Ils découpèrent les meilleurs morceaux, prélevèrent la peau, fracturèrent les os pour extraire la moelle. L'un d'eux s'attaqua au crâne de la bête. Il perça un orifice au sommet et en retira la cervelle. Un autre fit la même chose avec le crâne d'un de ses semblables.

L'odeur du carnage envahissait maintenant les lieux. Blotti derrière un rocher, Yeux-Vifs tremblait de tout son être. Il demeura sans bouger jusqu'à ce que vînt l'obscurité.

* * *

Il resta à proximité de cette caverne que les chasseurs avaient investie. De jour, Yeux-Vifs se contentait d'observer le comportement des chasseurs. Il les vit préparer des armes d'os et de pierre. Puis s'accoupler. Surtout, il vit le feu. Il le vit éclairer les ténèbres, dégager de la chaleur, éloigner de puissants fauves.

Plus tard, il suivit un groupe jusqu'à une vallée où s'ouvraient des fondrières et des marais. Couchés sur le sol, ils y attendirent patiemment des bovidés à puissante encolure et à longues cornes. Le déplacement du troupeau fit trembler le sol. À l'aide du feu qu'ils transportaient, les chasseurs allumèrent un long demi-cercle d'herbes et de buissons secs. Les flammes et l'épaisse fumée prirent les bêtes au piège. Fuyant l'incendie, elles galopèrent vers les fondrières et s'y enlisèrent. Le massacre dura jusqu'au couchant.

* * *

Le temps vint où la bande quitta la caverne sans laisser le moindre guetteur sur place. Les femelles serraient leurs petits contre elles. Deux mâles transportaient le feu, alors que sous l'amas de cendres ne couvait plus qu'une braise.

Yeux-Vifs les suivit pendant quelque temps, à une distance prudente, courbé pour ne pas être vu, et en essayant surtout de ne pas faire de bruit. Il les vit se disperser, gratter la terre, déterrer des racines.

Le temps passant, la bande ne revenait toujours pas à la caverne. Les mâles constituèrent un vaste cercle de pierres, à l'intérieur duquel ils entassèrent des galets dont le creux fut comblé de branchages et de ronces. Bientôt, la clarté des flammes domina les ténèbres. Yeux-Vifs voyait distinctement un mâle donner de violents coups avec son percuteur. Adroitement, il faisait sauter des éclats de silex et en tirait des tranchoirs. Yeux-Vifs observait les gestes répétitifs du mâle, regardait aussi danser les flammes et les étincelles qui, s'élevant brusquement, allaient rejoindre celles qui scintillaient déjà tout en haut, dans le vaste espace noir. Toutes ces choses le remuaient.

* * *

Le silence régnait. Yeux-Vifs ne dormait pas, comme si une force intérieure, plus puissante que tout ce qu'il avait éprouvé durant sa courte existence, l'en empêchait.

Des images confuses, des formes, surtout des formes, se constituèrent et défilèrent devant ses yeux, amenant son esprit à franchir imperceptiblement les frontières du seul monde conscient qui avait toujours été le sien. Sans qu'il le sût véritablement, il dépassa le centre de ce monde pour accéder à un autre plan, une sorte de passage subitement révélé vers un univers symbolique. Le cercle de pierres, le feu dansant, l'alternance de la clarté et de l'obscurité, de la chaleur et du froid, les rituels de chasse, le comportement mimétique des créatures, son propre reflet; autant d'impressions vives et de tourments. Restait la caverne. Une force irrésistible l'y attirait, nécessité impérative et terrible symbole de l'inconnu.

* * *

257

Au milieu de l'antre, un amas de cendres refroidies. Alentour, le sol était jonché de pierres tranchantes, de peaux, de fragments d'os et de quartiers de viande pourrissante. L'ombre qui y régnait était évocatrice de tous les mystères.

Yeux-Vifs s'aventura plus loin, découvrit un passage obscur qui, rapidement, devint un boyau, obligeant l'effacement des épaules. La progression devint de plus en plus difficile. Il s'enfonça davantage dans le labyrinthe, empruntant ici l'étroit passage, là une faille dans la paroi, se glissant entre les arêtes coupantes, jusqu'à se perdre dans ce monde souterrain.

Yeux-Vifs avait vu le monde d'En-Haut, il découvrait le monde d'En-Bas. Dans cet univers, il chercha en vain un autre soleil. N'y régnaient que l'obscurité et l'absolu silence. L'endroit reliait les existences passées à la naissance d'un nouveau monde. Mais Yeux-Vifs ne comprenait rien de cela. Son égarement l'avait entraîné aussi loin que son rêve.

20

Aussitôt immobilisé à la gare de Nam Kong, à quelques kilomètres de Canton, le train fut assailli par des bandes de jeunes en haillons qui criaient à tue-tête : «Une banane pour deux sous!»

Margaret Scott, passablement incommodée par la chaleur et l'odeur de cigarette qui envahissaient le compartiment qu'elle partageait avec la douzaine de religieuses, se pencha hors de la fenêtre et respira profondément.

Entre une bonne douzaine d'arrêts, le train cahotait à travers une campagne couverte de rizières et d'étangs bourbeux.

— C'est encore loin? demanda-t-elle à la religieuse assise à sa droite.

— Une bonne heure de train encore, répondit la sœur, et ensuite une heure de sampan si tout va bien.

— Mais comment allons-nous faire pour transporter le gros colis? s'inquiéta Margaret. Jamais il ne tiendra dans un sampan...

— Nous trouverons bien une solution, fit la religieuse.

— Il le faudra bien! ajouta Margaret.

La barque était conduite par deux vieilles femmes. L'une d'elles ramait, l'autre mangeait sa portion de riz accompagnée de morceaux de poisson. De temps à autre, elles dévisageaient Margaret, chuchotaient entre elles, puis souriaient béatement, leurs bouches ouvertes découvrant des gencives dégarnies. Les passeuses louvoyaient habilement, évitaient les bancs de sable, utilisaient le courant au moment opportun.

— Là-bas, c'est Shek Lung, annonça une des sœurs en s'adressant à Margaret.

Elle ne vit d'abord qu'un sombre bâtiment, une sorte de caserne, perchée sur la partie escarpée de l'île.

— Je ne savais pas qu'il y avait des militaires ici, fit Margaret.

— Oh! Quelques soldats seulement, expliqua la religieuse. Ils gardent l'île. On dit que les alentours sont infestés de bandits et de pirates... Moi, je n'en crois rien!

* * *

Le colosse reçut Margaret avec enthousiasme. Il avait un visage buriné, rayonnant, et des yeux qui exprimaient une grande bonté. N'eût été cependant la soutane élimée dont les coutures résistaient difficilement, Margaret n'aurait jamais deviné qu'il s'agissait du père Charles Viannec, le responsable de la léproserie de Shek Lung.

— Nous vous attendions avec impatience, madame Scott, furent ses premiers mots après qu'il eut sauté dans l'embarcation.

Sous le poids considérable du prêtre, cette dernière tangua dangereusement. Margaret lui tendit la main. Le père Viannec la prit délicatement dans la sienne, une véritable patte d'ours, aussi large qu'épaisse.

Le prêtre sourit à pleines dents, puis se pencha vers Margaret :

— On m'a laissé entendre que vous nous réserviez une belle surprise...

— J'espère qu'il ne lui est rien arrivé, répondit Margaret avec un brin d'inquiétude dans la voix.

— Ayez confiance! C'est un cadeau du ciel que vous nous faites... Un autre, devrais-je dire, puisque vous nous en avez déjà fait un premier...

— Comment va-t-elle? s'empressa de demander Margaret d'une voix remplie d'émotion.

— Ping Ming est déjà la petite reine de Shek Lung, répondit le prêtre. Nous lui avons trouvé une famille adoptive...

Les paroles de Viannec lui firent un choc. Margaret se mordit nerveusement la lèvre inférieure. Elle leva la tête et vit des dizaines de visages qui la regardaient du haut du quai. Elle n'avait jamais vu un tel défilé de masques grimaçants. Ils étaient ravagés par des ulcères, des lésions, des tumeurs, des taches, des éruptions bulleuses. La coloration fauve, très particulière, de l'épiderme rendait l'expression de chaque visage plus affreuse encore. La plupart de ces lépreux avaient également les membres atrophiés et les mains en griffe. «*Tin tu po yao!*», scandaient-ils. «*Tin tu po yao!*»

— Ils sont heureux de vous voir, murmura le père Viannec en les encourageant du geste.

— Que disent-ils?

— Dieu vous protège!

Mais déjà l'attention des lépreux s'était détournée vers autre chose. Bercé par une longue oscillation, un sampan chargé à ras bord s'apprêtait à accoster. Parmi tout le bazar, un immense colis, recouvert de plusieurs couvertures ficelées avec soin, occupait presque toute la place. Près de cette masse imposante, une dizaine de coolies en sueur s'apprêtaient à reprendre le travail.

Viannec ne put s'empêcher de pousser un cri de joie.

— C'était donc vrai! s'exclama-t-il. Un piano ici! Je n'arrive pas à croire qu'il y aura enfin de la musique à Shek Lung!

Il se tourna vers Margaret :

— *Tin tu po yao!*

Sur le quai, des lépreux tendaient leurs mains mutilées afin d'aider Margaret à quitter l'embarcation. Elle réprima un frisson. Viannec lui murmura :

— Ne craignez rien, madame Scott. Laissez-vous toucher par leur grâce!

L'hésitation passée, Margaret saisit résolument une main tendue et se laissa hisser sur le débarcadère.

* * *

Shek Lung était un alignement de maisons basses, blanches, aux murs revêtus de chaux, avec, à l'extrémité d'un chemin de terre traversé d'ornières, une chapelle entièrement faite de bois et la Maison des sœurs, qui ressemblait vaguement à un petit couvent. Il n'existait aucun mur d'enceinte. Çà et là poussaient des touffes d'arbrisseaux, quelques arbres fruitiers, des plantes et des fleurs. En bordure de la rivière, les petites rizières se succédaient et formaient un grand damier. Des poules, des canards, plusieurs chats et un très grand nombre de chiens circulaient librement sur la petite île, dans une étrange et incessante cacophonie.

— La fierté de Shek Lung, fit le père Viannec en désignant les lépreux qui travaillaient activement au repiquage des pousses de riz. Il se récolte assez de riz pour nourrir la communauté...

— Ils ne mangent rien d'autre que du riz? demanda Margaret.

— Poisson salé, légumes et pain... mais beaucoup d'entre eux ont de la difficulté à mastiquer la nourriture... Ah! Nous y voilà! C'est ici...

Ils entrèrent dans le bâtiment. L'endroit était propre, l'ameublement sommaire. Dans une des pièces, deux sœurs hospitalières donnaient à manger à de petits enfants.

— Venez, madame Scott, elle est ici!

Margaret s'approcha du berceau. La petite Ping Ming dormait paisiblement, protégée par un moustiquaire. La jeune femme souleva doucement le filet et caressa du doigt le visage du bébé.

— Merci, murmura-t-elle en levant les yeux vers le prêtre. Mais je n'arrive pas encore à croire qu'elle puisse avoir... qu'elle puisse être atteinte de... de cette maladie... Elle est si belle...! Ne pourrait-il pas y avoir...?

— Une erreur? fit Viannec en lui prenant le bras. Pardonnez-moi cette brutalité, madame Scott, mais il n'y a pas eu d'erreur! La lèpre est une maladie totalement silencieuse ; sa période d'incubation est un mystère : de trois mois à dix ans. Ping Ming a déjà des symptômes, même si son apparence est encore normale...

Margaret fit un effort.

— Sera-t-elle... ressemblera-t-elle à... à tous ces pauvres gens?

— Dans le monde extérieur, on compare ces gens à des monstres, répondit le prêtre sans la moindre hésitation. Leur apparence peut paraître choquante. À voir certains visages, on dirait qu'ils ont reçu une décharge de plombs... Mais tous n'ont pas cette allure. Cela dépend de la voie qu'emprunte le bacille dans l'organisme. Voyez-vous, la lèpre est une maladie très ancienne au sujet de laquelle on ne sait pas grand-chose, sinon qu'elle n'est pas héréditaire.

— Y a-t-il des chances de guérison? insista Margaret.

Viannec et les sœurs hospitalières échangèrent un bref regard.

— Croyez-vous aux miracles, madame Scott? demanda le prêtre.

Pendant un court moment, Margaret ferma les yeux. Puis elle se dirigea vers les religieuses et dit à l'une d'elles :

— Puis-je prendre votre place, ma sœur?

Sans un mot, la religieuse céda sa chaise à Margaret, qui prit l'enfant sur elle et continua de le nourrir.

* * *

Margaret ne trouvait pas le sommeil. Le lit de camp était étroit et les moustiques tournoyaient inlassablement dans la petite chambre. La jeune femme avait d'abord retroussé sa robe de nuit jusqu'à mi-cuisse, puis l'avait retirée. Elle rêvassait lorsqu'elle entendit plusieurs cris ressemblant à des appels. Elle se leva, enfila ses vêtements à la hâte et sortit. Il n'y avait pas un souffle de vent.

À quelques mètres devant elle, Margaret vit des lueurs jaunes qui s'agitaient, semblables aux ébats de lucioles géantes. Des silhouettes se mouvaient et elle entendait

263

distinctement la voix du père Viannec. En s'approchant davantage, elle constata que plusieurs lépreux, armés chacun d'une perche de bambou à l'extrémité de laquelle était fixé un crochet, remuaient les hautes herbes. Soudain, l'un d'eux poussa un cri et retira prestement le bâton. Un grand serpent se tortillait violemment, la tête prise dans le piège. Le lépreux fourra aussitôt le reptile dans un panier qu'il tenait près de lui. D'autres pensionnaires de Shek Lung s'adonnaient à une chasse différente : ils attrapaient des rats et les entassaient dans des filets.

— Ah! madame Scott! s'exclama le prêtre en apercevant la jeune femme, aussi étonnée que méfiante. Je m'en veux de ne pas vous avoir avertie de nos petites expéditions nocturnes... C'est l'heure de la chasse!

— Vous chassez ces... bestioles? fit-elle avec dédain.

— Exactement! Les serpents chassent la nuit... et nous aussi! Et comme il y a un surplus de rats...

— Mais c'est dangereux! Ces serpents sont venimeux! Et les rats...!

Le père Viannec ne put s'empêcher de rire.

— Après tout ce que vous avez traversé en Chine, madame Scott, vous n'allez pas vous effrayer devant ces quelques petites bêtes! Quelques espèces sont venimeuses, c'est vrai! Mais pas celles qui vivent près des rivières et des étangs... Et puis nos protégés savent s'y prendre; il n'y a pas meilleurs chasseurs qu'eux! D'ailleurs, ces prises contribuent à l'économie de notre petite île; nous payons une bonne partie de nos provisions avec ces reptiles vivants. On nous fait de bons prix à Canton; meilleurs que ce que nous offrent ces satanés soldats, nos anges gardiens!

— Que font ici tous ces soldats, mon père?

— Ils surveillent l'île, maugréa le prêtre. Allez savoir pourquoi! Les uns disent que c'est pour nous protéger des bandits, les autres prétendent que c'est pour protéger les villages d'alentour de nos lépreux... Du moment qu'il s'agit de lépreux, on trouve toujours toutes les raisons de les accabler!

Margaret regardait la silhouette massive soulever les récipients avec une aisance impressionnante. Viannec ressemblait plus à un hercule de foire qu'à un prêtre.

D'autres clameurs montaient dans la nuit auxquelles répondaient les cigales et les grenouilles aboyeuses. Des nuées de moustiques s'abattaient sur les récipients dans lesquels les lépreux déversaient les serpents capturés. Le père Viannec tentait de les chasser avec de grands gestes. De temps à autre, sa main s'écrasait contre sa joue ou son cou.

— Satanées bestioles, grommela-t-il en se grattant énergiquement la nuque. Ces démangeaisons me font passer des nuits blanches...

Il vit que Margaret le regardait en souriant. Il la sentait vibrer d'une ferveur capable de toutes les audaces.

— Vous êtes une femme remarquablement forte, lui dit-il. Je ne connais personne qui mettrait les pieds ici à Shek Lung sans être ébranlé.

— Mais je suis ébranlée, mon père..., au-delà de ce que vous pouvez imaginer...

— Vous avez le mal du pays? lui demanda-t-il à brûle-pourpoint.

— Pas vraiment, fit-elle. Mais tout ceci...

Elle hésita. Viannec poursuivit :

— Ce n'est pas cette Chine que vous espériez trouver, n'est-ce pas? Et votre mari? Médecin, je crois...

— Oui... et professeur d'anatomie, mais surtout un passionné de préhistoire... Les origines de l'homme...

Mais aussitôt Margaret détourna la conversation.

— Et vous, mon père, votre pays ne vous manque pas?

— Mon pays, c'est ici, à Shek Lung! Ici, rien ne me manque!

* * *

La fête eut lieu dans le réfectoire, décoré pour la circonstance de guirlandes et de fleurs. Au milieu des tables occupées par une bonne partie des lépreux de Shek Lung, il y avait les victuailles : gigots de porc, poulets entiers, grands plats de riz et de légumes cuits.

Margaret était assise en compagnie du père Viannec et d'une vingtaine de sœurs hospitalières. Bien que les lépreux n'eussent d'yeux que pour la nourriture, aucun d'eux n'osait s'avancer. Voyant leur hésitation, Margaret en fit la remarque au prêtre. Ce dernier se leva et leur dit :

— Allez, allez! Cette nourriture est la vôtre. Une grande famille doit tout partager, les malheurs comme les joies; aujourd'hui, c'est jour de fête!

Méfiants, ils se regardèrent, échangèrent quelques signes. Claudiquant, certains s'appuyant sur une épaule plus robuste, ils défilèrent devant la table à victuailles. Les yeux ronds, ils se contentèrent de regarder la nourriture, ne prenant à la fin que leur habituelle portion de riz et s'en retournant à leur place.

Quelques instants plus tard, une vieille femme s'approcha péniblement de la table des convives. Son nez et sa bouche étaient réduits à des plaies béantes. Elle transportait sur son dos une compagne qui n'avait que des moignons à la place des jambes. Les yeux pétillants, elle s'adressa à Margaret en débitant un charabia incompréhensible. Sa compagne l'imita. Bientôt toute l'assemblée scandait ce qui semblait être les mêmes mots. Margaret interrogea le père Viannec du regard.

— Ils souhaitent vous entendre jouer du piano; faites-le pour eux, insista le prêtre.

Comme elle se levait, plusieurs coups de feu retentirent brusquement en provenance de la rivière. Il y eut des cris auxquels se mêlèrent aussitôt les aboiements des chiens. Déjà le père Viannec se précipitait vers la sortie.

— Que tout le monde reste ici, cria-t-il.

À l'extérieur, c'était la panique. Des lépreux, l'air effaré, s'approchaient en gesticulant. Ils montraient frénétiquement du doigt la partie escarpée du rivage. Arrivé à proximité du quai, Viannec vit des soldats qui tenaient en joue une vingtaine de personnes entassées dans une barque; des nouveaux arrivants. Deux corps ensanglantés étaient étendus sur l'étroit débarcadère. Les lépreux tentèrent une nouvelle fois de prendre pied sur le quai. Les soldats les repoussèrent à coups de crosse, vociférant, menaçant de les abattre.

La rage au corps, Viannec bouscula les militaires avec une violence telle que trois d'entre eux culbutèrent dans les eaux boueuses. Une altercation se préparait lorsque le chef du groupe s'interposa :

— Pas de place pour ces lépreux, lança-t-il d'une voix autoritaire.

— Ce ne sont pas des criminels, rétorqua Viannec d'une voix tout aussi impérative. Ces gens ont le droit de venir ici...

— Il n'y a plus de place, vous le savez bien ! Déjà plus de têtes de lépreux que ce qui est permis...

— Ici, c'est moi qui décide s'il y a encore de la place ou non !

— Plus de place ! s'entêta le Chinois. Ces têtes de lépreux vont aller voler de la nourriture...

— Je vous donne dix piastres pour chaque personne, proposa le prêtre, et je ne ferai pas de rapport sur cet incident...

Le militaire fit signe à ses compagnons d'abaisser leurs armes.

— Vingt piastres, annonça-t-il.

— Dix piastres, plus dix serpents vivants et cinquante livres de rats, relança Viannec. Vous obtiendrez au moins vingt piastres par serpent à Canton...

Le militaire fit mine d'hésiter. Il passa une main sur son cou rond et gras, jeta un coup d'œil dédaigneux au prêtre, puis à ses compagnons, et montra les cinq doigts d'une main :

— Et cinq chiens, fit-il en se bombant le torse.

Viannec leva la main à son tour et tendit deux doigts.

— Deux chiens, annonça-t-il, à condition que vous nous trouviez vingt moustiquaires !

Le Chinois approuva d'un mouvement de la tête et fit un pas de côté, cédant le passage au prêtre. Déjà, Viannec tendait les bras pour accueillir les nouveaux pensionnaires.

* * *

De violents orages avaient frappé durant la nuit. Des torrents d'eau s'étaient déversés sur l'île et la rivière avait débordé. L'eau s'était infiltrée entre les planches du réfectoire et des dortoirs, avait inondé les lieux encombrés de lits, d'armoires, de valises, de nattes et de vêtements.

Le père Viannec ordonna une mobilisation générale. Il fallut superposer les lits et sauver les vivres. Trempés jusqu'aux os, le prêtre, les sœurs hospitalières, Margaret et les pensionnaires les mieux portants évacuèrent les malades en les couvrant de nattes et de couvertures.

Lorsque la pluie cessa en début de soirée, le réfectoire ressemblait davantage à un entrepôt. Des sacs de riz étaient empilés jusqu'au plafond, alors qu'aux poutres de ce dernier pendaient des paniers, des marmites, des ballots et quelques quartiers de viande fumée.

— Ça ne peut plus durer, mon père, déplora la sœur Saint-Étienne, une religieuse au visage tout ridé. La prochaine inondation sera catastrophique. Il faudrait refaire tous les toits, monter les dortoirs sur pilotis...

Viannec se frottait nerveusement les mains.

— Je sais, ma sœur, je sais tout cela! Vous êtes avec nous depuis dix ans, plus peut-être... Ce n'est pas la première fois que vous vivez une inondation...

— Mon père, fit-elle, nous étions alors deux fois moins nombreux. Aujourd'hui, nous n'avons plus de place. Cette année, nous avons déjà perdu le produit de trois de nos cinq rizières et presque tous nos légumes; et vous connaissez mieux que moi les conséquences des incidents malheureux survenus à Canton...

Margaret, qui n'avait jusque-là soufflé mot, les regarda tour à tour et prit la parole.

— Si vous permettez, mon père, je voudrais faire quelque chose...

— Venez avec moi, lui dit-il doucement.

La lune, énorme et blanche, occupait un ciel sans étoiles. Le regard de Margaret se perdit un instant dans l'espace noyé par l'éclat blanchâtre. La voix du père Viannec la ramena à la réalité de Shek Lung.

— Madame Scott, fit le prêtre, l'aide dont nous avons besoin est considérable, je ne vous le cache pas. C'est... comment dirais-je?... une aventure qui risque de durer une vie entière à Shek Lung...

— Alors, votre aventure sera également la mienne, répondit Margaret.

Elle avait prononcé ces quelques mots d'un ton solennel, comme elle l'aurait fait d'un serment.

* * *

Bien calé dans le fauteuil de cuir chippendale, sir Elliot Sinclair écrasa lentement le bout incandescent de son cigare dans le cendrier, tout en jetant un coup d'œil à la jeune femme assise bien droite en face de lui. Ces derniers temps, l'atmosphère infernale des plaintes, des rumeurs, des tensions et des demandes de rançon ne lui avait laissé aucun répit.

— Après votre mari, c'est vous maintenant qui me donnez du souci, chère Margaret... Je trouve que vous vous exposez terriblement, si je puis dire!

— C'est bien pour cela que je suis ici, sir Elliot!

— Pour me donner du souci? fit le diplomate en clignant de l'œil d'un air entendu. Vous croyez peut-être que je cherche à rompre la monotonie de ma fonction? Rassurez-vous, la moitié des Chinois de Canton s'en chargent déjà!

Margaret apprécia l'humour de sir Elliot mais ne se laissa pas distraire pour autant.

— Ce qui m'intéresse, sir Elliot, c'est l'affreuse misère des lépreux de Shek Lung.

Le consul se renfrogna.

— Et que croyez-vous que je puisse faire, Margaret? Vous ne voudriez tout de même pas que je devienne le champion de cette cause...!

— Mais non! fit Margaret en le rassurant aussitôt du geste. Je vous demande simplement de m'aider à leur procurer des vivres en quantité suffisante... et quelques autres petites choses...

Sir Elliot la sonda du regard. En voyant la douceur qu'exprimait celui de Margaret, il se sentit faiblir.

— Ce n'est pas si simple, dit-il à mi-voix. Officiellement, nous intervenons déjà beaucoup en faveur des œuvres du ministère anglican... Vous me comprenez bien, Margaret, n'est-ce pas? Ces œuvres sont sous le patronage de Sa Majesté le roi!

— Vous n'allez pas me dire, sir Elliot, que vous en faites une affaire de religion d'État...! rétorqua la jeune femme. C'est donc ça! Ainsi, vous refuseriez d'aider cette léproserie sous prétexte qu'elle n'est pas sur la liste des œuvres de charité royales?

Décontenancé, sir Elliot battit mollement en retraite.

— Margaret, vous feriez une redoutable politicienne si toutefois cela était possible...

— Je vous promets d'y penser, fit-elle avec un sourire radieux. En attendant, vous pourriez vous occuper de quelques petites choses...

Le diplomate quitta le fauteuil et alluma un nouveau cigare. Il tira de longues bouffées avant de rejeter l'épaisse fumée bleue.

— De quelles petites choses s'agit-il?

— Des balles de coton, de la ouate, des pansements, du désinfectant; l'équivalent d'une livre de riz, de huit onces de poisson salé, de trois onces d'huile et d'une demi-livre de légumes par jour par personne; des serviettes, du savon, des peignes, des vieux jouets...

Il attendit un instant comme pour s'assurer qu'elle avait terminé la longue énumération.

— Et combien y a-t-il de lépreux à Shek Lung?

— Sept cents la semaine dernière, probablement huit cents dans deux mois, répondit-elle sans la moindre hésitation.

Il se dirigea avec lenteur vers la porte capitonnée de la vaste pièce. Pendant un instant, il songea aux préjugés courants, aux objections et aux reproches qu'on formulerait. Dans les grands yeux de Margaret, il avait vu ce qu'il croyait à jamais perdu : l'espoir. Il ouvrit la porte, ce qui signifiait la fin de l'entrevue.

— Après tout, annonça-t-il discrètement, la liste des œuvres de Sa Majesté avait grand besoin d'une mise à jour... Cela dit, ce que vous venez d'entendre devra rester entre nous!

Margaret s'inclina légèrement.

— Sa Majesté n'en saura rien, sir Elliot, vous avez ma parole! fit-elle à la blague.

21

L'endroit ne ressemblait plus à une chapelle. Ce qui restait de mobilier avait servi à alimenter les brasiers. Le reste avait été saccagé ou volé par les bandits. Une humidité persistante rongeait inexorablement les murs décrépis, et les herbes folles poussaient entre les planches mal ajustées du parquet. Personne ne se préoccupait plus des mouches. Elles tournoyaient au plafond et vrombissaient, envahissant de-ci de-là les corps décharnés qui encombraient le bâtiment. Une odeur aigre rôdait dans les lieux, alors que des femmes brassaient une lessive à l'aide de bâtons de bambou.

Scott, une barbe de plusieurs jours lui dévorant le visage, était assis par terre à côté de la litière d'un malade. Il avait le menton appuyé sur sa jambe repliée, le regard perdu.

Le faible éclairage des lanternes ne révéla d'abord qu'un visage noyé d'ombre. Scott sursauta, mais, dès qu'il reconnut Liu Ming Pei, il sourit faiblement. L'autre s'accroupit près de lui.

— Il n'y a plus de morts, lui annonça-t-il.

— Plus de mauvais vent? fit Scott en se redressant péniblement.

— Il ne souffle plus, répondit Liu Ming Pei.

Et il ajouta immédiatement :

— J'admire la connaissance que vous avez des usages de l'opium. Vous qui vous disiez un adversaire acharné... Il ne me serait jamais venu à l'idée, poursuivit le Chinois, de faire manger de l'opium en boulettes...

Scott secoua la tête :

— J'ai un peu lu sur le sujet ; manger de l'opium est une manie occidentale, si je puis dire ! Vous savez, docteur Liu, j'étais là, sur la jonque... et j'ai tout vu !

— Vous avez vu peu de choses, corrigea le Chinois. C'est votre peuple qui a répandu ce fléau dans notre pays... et au prix de deux guerres...

— Vous n'avez pas idée à quel point j'en suis navré, fit Scott.

Il tâta nerveusement ses poches, sortit sa pipe, chercha encore, mais en vain.

— Plus de tabac, laissa-t-il tomber avec dépit.

Liu Ming Pei demeura silencieux. Il se contentait d'observer la forme prostrée de Scott et remarqua qu'il avait maigri. Ses prunelles bleues avaient perdu leur éclat, ses gestes étaient empreints de lassitude.

— Vous devriez aller vous reposer ; cela fait quinze jours que vous dormez à peine...

— Oui, oui... mais je ne suis pas le seul à ne pas dormir ; vous êtes toujours là, vous aussi. En ce moment, d'ailleurs, ma femme doit être morte d'inquiétude, et malgré cela je serais venu vous voir à l'autre bout du monde... C'est d'ailleurs ce que j'ai fait !

— Et pourquoi donc ? demanda doucement Liu Ming Pei.

* * *

De temps à autre, Scott était secoué par une petite toux sèche. Il ne parlait pas, se contentant de fixer obstinément le bol de riz posé devant lui. De son côté, Martin maniait laborieusement les bâtonnets, parvenant à grand-peine à retenir quelques grains de riz à la fois.

— Pourquoi faut-il que tout soit aussi compliqué en Chine ? maugréa-t-il.

Scott ne répondit rien. De sa main droite, il chassa négligemment les mouches qui s'acharnaient sur sa propre ration de riz.

— Tu sais à quoi je pense? enchaîna Martin. À une immense table recouverte d'une nappe de soie et remplie de ragoûts de viande et de poisson, de petits hors-d'œuvre, de canards bouillis, de jambon aux choux, et de vins de Champagne... Ah oui! des vins de Champagne...!

Scott ne voulut pas en entendre davantage. D'un geste rageur, il renversa le bol de riz dont le contenu s'éparpilla sur le parquet.

— Tu sais ce qu'il m'a répondu? gronda-t-il.

— Mais de quoi parles-tu? fit Martin, éberlué.

— Liu Ming Pei... Tu sais ce qu'il m'a répondu quand je lui ai demandé d'où provenait la mandibule? Eh bien! Mon ami le docteur Liu Ming Pei m'a répondu, le plus calmement du monde : «Si j'étais dans votre pays et que je trouvais par hasard une pépite d'or chez un marchand, croyez-vous qu'il me dirait où est située sa mine?»

Martin continuait de garder le silence. Il voyait bien que le visage de Scott s'était empourpré et que ses mains étaient agitées d'un tremblement nerveux. Il hocha la tête.

— C'est tout l'effet que cela te fait? s'exclama Scott dont le ton ne cessait de monter. Tu crois peut-être que je n'ai rien dit, hein? Oui, j'ai répondu! Je lui ai dit que pour lui et ses semblables ce n'était rien d'autre qu'un vulgaire os de dragon parmi le lot, qu'ils allaient broyer de toute façon pour en tirer je ne sais quelle affreuse potion, mais que pour nous il s'agissait d'une réponse possible au plus grand des mystères... Voilà quelle fut ma réponse. Ah, Viateur...! Viateur...! J'ai une de ces envies de me saouler la gueule!

Martin, la tête inclinée sur l'épaule, demeura immobile, presque sans souffle. L'idée de la prière lui vint spontanément. Le genre de prière qui n'avait rien à voir avec l'énorme fossé qui existait entre Dieu et l'Église. Il pria en silence. Il s'adressa à ce Dieu qui symbolisait la transcendance et le mystère.

Quelque chose grouillait dans l'obscurité. Les deux hommes entendaient distinctement des bruits bizarres, semblables à de menus grattements. Puis apparurent deux silhouettes au pelage noir, hérissé, au museau pointu et fébrile. Des rats. Martin poussa un cri strident et dirigea sa chaise roulante vers les rongeurs. Couinant de peur, les bêtes s'engouffrèrent dans une fissure et disparurent. Martin continua de faire de grands gestes dans le vide.

— Je ne supporte pas la vue des rats, fit-il avec une moue de dédain. Ils ont bien failli me bouffer, là-bas, dans la tranchée!

Scott, qui n'avait jamais vu son compagnon réagir de la sorte auparavant, le regardait avec une expression d'ébahissement.

— Tu as oublié que les hommes en ont tellement bouffé que l'espèce a failli être menacée de disparition, ironisa-t-il.

— Quelle espèce? blagua Martin. La nôtre?

Le regard furtif qu'ils échangèrent livra le reste de leurs pensées. De nouveau surgit entre eux le passé. Tant de reflets d'une même vie; tant d'ombres qui escamotaient encore les formes des souvenirs, des douleurs et des espoirs!

— J'ai poussé une pointe du côté des berges et devine quoi? continua Martin. J'ai trouvé quelques restes de ces os sur les bords de la rivière des Perles! Et j'ai trouvé autre chose : un sentier, probablement très fréquenté en temps normal, en direction des collines.

— Il y en a des dizaines de ces collines, rétorqua Scott sans enthousiasme.

— Peu importe! reprit Martin. Ces collines sont intéressantes. Je les ai observées assez longuement; à première vue, on peut penser à plus ou moins trois cents millions d'années. Elles ressemblent aux formations karstiques de la Serbie...

— Je ne connais pas la Serbie, l'interrompit Scott d'une voix monocorde.

— Pas d'importance, fit Martin. Du moment que tu connais un peu la Chine! Donc, ces formations ont un intérieur de calcaire. Tu sais ce que cela veut dire?

Pour la première fois depuis un long moment, Scott se montra intéressé.

— Des eaux souterraines ? risqua-t-il.

— Exactement ! Des eaux qui agissent depuis des millions d'années ! Le calcaire est lentement dissous, des fissures d'abord, qui deviennent de véritables conduits en forme d'entonnoirs, et ensuite... ?

— Des grottes !

Les yeux de Viateur Martin pétillaient.

— Parions qu'il y a d'impressionnantes grottes à quelques pas d'ici... Philip, j'ai un pressentiment ! Je crois sincèrement que nous sommes tout près... tout près d'Ada !

* * *

Le sommeil était venu à bout de Philip Scott. Pendant les premiers instants, il battit des paupières et sa tête bascula d'un côté à l'autre. Puis il s'abandonna, les jambes pendantes, les bras croisés sur la poitrine. Par contre, Viateur Martin ne s'endormait pas. Une heure durant, il écrivit dans un calepin, s'arrêtant à plusieurs reprises pour réfléchir. Il aligna paragraphe sur paragraphe, ajoutant au besoin quelques croquis grossièrement esquissés. Il finit par s'endormir dans la chaise roulante. Il ne sut trop ce qui le réveilla aussi brusquement. Peut-être l'humidité qui le glaçait, peut-être les quintes de toux de Philip. Le corps en boule, ce dernier dormait la bouche ouverte, la respiration sifflante. Martin grelottait. Il se couvrit les épaules de la couverture de laine qu'il gardait habituellement pliée sur ses cuisses et tira sa montre. En voyant l'heure, il crut qu'elle était arrêtée. Il la colla contre son oreille et discerna le tic-tac régulier. Il était à peine minuit.

Scott s'agitait. Il avait de nouvelles quintes. Par la mince ouverture qui servait de fenêtre, Martin distingua un rougeoiement qui s'intensifiait, puis entendit le bruit menu de pas. Quelqu'un cogna doucement.

— Qui est là ? fit-il, méfiant.

On cogna une nouvelle fois et la porte s'ouvrit. Émergeant de l'ombre, Liu Ming Pei s'avança dans la pièce, déposa la lanterne et s'inclina.

— Je vous dirais bien de venir vous chauffer près du feu, fit Martin d'un ton narquois.

Liu Ming Pei semblait indécis. Il venait de voir Scott qui dormait, affalé dans un coin de la pièce.

— Pardonnez-moi cette intrusion, dit-il, mais je dois vous parler...

— À moi? s'étonna Martin.

— À vous deux!

Lorsque Martin toucha les mains de Scott pour le réveiller, elles étaient crispées, presque blanches, comme si, malgré le sommeil, elles continuaient de lutter. Au toucher, Scott les retira prestement, voulant sans doute, inconsciemment, les mettre hors d'atteinte. Puis il ouvrit les yeux, un peu ahuri de voir Martin à ses côtés et, surtout, Liu Ming Pei à quelques pas, qui le regardait d'un air préoccupé.

— Comment vous sentez-vous? s'enquit doucement Liu Ming Pei.

Scott ne se sentait pas bien. Il grelottait, son visage était brûlant, ses paupières meurtries, et ses oreilles tintaient sans interruption. Il déplia douloureusement ses jambes tout en frottant ses yeux bouffis.

— Comme quelqu'un qui a passé des heures dans une mare de boue glacée, fit-il d'une voix pâteuse.

Liu Ming Pei s'approcha.

— Vous permettez?

Il porta la main au front de Scott, le long de sa nuque, puis lui tâta le pouls.

— Heureuse fortune, murmura-t-il.

— Que voulez-vous dire?

— Votre cœur bat à la vitesse des coups de bec d'un oiseau en train de picorer. Dérèglement de l'énergie! De bonnes herbes mêlées à un peu de poudre d'os et quelques heures de sommeil vous redonneront de la vigueur.

Scott secoua la tête. Il chercha un prétexte pour détourner la conversation.

— Reste-t-il un peu d'eau bouillie? demanda-t-il en s'adressant à Martin.

Ce dernier montra la cruche de terre cuite sur la table. Scott se leva péniblement. Il remplit une tasse et but à grandes gorgées, ne s'interrompant que pour tousser.

— Vous vouliez nous parler, docteur Liu? fit Martin.

Ce fut au tour de Liu Ming Pei de paraître quelque peu embarrassé.

— Je suis venu vous présenter mes excuses, dit-il en affichant un air grave. Je veux que vous sachiez, tous les deux, que vous avez droit à la reconnaissance de Dao Xian. Les gens d'ici pensent que vous êtes des hommes hors du commun... et je le pense également! Sans vous, ce n'est pas cent morts que nous aurions à déplorer, mais la disparition de Dao Xian...

— Nous sommes très touchés..., commença par dire Martin.

Mais Scott ne l'entendit pas de la même façon. Il déposa bruyamment la tasse et dit :

— J'ai tout abandonné pour répondre à votre appel, docteur Liu. Viateur est venu de l'autre bout de la terre. Il est temps que vous sachiez ce que ce fragment d'os représente pour nous!

Il y eut un silence. La lueur de la lanterne accentuait la pâleur de Scott. Engoncé dans la couverture, Martin ressemblait à un vieil homme.

— Nous avons un secret, finit par dire Liu Ming Pei d'une voix lente.

— Un secret? firent Scott et Martin, presque à l'unisson.

— Au sujet de l'emplacement des os de dragon, poursuivit le Chinois.

— Et la mandibule... l'os de dragon... est une partie du secret? demanda Scott.

Liu Ming Pei hésita, puis enchaîna :

— Nous avons une légende, à Dao Xian! Il y a fort longtemps, un dragon a habité dans une montagne, ici même. Puis il y eut des guerres. Mais en apprenant que cette montagne était le refuge d'un dragon, un roi a décidé que nul ne profanerait ce lieu. Depuis, le dragon a toujours protégé les habitants de Dao Xian. En échange, ces derniers gardent le secret.

— Mais que craignez-vous tant ? fit Martin.

— Des envahisseurs ! Des étrangers sans scrupules qui viendraient creuser, violer ce lieu, voler la seule richesse de ses habitants...

— Mais tout ce que nous voulons, docteur Liu, c'est trouver une réponse, l'interrompit Scott. Vous êtes notre seul espoir !

— Donnez-moi votre parole d'honneur que le secret de Dao Xian demeurera ce qu'il est : un secret !

— Vous l'avez ! lança Scott.

— Tous les os de dragon proviennent d'un seul endroit, dit alors Liu Ming Pei. Il s'agit de la colline du Roi-Dragon !

— Le Roi-Dragon ! C'était donc ça ?

Liu Ming Pei sourit en voyant l'étonnement de Scott.

— Je vous l'avais dit, nous vivons dans un monde d'apparences ; c'est une chose d'entendre, mais une autre de connaître. Bientôt, je vous mènerai à cet endroit.

* * *

Canton connut une nouvelle flambée de violence. Cette fois, les émeutiers s'attaquèrent aux factoreries. Les portes et les fenêtres furent arrachées, les escaliers fracassés, les dalles qui revêtaient le sol mises en pièces, les marchandises éventrées, répandues dans les rues, brûlées. Plusieurs résidences étrangères furent également saccagées. On brisa les élégantes verreries, les lustres, pilla les bibliothèques et molesta les domestiques chinois qui tentaient de défendre les biens de leurs maîtres. Quelques-uns furent exécutés et leurs têtes exhibées comme des trophées au milieu d'une foule survoltée.

Même la cathédrale fut assaillie. Les manifestants s'attaquèrent aux lourdes portes qu'on avait barricadées de l'intérieur. D'autres escaladèrent les murs et défoncèrent les vitraux. Armés de fusils, de lances et de sabres, ils se mirent à tirer sur les hommes, les femmes et les enfants, tous agenouillés devant l'autel. Parvenus dans la nef, les assiégeants s'acharnèrent sur la croix et les statues. En poussant des cris et des hurlements féroces, ils les réduisirent en pièces, puis installèrent quelques statues d'idoles sur le même autel, brûlant ensuite de l'encens et déposant des offrandes au son des cymbales et des tambours.

L'avis d'évacuation fut transmis à tous les ressortissants. Dans la cohue, ces derniers essayèrent de tout emporter : vaisselle, vêtements, œuvres d'art, même les moustiquaires, les couvertures, les dessus de lit et les rideaux. Au consulat de Grande-Bretagne, on entassa des sacs de sable et on mit les troupes en état d'alerte. Sur la rivière des Perles, les canonnières, en formation de combat, n'attendaient plus que l'ordre d'ouvrir le feu.

Dans son bureau encombré de caisses et de documents, Mortimer Harris essayait, tant bien que mal, de répondre à toutes les urgences. Margaret Scott avait pratiquement forcé la porte du premier secrétaire et l'avait sommé de lui accorder l'entrevue qu'elle sollicitait en vain depuis quatre jours.

— Grand Dieu ! lui lança Harris. Madame Scott, j'ai ici plus de dossiers urgents que je ne pourrai en régler dans toute ma vie... et ils sont tous aussi importants les uns que les autres : des disparitions, des églises saccagées, des demandes de rançon... Surtout des demandes de rançon ! Pour ce qui est du docteur Scott, je garde le dossier en tête de liste...

— Épargnez-moi votre jargon diplomatique, monsieur Harris ! Cela fait maintenant vingt-cinq jours bien comptés que mon mari et Viateur Martin ont quitté Canton ; je sais qu'ils sont en danger et j'exige que les autorités britanniques m'aident à les retrouver.

Harris allait répondre lorsqu'une secrétaire entra. Elle regarda Margaret et parla à voix basse à Mortimer Harris. Ce dernier fit mine de parcourir un dossier, le feuilleta nerveusement, s'épongea deux ou trois fois le front. La secrétaire se retira, non sans avoir toisé une nouvelle fois la jeune femme.

— Vous vouliez voir sir Elliot? fit Harris avec un certain détachement dès qu'ils furent seuls. C'est l'occasion, madame Scott. Dans quelques instants, le consul général va s'adresser à toutes les personnes présentes là-bas, dans le grand salon...

Considérant leur entretien comme étant terminé, il se dirigea vers Margaret afin de la saluer.

— Ne vous donnez pas cette peine, monsieur Harris, lui lança-t-elle.

— Mes hommages tout de même, madame Scott. Et croyez-bien que nous faisons tout ce qui est en notre pouvoir...

* * *

Une chaleur d'étuve régnait dans le grand salon. Les domestiques avaient rangé les meubles le long des murs afin de permettre aux réfugiés d'y prendre place. Sir Elliot ne s'était pas fait attendre. Il consulta brièvement ses notes.

— Mesdames, messieurs, je serai bref. Canton est en état de siège. Vos résidences, vos maisons de mission, celle de l'évêché de Canton, la cathédrale ont été saccagées. Des milliers de grévistes manifestent. Il y a eu des attentats. Avec la grève générale, les marchands ne vendent plus aux étrangers. Dans les circonstances, et pour votre propre sécurité, nous devons vous évacuer vers Hong Kong pendant qu'il en est encore temps... Des embarquements auront lieu dès ce soir. Deux canonnières de la Royal Navy vous escorteront jusqu'à Hong Kong. Là-bas, vous serez en territoire britannique...

Des murmures s'élevaient de partout. Un missionnaire se leva.

— Excellence, vous nous demandez de laisser derrière nous des orphelinats, des léproseries et de nombreux baptisés qui seront totalement démunis sans notre présence... Ne pourriez-vous pas nous autoriser à demeurer parmi eux? Nous en acceptons tous les risques...

Sir Elliot l'apaisa d'un geste.

— Mon père, vos intentions sont généreuses et votre dévouement est un exemple pour nous tous. Mais, mort, vous ne leur serez d'aucune utilité. Nous attendons des renforts et, dès leur arrivée, nous rétablirons l'ordre une fois pour toutes. Vous pourrez alors reprendre votre apostolat. D'ici là, je vous souhaite une bonne route jusqu'à Hong Kong... et que Dieu sauve le roi !

Margaret n'attendit pas que le diplomate se fût retiré. Elle se fraya un chemin jusqu'à lui.

— Sir Elliot, fit-elle, écoutez-moi, je vous prie. Je suis toujours sans nouvelles de mon mari et de son compagnon. Je ne peux pas partir...

— Margaret, dit-il en la prenant affectueusement par les épaules, ce n'est pas possible. Nous devons évacuer tout le monde sans exception. D'une certaine manière, bien que nous ne sachions pas où est Philip, il risque peut-être moins là où il est qu'en plein cœur de Canton. Croyez-moi, il faut laisser passer l'orage.

— Ce n'est pas un orage, sir Elliot, répondit-elle en affectant le plus grand calme, c'est un tremblement de terre. Vous savez très bien que vous venez de perdre la Chine ! Ne me demandez pas de perdre mon mari !

Sir Elliot eut à peine le temps de saluer la jeune femme avant que celle-ci ne s'éloigne.

Quelqu'un l'appela par son nom. Elle reconnut Cecilia Cameron. L'incident de la gifle lui revint aussitôt à la mémoire. Elle haïssait ce visage austère, cette voix cassante aux accents aigus.

— Je ne vois pas le docteur Scott...

Margaret serra les dents.

— C'est justement parce qu'il est docteur que vous ne le voyez pas, répliqua-t-elle. Il a autre chose à faire !

— Cela vous regarde ! Votre séjour aura finalement été court...

— Au risque de vous décevoir, madame, non ! Vous, vous partez ; moi, je reste en Chine !

Elle continua, sachant que la femme du révérend Cameron la suivait du regard, vexée qu'elle ne se retournât même pas.

22

Liu Ming Pei la montrait de son bras tendu.

— La colline du Roi-Dragon, annonça-t-il d'un ton presque solennel.

Elle se dressait au milieu de toutes les autres collines comme un monument solidement bâti. Ses flancs étaient assez réguliers, à peine plissés malgré le grand âge de ces formations karstiques autour de Dao Xian.

Du pied de la colline, Philip Scott apercevait la colonne des villageois qui avaient entrepris la lente ascension. Ils empruntaient un chemin tortueux qui longeait d'un côté la muraille de pierre, de l'autre le ravin. Tout en haut, ils franchissaient les dernières pentes de rocs à l'aide d'échelles de bambou dressées le long de la falaise. Puis, d'un seul coup, ils s'enfonçaient dans la terre, tels des fantômes. Seul le bruit confus de leurs voix parvenait encore aux oreilles de Scott et de ses deux compagnons.

— Regarde-les, fit Martin à voix basse en s'adressant à Scott. Hier encore, ils tombaient comme des mouches; aujourd'hui, c'est comme si le choléra n'avait jamais existé.

Puis il interpella Liu Ming Pei :

— Il faut monter là ?

Le Chinois sourit.

— C'est ce que les gens du village font tous les jours depuis des générations, répondit-il.

— Merci, mais pas pour moi ! fit Martin tout en esquissant un geste d'impuissance.

Il prit Scott par le bras et l'attira vers lui.

— Je n'ai plus envie de me donner en spectacle, Philip, lui murmura-t-il à l'oreille. J'en ai assez de me faire trimballer comme un vulgaire sac de riz. Je vais tranquillement profiter d'une chaise à porteurs et découvrir les environs. Qui sait ? À tout hasard, j'ai ma lorgnette !

Il serra les mains de Scott et lui fit un clin d'œil. Quelques minutes plus tard, lorsque Scott se retourna, il ne distingua guère plus qu'une silhouette immobile, coiffée d'un grand chapeau de paille et enveloppée d'une couverture grise.

* * *

Ce fut d'abord une courte angoisse, puis un frisson qui le secoua de la tête aux pieds.

La galerie souterraine avait été creusée au hasard. Tantôt elle n'était rien de plus qu'une veine étroite, pleine d'arêtes, à peine plus haute qu'un homme, tantôt elle s'élargissait et ressemblait davantage aux couloirs d'une mine de charbon. Les parois ruisselaient d'eau. Des coulées continues léchaient la pierre, la rendant luisante.

Pendant les premiers instants, le temps que ses yeux s'habituent à l'obscurité, Scott ne vit que des lueurs blafardes et des formes furtives qui s'agitaient. Il entendait tousser, cracher, comme si toutes ces poitrines étaient à court de souffle, écrasées par le poids de la terre.

Finalement, il distingua des hommes. Leurs visages étaient grimaçants, barbouillés ; leurs torses couverts de sueur à laquelle se mêlait une poussière tenace. D'un même rythme entêté, tous ces gens creusaient la terre. Ils détachaient des blocs entiers, les élevaient en tas. D'autres bras les réduisaient aussitôt en débris qu'ils entassaient ensuite dans d'énormes paniers en osier. Scott était fasciné par cette vision spectrale. Il s'imaginait au centre de la terre, au milieu d'un peuple sans nom et sans âge. L'idée de l'esclavage lui traversa l'esprit. La légende du dragon ne serait-elle qu'une invention de Liu Ming Pei afin de se donner bonne conscience? Scott ne le croyait pas. Le Chinois ne lui avait-il pas dit un jour que le dragon c'était la Chine? Il imagina un instant qu'une tête effroyable surgissait des entrailles de la terre, puis que le monstre sortait entièrement et, saisi de colère, se jetait toutes griffes dehors sur les profanateurs de son refuge. Les odeurs diverses et les bruits insolites le ramenèrent à la réalité.

Sitôt les paniers remplis de terre et d'ossements, d'autres hommes, munis d'un balancier de bambou posé en travers des épaules, les soulevaient péniblement. Ils s'arc-boutaient, les jambes bien écartées pour se donner des points d'appui solides, puis poussaient de tous leurs muscles. Le corps pratiquement cassé en deux, les bras raidis, ils se dirigeaient vers la sortie en pataugeant dans la terre humide. Parvenus à l'orée du tunnel, ils se mettaient à genoux pour déposer leur charge. D'autres porteurs les attendaient, accroupis sur leurs talons. Parmi eux, des vieillards et des enfants. Ils redistribuaient les débris dans de plus petits paniers, qu'ils hissaient ensuite sur leurs épaules. D'une même cadence, ils amorçaient la longue descente vers la rivière des Perles.

À l'intérieur de la galerie, Scott avait eu le temps d'examiner les monceaux de débris osseux extirpés à force de bras par les villageois de Dao Xian.

— C'est donc ici que se trouvent enfouis tous ces os de dragon, murmura Scott.

— Ici... et ailleurs, corrigea Liu Ming Pei qui l'avait suivi pas à pas. Mais tous ceux que vous avez vus chez moi proviennent du ventre de cette colline...

Scott passa deux autres heures à manipuler les restes fossilisés, les crânes brisés, les os brunâtres. Mêlés à la terre comme autant de racines tenaces, ils formaient un assemblage de formes bizarres.

Sous la tortueuse arcade faiblement éclairée par quelques lanternes de fortune, Scott se sentait plongé dans un univers de ténèbres. Au milieu des échos multipliant les bruits de tous ces terrassiers à l'œuvre, il lui semblait entendre à tout moment une voix sortant de la pierre.

Lorsqu'il emprunta finalement le chemin de la sortie, il eut l'étrange impression d'une procession de fantômes.

Liu Ming Pei et Scott gardèrent le silence durant toute la descente. Le jour était gris et les alentours étaient noyés dans le brouillard. Quand ils furent parvenus aux confins du village, Liu Ming Pei s'arrêta. Il sentait le désarroi dans l'attitude de Scott. Il le regarda droit dans les yeux et dit posément :

— Ce que vous cherchez est ici et vous le savez. Je vous avais dit que tout s'accomplirait pour vous pendant cette année du Buffle... Tout s'accomplira !

* * *

De temps à autre, Scott jetait un rapide coup d'œil en direction de Martin, mais à la dérobée et sans prononcer le moindre mot. Ce dernier dessinait laborieusement. Le croquis représentait la coupe transversale d'une colline. On y voyait les différentes strates et, au niveau supérieur, un espace qui correspondait aux galeries d'extraction d'os de dragon. En dessous, la coupe d'une immense grotte.

— Voilà ! fit Martin d'un ton visiblement satisfait.

Scott se pencha quelque peu, jeta un œil distrait sur le dessin, puis haussa les épaules. Il ne fit aucun commentaire.

— L'avantage d'être en chaise roulante, expliqua Martin, c'est qu'on a tout le temps qu'il faut pour observer ce qui est autour de soi et bien réfléchir... Avec mes deux porteurs chinois, je me suis rendu sur l'autre versant de la colline et j'ai découvert ça !

Nouveau haussement d'épaules de Scott.

— Ça, Philip, c'est la colline du Roi-Dragon vue de l'intérieur...

Du doigt, Martin montra la coupe des sites d'extraction.

— Les Chinois travaillent dans les deux ou trois strates supérieures, poursuivit-il. En tout, il y a une douzaine, peut-être quinze strates de dépôts : gravier, calcaire, sable...

— Je sais, je sais, fit Scott, impatient. Et alors ?

Martin recula sa chaise roulante et le regarda.

— Qu'as-tu trouvé dans les galeries? demanda-t-il en plissant les yeux. Quels genres d'ossements?

— Plutôt récents, répondit mollement Scott. De mammifères pour la plupart. En tout cas, rien pour nous rapprocher d'Ada...

— Ah non? l'interrompit Martin. Plutôt le contraire, tiens! Dis-moi, qu'est-ce que tu as vu chez Liu Ming Pei? Les fossiles, quelles espèces?

— Ours, hyène, hipparion, tigre à dents de sabre...

Martin revint au croquis.

— Si tous ces fossiles, ces crânes ont été trouvés dans cette colline, comme te l'a assuré Liu Ming Pei, la mandibule d'Ada a forcément été trouvée au même endroit ou à peu près. Or, toutes les espèces que tu as nommées sont antérieures au pléistocène, donc vieilles de plus de trois millions d'années... Tiens, l'ours par exemple: c'était un habitant commun des cavernes durant les temps glaciaires en Asie. Et qui était cet ours d'Asie? Un cousin géant de l'ours brun actuel. Les hyènes? Des locataires des cavernes il y a quelques millions d'années...

— Conclusion? risqua Scott.

— Philip, les chances de fossilisation d'un cadavre sont incroyablement faibles à l'air libre, tu le sais mieux que moi. On estime qu'en huit ou dix ans toute trace d'un os a disparu, sauf...

— Sauf s'il y a enfouissement, fit Scott, encore qu'il faille des conditions stables...

— Ce que procurent généralement les profondes cavernes, reprit Martin, puisque les modifications climatiques n'ont pratiquement aucune incidence sur des fossiles ainsi enfouis...

D'un geste brusque, Scott prit la feuille de papier et étudia le croquis plus attentivement.

— Qu'as-tu vu exactement? demanda-t-il à Martin sans quitter la feuille des yeux.

— Une ouverture bien abritée par un couvert de feuillus, répondit Martin. Une ouverture avec un surplomb assez vaste pour constituer un toit... Écoute, Philip : une telle ouverture ne peut qu'être le résultat d'une formidable érosion, une affaire qui a duré trois ou quatre millions d'années ! Tu saisis ? Le mystère est à cent ou deux cents mètres plus bas, derrière cette ouverture...

Les yeux de Scott s'étaient mis à briller.

— Habitable ? fit-il.

— Je te parie ce qui me reste de jambes ! Et tu sais quoi ? Ton Van Heeg peut toujours remuer l'Europe à la petite cuillère si ça lui chante... Tout ce qu'il risque de trouver, ce sont deux tibias de curé !

* * *

Sur la rive de la rivière des Perles, le long cortège des manifestants se termina brusquement par un corps de troupe de plus de trois mille hommes, défilant sur deux rangs, conduit par des officiers russes masqués et à cheval.

Subitement, tandis que les cadets de l'académie militaire de Whampoa se trouvaient entre le pont de la Victoire et le pont Anglais, l'officier de tête fit mettre bas le drapeau et tira un coup de revolver en l'air. C'était le signal convenu. Les cadets firent face à l'île de Shamian et épaulèrent leurs fusils. Au second coup de revolver, ils ouvrirent le feu.

Les défenseurs répliquèrent aussitôt. Les quinze mitrailleuses en batterie prirent les cadets en enfilade, créant de grands vides dans les rangs. Les jeunes aspirants coururent en tous sens, cherchant abri derrière des barricades déjà prêtes.

Une première canonnière anglaise essaya de s'approcher pour donner un appui d'artillerie aux défenseurs. Elle ne put toutefois pénétrer dans le canal car les sampans lui faisaient complètement obstacle. Ce fut une canonnière française qui, la première, s'approcha suffisamment du pont de la Victoire pour tirer quelques salves meurtrières. Les barricades volèrent en éclats, des maisons furent soufflées, s'écroulant comme des châteaux de cartes, des corps furent pulvérisés. En moins de trente minutes, les Chinois abandonnèrent quelque cinq cents tués et plus d'un millier de blessés parmi la masse de décombres fumants.

Shamian devint un formidable camp retranché. En représailles, le gouvernement révolutionnaire de Canton décréta la loi de la confiscation. Tout marchand qui oserait vendre des vivres aux quelques étrangers qui demeuraient encore dans l'enclos d'une des concessions serait aussitôt brûlé vif. Les manifestants occupèrent la plupart des maisons jusque-là réservées aux étrangers. Les cloches de la cathédrale ne sonnèrent plus. Il n'y eut plus d'office ni de messe. Les derniers réfugiés furent réduits à n'avoir plus rien à manger. Quelques-uns se barricadèrent, portes et fenêtres verrouillées à double tour. Les révolutionnaires, grimpés dans les arbres, les surveillèrent patiemment. Au bout de trois jours, les réfugiés, à bout de forces, furent chargés de chaînes et conduits en prison.

Cette nuit-là, un immense feu illumina le ciel de Canton. Les Chinois incendiaient les derniers bateaux de fleurs. Il n'y eut aucun survivant parmi ceux et celles qui y avaient trouvé refuge.

* * *

La résidence des Scott avait été saccagée au point de ressembler à une de ces demeures défoncées par des tirs d'artillerie. Des décombres jonchaient le plancher des vastes pièces du rez-de-chaussée. À l'étage supérieur, les matelas éventrés sentaient déjà le moisi. Les éclats des fenêtres fracassées étaient éparpillés sur les tapis souillés et à demi arrachés. Par miracle, Margaret avait échappé à la frénésie meurtrière des manifestants. Grâce à la complicité de Yu Sheng et des derniers domestiques chinois, elle s'était réfugiée dans un des recoins secrets de l'immense cave. Elle s'y était cloîtrée pendant cinq jours, sans bouger pratiquement, contrainte de respirer un air vicié. Dans l'obscurité permanente du lieu, elle n'entendait que les grattements des rats et des souris. La deuxième journée, prise de frayeur, elle avait vomi, puis, à bout de forces, s'était évanouie. Quelques heures plus tard, s'étant remise un peu, ses yeux habitués au noir, elle avait réussi tant bien que mal à aménager un coin de la cave à l'aide de caisses, de couvertures et d'un matelas vieillot qu'elle avait trouvé parmi les objets hétéroclites éparpillés sur le sol humide.

Trois autres jours avaient passé. Margaret souffrait davantage de la soif que de la faim. Son dos la faisait terriblement souffrir, puisqu'elle était contrainte de se déplacer presque voûtée.

Le soir du cinquième jour, des bruits sourds la firent sursauter. D'autres bruits encore, puis des mouvements insolites. On cherchait à s'introduire dans la cave. Elle entendait des chuchotements.

S'emparant du pistolet que lui avait laissé Philip, elle le pointa au jugé et lança d'une voix ferme :

— Qui est là? Je vous préviens, je suis armée... et je sais tirer !

Les mouvements cessèrent aussitôt.

— Qui est là...? s'écria de nouveau Margaret.

Une voix étouffée lui répondit enfin :

— C'est moi, Yu Sheng! Honorable Ping Ming, c'est *number one boy* !

Déjà des formes humaines se glissaient près d'elle. Yu Sheng était accompagné de trois domestiques.

— Mais tu es fou, Yu Sheng! s'exclama-t-elle. Si tu te fais attraper, on va te jeter en prison... et peut-être même pire encore...

Yu Sheng ne répondit rien. Il lui prit les mains et la guida jusqu'à l'étroit escalier, puis l'aida à monter les quelques marches branlantes. Elle était faible. Parvenue au rez-de-chaussée, elle faillit s'écrouler. Ses yeux lui faisaient horriblement mal.

Yu Shen lança des ordres à voix basse. Aussitôt, les autres domestiques s'agitèrent. En peu de temps, ils entassèrent un tas de provisions, parmi lesquelles du riz, du poisson séché, des fruits et de l'eau.

— Pour vous, honorable Ping Ming, fit Yu Sheng en montrant fièrement les ballots et les cruches.

Émue, Margaret s'effondra en larmes. Yu Sheng eut du mal à contenir sa propre émotion.

— Je ne sais pas quoi dire, Yu Sheng, sanglota Margaret. Jamais je n'oublierai ce que toi et tes amis avez fait ce soir. Jamais!

Elle le prit dans ses bras et le serra contre elle comme elle l'eût fait d'un ami après une longue séparation.

* * *

En vain Scott chercha-t-il le sommeil. À travers le silence de la longue nuit, il voyait des ombres, entendait des appels. Qu'était-il venu faire véritablement à Dao Xian? Quelle tâche était la sienne? Quel monde espérait-il découvrir?

De rares traces et si peu d'empreintes. Un million d'années. Le vertige absolu. Un monde qui n'en était pas un. L'homme qui adoptait la station verticale, qui ne maîtrisait pas encore le feu, qui inventait l'outil de pierre, qui découvrait le pouvoir redoutable de l'arme de poing. Un million d'années. Une planète d'océans et de terres sans noms ni frontières, à peine peuplée de quelques milliers d'individus.

Si rares aujourd'hui encore ces fossiles humains alors que des millions d'os de dragon jonchaient les couches des gisements fossilifères de la Chine entière. Si rares parce qu'ils n'étaient déjà pas nombreux au milieu de la faune préhistorique. Une espèce d'exception qui s'annonçait, comparée aux dinosaures. Des êtres infiniment plus intelligents puisqu'ils ont su éviter les risques d'embourbement dans les tourbières ou encore d'enlisement dans les sables mouvants. Ils se déplaçaient, ne broutaient pas l'herbe, mouraient au hasard des migrations, sous l'assaut d'un prédateur, souvent en plein air et au grand vent, ne laissant pratiquement aucune trace de leur éphémère passage. Mais ici et là, à quelques milliers de kilomètres les uns des autres, les fragments de quelques cadavres lentement recouverts par le sable et la boue charriés par une rivière souterraine, puis scellés par une des nombreuses stratifications superposées devenues, à la longue, le plancher d'une grotte, attendaient que la main d'un fouilleur insensé les délivrât.

L'ombre d'Ada hantait Scott. Était-il de ces rares élus à avoir franchi le pas déterminant, ou de la multitude des exterminés, disparus sans laisser de postérité durable ? Quelle place Ada occupait-il dans l'arbre généalogique de l'humanité ? Ada appartenait-il à la souche des primates ? L'évolution avait-elle créé suffisamment de distance anatomique entre Ada et le singe anthropoïde ? Ada était-il cette variable encore indéfinie qui permît enfin le passage de la souche simienne à l'homme ? Ada parlait-il ? Les esquisses et les moulages conjecturaux que Scott et Martin avaient si fébrilement réalisés rendaient-ils justice à ce qu'avait été en réalité Ada ?

Personne n'avait su imaginer autre chose qu'un être primitif, possible progéniteur commun, apparu sur terre dans un état intellectuel bien inférieur à celui des cerveaux les plus dégradés. Un être équivoque par conséquent, mais qui avait néanmoins été capable de dominer progressivement l'environnement le plus hostile avant de se disperser en des territoires très éloignés les uns des autres.

Scott imagina alors Ada doté d'un mince pouvoir d'imagination et de curiosité, cherchant à comprendre ce qui se passait autour de lui, étreint par les premiers vertiges métaphysiques et bouleversé par des rêves préfigurant le monde des impressions et de l'invisible.

Lentement, comme la bête blessée, Scott sombra dans ce qui restait de nuit.

* * *

Les premières choses que vit Scott en ouvrant les yeux furent les couvertures entassées au pied de la couche vide de Martin et l'écuelle de riz sur la table, inentamée.

Les lueurs de l'aube s'infiltraient par les fentes de la porte. Scott était persuadé d'avoir entendu un bruit de ferraille ainsi que des hennissements de chevaux. Mais, pour le moment, il n'entendait rien d'autre que des coups sourds, intermittents.

La pièce lui parut soudainement trop vide, trop immense. Sans qu'il sût autre chose, il se doutait qu'un événement grave se préparait. De nouveau, les bruits sourds, auxquels se mêlaient distinctement cette fois le martèlement de sabots et les toussotements d'un moteur. Mais Scott n'en entendit pas davantage. La porte s'ouvrit, cédant le passage à un Liu Ming Pei agité.

— Venez! lui dit le Chinois. Vous ne pouvez pas rester ici un instant de plus!

Ses yeux se devinaient à peine, mais la lueur d'angoisse qui les animait et le ton sur lequel il avait dit ces derniers mots ne laissaient planer le moindre doute.

Scott ne bougea pas. Il feignit de garder son calme. Liu Ming Pei étendit le bras en direction de la rivière.

— Venez! répéta-t-il. Votre vie est en danger! Cheng Li et ses hommes arrivent!

Scott voulut l'interroger, mais Liu Ming Pei lui lança le sac qu'il tenait sous son bras.

— Mettez ces vêtements en vitesse et suivez-moi!

— Je ne pars pas avant de savoir ce qui est arrivé à Viateur...

Liu Ming Pei le regarda avec sévérité.

— Pas le temps! gronda-t-il. Je verrai ce que je peux faire... Allons, dépêchez-vous!

23

Les villageois avaient dressé une longue table devant la maison du gouverneur et l'avaient garnie de plusieurs bouteilles de vin de riz, de pâtisseries, de fruits et de fleurs.

Notables de Dao Xian et mercenaires s'opposaient, les uns et les autres placés coude à coude, comme des pièces rangées sur un échiquier.

Cheng Li semblait à l'étroit dans son uniforme kaki décoré de plusieurs étoiles d'or, insignes qui suggéraient un grade élevé. Son visage aux larges saillies et aux paupières bridées, mi-closes, ressemblait davantage à celui d'une statue qu'à celui d'un humain. Il donnait l'impression de regarder sans voir, quoique Liu Ming Pei ne sût que trop que le seigneur de la guerre n'avait cessé d'épier ses moindres mouvements. Il hochait constamment la tête en ayant l'air de comprendre tout ce que le gouverneur Shu Shin Ho, en robe de soie pour la circonstance, tentait de lui expliquer. De temps à autre, il jouait négligemment avec la crosse du pistolet militaire qui pendait à son ceinturon.

Cheng Li fumait sans arrêt des cigarettes emmanchées dans un petit tube au bout d'ivoire, que lui présentait tout allumées un de ses assistants. De fait, une quinzaine de gardes du corps, armés jusqu'aux dents, se tenaient debout derrière son fauteuil, à l'affût du moindre signe.

— *Tien Hsia Wei Koung* (Ce qui est sous le ciel appartient à tous), déclara Liu Ming Pei d'une voix respectueuse.

C'est pourquoi l'honorable Shu Shin Ho s'inquiète du grand nombre d'hommes armés qui vous accompagnent. Peut-être y a-t-il un malentendu?

Cheng Li regarda rapidement autour de lui et feignit un sourire entendu.

— *P'eng yen tchi!* (Tout dépend de votre chance!) Vous devriez le savoir, honorable Liu, les routes sont de plus en plus dangereuses. Il y a des soldats partout. Même la rivière des Perles est étroitement surveillée. Franchement, il nous faudra plus d'hommes et d'armes pour défendre votre village contre tous ceux qui convoitent vos richesses... et ils sont nombreux!

Il y eut un silence. Liu Ming Pei en profita pour faire servir le thé. Il savait fort bien que Cheng Li n'était pas dupe. Il était à la tête d'une véritable entreprise de brigandage, capable de rançonner et de prélever des tributs en espèces et en nature. La plupart des seigneurs de la guerre étaient d'ailleurs de connivence avec l'armée régulière. Plus souvent qu'autrement, elle cédait à ces hommes en les nommant à des grades supérieurs allant jusqu'à celui de général, selon l'importance des forces dont ils disposaient.

Un signe imperceptible de Cheng Li. On lui présenta aussitôt une nouvelle cigarette. Il aspira longuement puis rejeta l'épaisse fumée. Shu Shin Ho rompit le silence.

— Nous avons toujours payé en conformité avec nos accords, fit-il. La dernière fois, nous vous avons versé cent mille sapèques. Aujourd'hui, vous en exigez trois fois plus... Ces derniers temps, Dao Xian a bien failli disparaître sous la force d'un mauvais vent...

Cheng Li lissait sa moustache d'un geste machinal.

— Ce mauvais vent a presque décimé ma modeste armée, répondit-il sans sourciller. Dois-je rappeler à l'honorable gouverneur de Dao Xian qu'il ne m'a pas été versé la moindre taxe depuis bientôt six mois?

Réagissant aux derniers mots prononcés par Cheng Li comme à un signal convenu, plusieurs mercenaires déchargèrent leurs armes en l'air, jonchant le sol de douilles vides. Les chevaux se cabrèrent et tirèrent nerveusement sur leurs attaches. Des villageois affolés se mirent à pousser des cris. Cheng Li regardait toute cette agitation sans broncher. Shu Shin Ho lança un regard inquiet du côté de Liu Ming Pei.

— Remettez-moi les deux étrangers, poursuivit Cheng Li. Je saurai bien en retirer une rançon capable de doubler mon armée et de vous protéger avec plus de vigilance...

— En effet, il y avait bien deux étrangers à Dao Xian, répondit Liu Ming Pei avec un certain détachement. Un qui se disait médecin, l'autre, je ne sais trop ; une sorte de commerçant, infirme toutefois... C'est bien ça, n'est-ce pas ? Ils cherchaient à marchander de l'opium, ajouta-t-il en se tournant vers Shu Shin Ho.

Le gouverneur semblait pris au dépourvu, mais, devant le calme et l'assurance de Liu Ming Pei, il approuva de la tête.

— Des profiteurs...! Tous des profiteurs, ces chiens d'étrangers !

Cheng Li scrutait la moindre expression des deux hommes.

— Ils ont quitté le village, reprit Liu Ming Pei. Avec ce mauvais vent et tous ces morts... Probablement ont-ils embarqué sur la jonque de Dao Ming...

Cheng Li sourit. Sans même se retourner, il lança un ordre. Aussitôt, deux mercenaires s'approchèrent et déposèrent sur la table une petite malle en osier.

— Il y en a, malheureusement, qui n'ont pas votre sens de l'hospitalité... Bien au contraire, ils vont jusqu'à rompre les engagements qui les liaient à nous. Je vous offre donc ce présent, en espérant qu'il nous rappellera à tous le sens de la loyauté...

Ni Liu Ming Pei ni Shu Shin Ho n'osèrent soulever le couvercle. Cheng Li s'en amusa. C'est lui qui ouvrit la malle et qui la poussa devant le gouverneur de Dao Xian. Ce dernier jeta un coup d'œil méfiant à l'intérieur, puis se détourna en grimaçant d'effroi. Il avait vu la tête tranchée de Ji Wei, le maître de la jonque.

— Pouvais-je perdre la face? se défendit Cheng Li. Il avait trahi nos accords, renié sa parole... Nous avons donc saisi la jonque et puni son maître.

Il tendit la main. Un de ses gardes du corps lui remit un objet qu'il déposa sur la table. Liu Ming Pei reconnut la lorgnette de Viateur Martin.

— Pour ce qui est de votre commerçant infirme, continua Cheng Li, il est mon invité personnel. Donc, aucun étranger n'est reparti avec la jonque. J'en conclus que celui qui reste est peut-être toujours ici...

Comme pour marquer une trêve, Liu Ming Pei fit un signe de la main en direction du seigneur de la guerre. C'était également une marque de respect.

— Honorable Cheng Li, fit-il d'un ton qui annonçait la soumission, depuis des années nous avons toujours réussi à trouver un terrain harmonieux pour régler nos affaires. Dao Xian a besoin de vous et, d'une certaine façon, vous avez besoin de Dao Xian. Vous avez ma parole qu'il n'y a pas d'étranger dans l'enceinte de ce village. Au-delà de cette frontière, je ne puis rien vous dire. Aussi, ce qui compte, c'est que nous puissions de nouveau traiter convenablement avec vous. Faites votre prix...

Cheng Li ne répondit pas immédiatement. Il se leva, fit le tour de la table, agita plusieurs fois la main tout en poussant quelques exclamations. Un véhicule gris aux formes insolites se mit en branle, s'avançant lourdement en crachant une fumée noire. À la stupéfaction générale, Cheng Li dégaina son pistolet, visa posément les parois blindées et fit feu à trois reprises. Des hurlements de douleur retentirent aussitôt. La portière s'ouvrit et le chauffeur parut, titubant, la cuisse ensanglantée. Cheng Li lui lança un regard plein de mépris. Puis il fit face à Liu Ming Pei et à Shu Shin Ho.

— Comment voulez-vous que je puisse résister à qui que ce soit avec du matériel aussi pourri? gronda-t-il. Comment vais-je protéger votre village contre ceux qui envient sa richesse?

S'approchant des deux hommes, il prit soudain un ton de confidence.

— Trouvez-moi l'étranger ou versez-moi cinq cent mille sapèques. Alors, je vous remettrai l'infirme et je quitterai Dao Xian. Pas avant !

De la pointe de son arme, il désigna la malle en osier.

— Souvenez-vous que la loyauté maintient les gens en vie !

Cheng Li s'inclina à peine et ne quitta pas des yeux Liu Ming Pei.

* * *

Depuis que Scott avait entendu les lointaines détonations en provenance de Dao Xian, le temps avait filé sans bruit.

Pendant les premières heures, il ne s'était souvenu de rien, doutant même que tout cela fût réel. Il avait suivi aveuglément le vieux domestique, un certain Chou, que Liu Ming Pei lui avait assigné comme guide. C'est ainsi qu'il s'était retrouvé devant l'ouverture béante d'une grotte, avec la consigne de ne pas y pénétrer. Peut-être était-ce celle-là même que Viateur Martin lui avait décrite ? Il n'en savait rien. Était-ce la porte du Dragon ? Il ne le savait pas davantage. Liu Ming Pei lui avait simplement dit d'attendre que l'on vienne à lui. Mais de qui s'agissait-il ? Dans cette obscurité, tous les espoirs fuyaient et l'impatience le soumettait à un affolant supplice.

L'idée que Viateur Martin eût pu tomber entre les mains de ce seigneur de la guerre remplissait Scott de tristesse, autant que la séparation d'avec Margaret le déchirait.

Il entendit un léger bruit en même temps qu'il distingua une faible lueur.

— Docteur Scott, fit une voix.

Les yeux de Scott ne distinguaient que des ombres. La voix, plus proche, l'appelait une autre fois.

— Docteur Liu ? risqua-t-il.

C'était bien lui. Il était accompagné du vieux Chou. L'un et l'autre portaient des paniers remplis de vivres, de couvertures et de lanternes. Chou avait en plus une pelle, un hachereau et une sorte de racloir rudimentaire.

— Avez-vous des nouvelles de Viateur? s'enquit aussitôt Scott.

Liu Ming Pei, épuisé, lui fit signe qu'il voulait d'abord reprendre son souffle.

— Il est détenu par Cheng Li, fit-il après un bref moment de repos. Dans la chapelle...

— Et... comment... comment va-t-il?

— Oh! rassurez-vous, votre ami n'est pas en danger. Pour Cheng Li, ce n'est que l'affaire d'une rançon...

Scott lui lança un regard chargé de reproches.

— Et combien réclame-t-il?

— Beaucoup plus que nos modestes moyens, répondit Liu Ming Pei. Cheng Li ne quittera pas Dao Xian tant et aussi longtemps que l'argent ne sera pas dans ses mains. J'irai donc à Canton...

— Je pars avec vous, fit Scott d'une voix résolue.

— Impossible, répliqua Liu Ming Pei. La jonque est entre leurs mains...

— Il y a bien une route, rétorqua Scott.

Liu Ming Pei lança un bref regard à Chou, puis il hocha la tête.

— Il y a une route, dit-il, mais elle n'est pas du genre que vous imaginez. C'est un couloir entre des murs de pierre, surveillé autant par les villageois que par les brigands. Je doute que vous en franchissiez la première étape...

— Alors, je suis prisonnier de cet endroit? fit Scott.

— Cet endroit est le seul où vous puissiez être en sécurité. Personne ne s'approchera de ce lieu, hormis Chou... et encore! Ce lieu marque la frontière entre le monde des vivants et le monde des ténèbres. Chou veillera discrètement sur vous. D'ailleurs, il est muet!

Liu Ming Pei s'interrompit pour prendre les mains de Scott dans les siennes. Il les pressa fortement. Sa voix changea, devint plus grave, marquée par l'émotion.

— Je vous ai fait venir délibérément de Canton parce que je savais votre science et votre dévouement capables de redonner la vie à Dao Xian. En retour, Dao Xian vous retient contre votre gré... C'est à moi qu'il revient de réparer cet affront. Ma seule consolation est de vous savoir à l'endroit même que vous cherchiez tant...

— Docteur Liu, l'interrompit Scott, à Canton, la personne que j'aime le plus au monde doit être au désespoir... Je vous demande...

Liu Ming Pei lui étreignit de nouveau les mains.

— J'en fais mon premier devoir.

Scott retira une main et la glissa dans la poche intérieure de sa veste. Il en retira une enveloppe froissée et la tendit au Chinois.

— Remettez-lui ceci, je vous prie !

Liu Ming Pei prit la lettre et la fit disparaître dans les plis de sa propre veste.

— J'avoue n'avoir jamais connu quelqu'un comme vous, fit-il. Je sais maintenant que rien ne vous arrêtera...

Il marqua une pause.

— Vous avez de quoi écrire ?

Scott fit un signe affirmatif, puis sourit. C'était la première fois depuis longtemps.

— Mais je n'ai rien à lire, répondit-il.

Liu Ming Pei sourit à son tour.

— Alors, répétez après moi, fit-il. *Seul, assis entre les bambous, je joue de la cithare...*

Lentement, Scott répéta chaque mot.

— *... et je siffle, dans la forêt, oublié des hommes. La lune s'est approchée : clarté !*

Le Chinois lui fit répéter la strophe quelques fois encore.

— C'est de vous ? demanda Scott.

— Non. Ce texte a plus de mille ans. C'est de Wang Wei. Désormais, il sera votre compagnon. Vous ne serez plus seul !

* * *

Lentement, Philip Scott s'était aventuré à l'intérieur de la grotte. Plus il avançait, plus il constatait que Viateur Martin

301

avait vu juste. La cavité avait été creusée par les eaux souterraines. L'érosion avait progressivement dissous le calcaire et créé un long couloir, semblable à un profond conduit en forme d'entonnoir. Parfois, le sol était rugueux et inégal; ailleurs, des dépôts de sable et de terre l'avaient rendu plat.

Scott s'arrêta tout à coup. Ses yeux ne parvenaient pas à mesurer l'étendue des ténèbres devant lui ni les obstacles à traverser pour atteindre l'étrange lieu qu'il imaginait à l'autre bout du tunnel.

Pendant un moment, il crut apercevoir des ombres se mouvant devant lui puis s'enfonçant brutalement dans la terre. Il ressentit une brève terreur, comme si quelque chose de surnaturel venait défier sa raison.

En un clin d'œil pourtant, tout avait disparu. Pris d'un soudain étourdissement qu'il attribua à la rareté de l'air, Scott revint sur ses pas, non sans avoir eu l'impression d'entendre un bruit de voix lointain. Pour se rassurer, il récita à haute voix le verset que lui avait appris Liu Ming Pei :

— *Seul, assis entre les bambous, je joue de la cithare et je siffle, dans la forêt, oublié des hommes. La lune s'est approchée : clarté!*

* * *

Scott se disait que quiconque le verrait en train de tourner en rond devant ces parois de pierre le dépeindrait comme une brute quasi animale. De là cette conclusion que, sans lumière, sans outils, l'humanité paraissait étrangement vide.

Puis il commença à s'habituer à ce monde obscur. Les petites lanternes, quoique d'un faible éclairage, lui firent découvrir le boyau étroit par lequel il put accéder à de plus grandes ouvertures.

Tout devenait initiatique. Il croyait toujours entendre des voix, et il pensait aussitôt que quelqu'un proférait une incantation. Liu Ming Pei lui avait parlé abondamment du dragon, gardien de la colline. Jusque-là, il n'avait rien imaginé ou si peu. Maintenant, il s'attendait à le voir surgir du moindre passage étroit.

Il se sentait hors du temps. Il avait déjà oublié l'idée des couches sédimentaires, des outils de pierre, des traces de feu. Pourtant, tout avait commencé par le feu. Car, ce jour-là, l'homme qui était entré sans bruit dans le monde avait mis une énorme distance entre lui et tous les êtres qui l'avaient précédé depuis quelques millions d'années. Au premier instant où il avait dérobé le feu à la nature, il avait évacué l'éternité nocturne qui, jusque-là, avait engendré toutes les terreurs.

Premiers signes. Des esquisses de silex, des éclats d'os. Et puis le liséré noir sur les parois de pierre. C'étaient des traces de combustion. Elles s'élevaient à une certaine hauteur, alternativement ocres et noires. La découverte cependant, c'était que d'autres traces de combustion se trouvaient également à près d'un mètre de profondeur à même le limon. En creusant, Scott avait mis au jour ce qui semblait être un outil de pierre : épais, irrégulier, grossièrement taillé sur tout son pourtour, mais indéniablement un outil. Il avait une pointe et des tranchants. Un outil rudimentaire, débité en une seule étape par quelques percussions successives. Rien d'élaboré ni de complexe. Mais néanmoins la première pièce surgie de l'immense dépôt d'archives préhistoriques.

Confondant le jour et la nuit, Scott sentait sa peur osciller au gré d'un temps qui devenait davantage immatériel. Il croyait maintenant que des êtres fantastiques se dissimulaient dans les profondeurs.

* * *

On frappait à la porte. Des coups répétés. Margaret savait que ce n'était pas Yu Sheng, ce dernier ne venant qu'à la nuit noire et en utilisant un code convenu. De nouveaux coups. Elle entendit distinctement qu'on l'appelait. Pendant un instant, elle songea à s'enfuir dans la cave afin de s'y terrer comme une bête traquée. Pistolet à la main, elle riva son œil contre la fente de la porte. Elle vit une dizaine de chinois armés, coiffés de grands chapeaux de paille. La voix se fit insistante. Margaret fut étonnée que l'on prononçât son nom sans le moindre accent étranger. Puis elle n'en crut pas ses oreilles lorsqu'elle entendit :

— Je suis Liu Ming Pei. N'ayez pas peur, madame Scott. Je vous apporte des nouvelles de votre mari.

— Philip! murmura-t-elle bien malgré elle.

Sa vue s'était brouillée. Elle s'adossa au mur, paralysée par ce qu'elle venait d'entendre. Le moment d'après, livide, elle dégagea la porte et l'ouvrit d'un geste énergique, l'arme menaçante. Elle se trouva face à face avec Liu Ming Pei. Quoique ne l'ayant jamais rencontré, elle le reconnut par la description que lui en avait faite Philip.

— Alors, vous êtes celui qui...? Mon mari! Où est Philip? Que lui est-il arrivé? Et Viateur Martin? C'est vous, c'est bien vous, n'est-ce pas? Vous êtes responsable de leur enlèvement...

Liu Ming Pei fit signe à la dizaine d'hommes qui l'accompagnaient de se retirer.

— Madame Scott, fit-il, je vous en prie! Votre mari est bien vivant; il va bien... ainsi que l'honorable Viateur Martin...

Il fit un geste vers le pistolet pointé dans sa direction.

— Je vous assure que vous n'avez pas besoin de ceci... Puis-je entrer?

Lentement, Margaret abaissa l'arme. Celle-ci lui parut tout à coup si lourde qu'elle lui glissa de la main.

Liu Ming Pei avait noté l'état lamentable des lieux, ainsi que les traits pâles et amaigris de la jeune femme.

Une heure durant, il lui fit le récit des événements de Dao Xian. Puis il lui remit la lettre de Philip. Elle la lut et la relut. Le texte se terminait par des mots que Margaret n'espérait plus.

Ne sois pas triste et pardonne-moi de prolonger cette absence; mais je dois franchir coûte que coûte une dernière zone d'ombre. Je me console à l'idée que lorsque nous serons de nouveau ensemble, à Canton, le temps écoulé n'aura plus d'importance. Tu demeures l'essentiel de ma vie. Sans toi, il n'y aurait plus jamais de retour à la lumière.

Elle plia soigneusement la lettre et la serra contre sa poitrine. Elle fit quelques pas, puis revint vers Liu Ming Pei en le fixant droit dans les yeux.

— J'ai une promesse à tenir !

24

Avec un peu plus d'abandon chaque jour, Scott emprunta le chemin des ombres. Il avait installé les quelques lanternes aux endroits les plus reculés et il se laissait guider par leur lueur vague. La galerie se rétrécissait par endroits. Scott s'y était engagé en rampant, tâtant le noir devant lui. Une brusque ouverture succéda aux étroites saillies. C'était une véritable caverne dans laquelle régnait une douce température. La présence de Scott jeta la panique parmi les habitants des ténèbres, rats et chauves-souris principalement. Les premiers détalèrent en poussant des couinements aigus. Les chauves-souris, affolées, voletèrent dans toutes les directions avant de s'accrocher de nouveau aux parois de la voûte.

Scott s'allongea sur le sol de la caverne. La bouche amère, la tête malade, renonçant à réfléchir, il finit par s'endormir, affalé contre la pierre. Il ne sut combien de temps s'était écoulé lorsqu'il fut brutalement tiré de ce sommeil.

La colline entière tremblait. Une vibration sourde courait à l'intérieur de la terre comme le prélude d'un effondrement. Voulant enfiler l'étroit couloir afin de quitter précipitamment les lieux, Scott se rendit compte qu'il était obstrué par d'énormes quartiers de roc. Il fut d'abord pris de panique. Il s'attaqua aux grosses pierres, s'arc-bouta, poussa jusqu'à la limite de ses forces, sans rien faire bouger. Puis la rage prit le dessus. Il vociféra à tue-tête, s'acharna contre la pierre à grands coups de pelle, avant de tomber d'épuisement. Trempé de sueur, les oreilles bourdonnantes, horrifié par la perspective de périr emmuré, Scott tâcha tant bien que mal de mettre de l'ordre dans ses pensées.

Le seul conduit menant à l'entrée était obstrué. Il y avait toutefois une circulation d'air, ténue, mais suffisante. Un filet d'eau coulait depuis la voûte de la caverne et se répandait sur le sol argileux. Au moins, il ne souffrirait pas de la soif. Toutefois, il ne devait compter sur aucun secours. Le serviteur Chou verrait bien s'accumuler les paniers de provisions inentamés, il s'en inquiéterait, mais il n'oserait jamais s'aventurer au-delà de la première ligne d'ombre. Demeurait le mince espoir d'un retour prochain de Liu Ming Pei.

Scott disposait d'une pelle, de quelques provisions entassées dans sa besace, de deux lanternes, d'allumettes et de ses notes. Il était prisonnier d'un trou effrayant qui allait peut-être devenir son tombeau. Il s'arrêta plutôt à la fascination d'un monde inconnu de silence et de ténèbres. À force de fixer les parois de la caverne, il vit des ombres mouvantes. Pas un souffle, aucun bruit, le grand vide.

* * *

Scott souhaitait entendre un simple bruit qui lui rappellerait la vie. Rien. Les rats et les chauves-souris avaient disparu, happés par la nuit éternelle. Il n'entendait que le chuintement de l'eau qui dégoulinait sans fin de la voûte. Depuis combien de temps cette eau coulait-elle ainsi? Des milliers d'années, des millions peut-être? Le temps, toujours le temps! Quelle signification ce mot pouvait-il encore avoir pour Scott? En attendant, il était l'esclave du temps. Il n'arrivait déjà plus à se souvenir des traits de Margaret. Quand il s'efforçait de reconstituer les lignes du visage de la jeune femme, tout se mettait à tourner autour de lui. La douleur devenait insupportable, et davantage encore lorsqu'il imaginait ses propres traits. Il se savait sale, barbu, vêtu de loques, avec l'allure d'un vieillard.

Redevenant plus calme, il parvenait alors à reconstituer les moindres détails de la vie, de l'herbe qui poussait au chant des oiseaux. Il reconstitua ainsi l'univers végétal et la faune qui l'habitait. Il voyait la terre qui verdissait, les arbres et les feuilles nouvelles, les bêtes, des plus minuscules aux géants disparus. Et lorsque jaillissaient les flammes et que s'abattait le feu du ciel, lorsque retentissaient les cris de mille monstres, lorsque son corps passait d'un frémissement d'angoisse aux tremblements de l'agonie, il s'efforçait de murmurer :

— *Seul, assis entre les bambous, je joue de la cithare et je siffle, dans la forêt, oublié des hommes. La lune s'est approchée : clarté!*

* * *

Des empreintes. Des traces de pas. Elles s'enchevêtraient d'abord, étaient difficiles à discerner, mais elles se précisaient vers le centre de la caverne. Les reliefs plantaires se détachaient avec netteté.

Des pieds nus, sans aucun doute. Ils avaient appartenu à des êtres qui se déplaçaient debout. Une des empreintes dénotait un pied possédant de longs orteils. Or, chez l'homme moderne, le gros orteil était parallèle aux autres doigts du pied.

Toutes les empreintes étaient étroites et longues, beaucoup plus que larges. Parmi elles, il en était qui semblaient plus graciles, moins enfoncées dans la glaise. Peut-être celles d'un enfant, ou alors d'un adolescent. L'enfoncement du talon n'était pas évident, comme si la démarche avait été hésitante, un pied croisant l'autre avec une tendance à rouler le talon sur le côté externe.

D'autres traces, plus profondes, ramassées, anguleuses, inscrites dans un cercle qui marquait bien les coussinets plantaires, se superposaient à quelques reprises aux empreintes humaines à quelques mètres d'une anfractuosité.

Sur la paroi de cette dernière, allant à plus de deux mètres du sol, la roche était marquée de stries parallèles. Leur tracé était long de plusieurs centimètres, faible au point d'attaque, augmentant par la suite jusqu'à devenir des sillons assez profonds. Des griffades d'ours, de toute évidence. Tentatives d'escalade? Aiguisage de griffes? Sans importance. Scott nomma l'endroit l'antre de l'Ours. Toutes ces empreintes étaient les vestiges lisibles du passé habité de cette grotte. Mais elles n'avaient d'autre poids que celui de l'incertitude. Scott ne disposait évidemment d'aucun outil pour faire des moulages, évaluer la malléabilité du sol ou mesurer les écarts d'amplitude. Il ne pouvait que déduire la station debout, spéculer sur le nombre d'individus et imaginer les drames qui s'y étaient succédé.

Il y avait vraisemblablement un million d'années, le sol de cette caverne était bourbeux. La formation de stalagmites à la surface de l'argile aurait scellé ces traces.

Le caractère extraordinaire de ces empreintes lui avait fait oublier un instant que son destin était lui aussi scellé par ces pierres. Mais Scott voulait croire qu'il occupait la première loge du théâtre de la préhistoire. Il espérait seulement partager le dernier acte avec Ada.

* * *

Au sortir du sommeil bizarre qui ressemblait davantage à un engourdissement des sens, Scott ne savait trop si les sensations qu'il éprouvait participaient encore de ses rêves ou si toutes les notions d'espace, de temps, de souvenir se fondaient dans une trame obscure.

Parfois il lui semblait entendre une musique étouffée, pour se rendre compte après un certain temps qu'il ne s'agissait que des murmures de l'eau qui léchait la pierre. Il se mettait à trembler, l'esprit vide de toute pensée, anéanti. Il se laissait aller à la dérive, croyant, dès lors, voir venir la folie.

Une autre fois, il sentit une marée monter autour de lui. Des formes noires envahissaient progressivement son corps, de petits yeux cruels l'épiaient. Alors que des colonies de rats s'apprêtaient à lui dévorer les flancs, brusquement un cri déchirant monta dans sa gorge raidie par l'effroi. Puis il se mit à courir comme un fou d'une extrémité à l'autre de la caverne, se cognant sur la pierre, s'écorchant les membres aux saillies, pour s'apercevoir qu'il était la victime de son propre délire. Il s'effondra en larmes.

C'est alors que les flammes des lanternes commencèrent à vaciller. Les yeux fixes, les dents serrées, impuissant, Scott comprit que, sitôt la lueur des lanternes estompée, ses dernières illusions fileraient. Il n'avait plus la force de se révolter contre la cruauté du sort. Mais il trouva les ressources qu'il fallait pour remuer le sol alentour. La même force surhumaine qui, jadis, avait animé ces hommes aux visages maigres et barbus dans les tranchées de la Somme.

Avec une frénésie redoutable, le corps noué par des élans furieux, englué jusqu'aux chevilles dans la boue noire, Scott creva le sol, détacha de grandes plaques de terre, creusa des sillons, remua le moindre carré. De l'épaisseur du sol, des moindres interstices, il retira des restes déconcertants. Mais son corps n'en pouvait plus. Un tremblement continu l'agitait. Ses mains, meurtries, ne parvenaient plus à tenir la pelle. En titubant, il alla boire, les lèvres rivées sur la pierre.

La terre remuée exhalait des souffles humides qui le pénétraient des relents du passé. Il se retourna, regarda machinalement les tas confus que révélait encore la lueur mourante des lanternes. Il emplit ses yeux de cette dernière vision.

Scott fut projeté dans le noir. De l'autre côté, dans un monde parallèle, s'ouvrait une vallée dominée par des falaises abruptes et parsemée de pierres gigantesques. Il n'y avait aucun arbre mais des ronces aux tiges aussi grosses que des troncs, bardées d'épines acérées qui s'enchevêtraient sournoisement. La nature semblait ainsi pétrifiée depuis une éternité. Le silence était total. Il n'y avait que le ciel, plutôt une chape de plomb qui enserrait la terre; et il y avait les pierres. Çà et là, un trou s'ouvrait dans le roc. On pouvait imaginer qu'il menait à un monde souterrain ou alors qu'il servait d'antichambre à une des bouches de l'enfer.

Entre les pierres, la terre agonisait. Elle se fissurait de partout comme si, déjà, elle avait trop vécu. Quel être pouvait survivre au milieu de cette forteresse de solitude, parmi ces rochers aux sombres contours, aux formes gigantesques qui, la nuit, s'animaient de toutes les apparences fantastiques? Pas d'herbe, aucune eau pour réfléchir les derniers rayons du jour ni les premières lueurs de lune. Rien d'autre qu'un monde figé, sur lequel la nuit descendait comme un voile funèbre. On se serait attendu à un bruit lointain, à un mugissement étouffé, au cri intermittent d'un oiseau, ou alors à un souffle, à défaut de vent. Rien. Et lorsque de l'âme s'arrachait l'appel du désespoir, il avait la résonance du fer, dont l'écho avait tôt fait de se perdre dans le labyrinthe minéral.

Les lointains sommets aux allures de pierres levées prenaient maintenant des dimensions considérables. Soudain, quelque chose ébranla la terre, jusqu'à soulever la poussière de toute la vallée, jusqu'à la faire monter tel un lourd nuage le long des flancs escarpés et lui faire voiler complètement les massifs rocheux. Puis le feu tomba du ciel en même temps que la terre vomissait le sien. Le silence avait fait place à un son énorme qui secouait toute la terre, éparpillant les rocs avant qu'ils ne fussent engloutis, aspirés par mille gouffres.

La terre, morte en l'espace d'une nuit, ressuscitait. La vive lumière jaillissant entre des arbres aux feuilles nouvelles plongeait aussitôt dans l'eau d'une mare. Le tumulte des oiseaux annonçait la vie. Tout comme ces silhouettes prostrées, aux cheveux embroussaillés et mêlés de terre jaune, et dont les visages, à l'unisson, étaient tournés vers un cercle de pierre...

Scott put enfin voir clairement l'être qui semblait le fixer intensément. Il n'était pas comme les autres. Malgré sa posture, sa carrure, la proéminence du massif facial et les narines dilatées, la peur qui l'habitait était bel et bien humaine. Était-ce une vision ou la réalité?

* * *

Yeux-Vifs ne comprenait pas pourquoi la lumière ne s'enfonçait pas dans la terre pour éclairer la nuit perpétuelle.

Il ne savait pas pourquoi les puissants battements dans sa poitrine s'amplifiaient sans cesse plutôt que de s'apaiser. Il ne trouvait plus le sommeil comme auparavant en fermant les paupières. Il avait peur de ces parois de pierre qui le privaient de toutes les visions auxquelles il était habitué.

Lorsque ses semblables surgirent du noir en hurlant et en brandissant le feu, il les regarda sans bouger, les mains posées sur le sol. Il ouvrit la bouche et parvint à pousser un petit cri.

Mais déjà une des Grosses-Têtes se ruait sur lui, les dents découvertes, et le frappait de haut en bas à l'aide d'une pierre tranchante. Yeux-Vifs s'effondra. Pendant que les Grosses-Têtes s'acharnaient sur son corps inerte, le Percuteur lécha la pierre maculée de sang.

Scott se précipita en hurlant vers la meute. Mais il eut beau se démener tel un forcené, frapper dans toutes les directions, il n'y avait que le vide. Rien ni personne. Il s'effondra.

— Ada! eut-il encore la force de crier. Ada!

* * *

Des dizaines de villageois s'étaient entêtés à vouloir dégager le passage éboulé, mais sans succès. Les grosses pierres constituaient un obstacle infranchissable.

Liu Ming Pei ressortit de la grotte en hochant la tête. Il se dirigea vers Viateur Martin qui le regardait depuis la chaise à porteurs, d'un air inquiet. Margaret, le visage blême, comprit qu'une tragédie se jouait à l'intérieur de la colline.

— Que se passe-t-il? demanda-t-elle d'une voix blanche. Vous avez trouvé Philip?

Liu Ming Pei évita le regard de la jeune femme.

— Il y a eu un éboulis. Toutes les voies sont bloquées. Même un chat ne parviendrait pas à se faufiler entre les pierres...

Viateur Martin entra dans une soudaine colère.

— Nous n'avons pas fait tout cela pour en arriver là! C'est trop bête! Vous voulez nous dire, docteur Liu, que vous êtes parvenu à vous débarrasser de Cheng Li, à me faire libérer, à amener Mme Scott jusqu'ici, pour vous avouer vaincu devant un tas de pierres ? Eh bien, docteur, sachez que le temps n'est pas encore venu d'élever ce genre de monument à Philip ! Oh non !

Perplexe, le Chinois ne savait trop que répondre.

— Je ne sais pas... Il n'y a pas de dynamite à Dao Xian, pas assez de villageois...

— Et Philip ? rétorqua Martin. Il avait quoi quand il s'est attaqué au choléra ? Si vous ne savez pas, moi je sais ! C'est par en haut qu'il faut y aller... C'est notre seule chance... et la sienne aussi ! Et s'il faut démolir votre mine d'os de dragon, par Dieu, je la démolirai pierre par pierre !

— Par en haut ? répéta Liu Ming Pei.

— L'eau, docteur Liu ; les fissures, les infiltrations... L'eau s'est probablement frayé des voies à travers la pierre au cours des millénaires...

— Mais il y a une masse énorme de terre entre les galeries d'en haut et cet endroit...

* * *

Dès lors, Dao Xian ne connut aucun répit. De jour, de nuit, hommes, femmes et enfants s'attaquèrent aux parois de la colline du Roi-Dragon avec tout ce qui leur tombait sous la main. Ils creusèrent dans toutes les directions, à travers la terre noire, l'argile, le sable, la pierre. Dès qu'ils repéraient des fissures, ils envahissaient les conduits, élargissaient les lignes de cassure jusqu'à provoquer un véritable déluge. Utilisant de simples madriers et des poutres qu'ils arrachaient à la galerie principale, ils érigeaient ces pièces de charpente contre les parois avec l'espoir qu'elles retinssent les masses de terre, lesquelles, par les infiltrations d'eau qui jaillissaient de partout, avaient tôt fait de se transformer en de véritables coulées de boue.

Ils travaillaient en silence, avec un élan qui mêlait l'acharnement au désespoir. Seuls leurs souffles saccadés se répercutaient le long des boyaux qui s'enfonçaient, mètre par mètre, dans les entrailles de la colline. Eux-mêmes n'étaient déjà plus que des ombres qu'allait engloutir l'abîme.

À force d'exhorter les villageois, Viateur Martin n'avait pratiquement plus de voix. Pour sa part, Margaret n'était qu'une silhouette cassée au milieu des travailleurs. Couverte de boue, elle avait participé à l'immense corvée avec un entêtement aveugle. À bout de forces, incapable de respirer un instant de plus l'air vicié, elle dut rompre la chaîne humaine. On l'enveloppa dans une couverture et on la porta à l'air libre. Lorsque Martin la vit, roulée dans le grossier tissu, les mèches de cheveux collées au front, le regard éteint, il la trouva méconnaissable.

— C'est vous qui lui aviez dit que la terre est sacrée ? eut-elle la force de lui demander.

Elle fut aussitôt secouée par un violent accès de toux. Cloué dans sa chaise, Martin lui prit une main et l'étreignit longuement.

— Elle l'est... ! Elle l'est, Margaret ! répondit-il d'une voix étranglée.

* * *

Trois jours plus tard, ils trouvèrent le corps nu et inanimé de Philip Scott parmi les déblais. Alentour, disposés tels des ornements, des vestiges osseux, des esquilles, des pointes de silex, des racloirs, des poinçons. Parmi ces objets se trouvait un crâne relativement complet. On y devinait assez bien les bourrelets orbitaires épais. Une nette cassure de la crête était visible, sans doute provoquée par un coup quelconque. Il lui manquait toutefois la mandibule.

Il fallut des cordages pour remonter le corps de Scott. Dès qu'il fut parvenu au haut de la colline, on le déposa sur une civière improvisée, on lui couvrit les yeux d'un épais bandeau et on le transporta à Dao Xian. Lorsque Liu Ming Pei entra dans la caverne, Viateur Martin avait déjà amorcé les croquis.

— Un jour, il sera peut-être écrit : «Au commencement, il y eut Ada» ! fit Liu Ming Pei.

— Pourquoi pas : «Au commencement était la Chine»? répliqua Martin.

Il entendit le petit rire du Chinois et s'en réjouit.

* * *

Il fallut trois autres jours pour que Philip Scott reprenne véritablement conscience. Ses yeux le faisaient souffrir et le moindre rai de lumière lui arrachait des larmes. Il sentit une main le toucher délicatement.

— Tu sais, j'ai vu... j'ai vu la naissance d'un monde...

Il se redressa à moitié. Une vive douleur lui zébra le crâne. Margaret le soutint.

— Au-delà... de tous les mondes connus, poursuivit-il. Le feu..., le danger présent partout... de l'aube au cré-puscule..., des signes..., l'histoire des premières vies... et... et une intelligence. J'ai vu Ada... ADA!

Il retomba lourdement.

— Ou alors je suis fou!

Margaret lui caressa les joues, lui effleura les lèvres du bout de ses doigts.

— Tu n'es pas fou, Philip; bien au contraire!

Scott reconnut la voix de Viateur Martin.

— Viateur, s'exclama-t-il en cherchant désespérément à percer le mystère de toutes ces ombres qui s'agitaient devant ses yeux meurtris. Tu es vivant! Dieu merci, tu es...

Il s'interrompit aussitôt. Il venait de se rendre compte qu'il n'avait pas prononcé le nom de Dieu depuis son arrivée en Chine.

— Dieu merci! répéta-t-il d'une voix rauque.

— Plus vivant que jamais! reprit joyeusement Martin en exhibant ses croquis. En voilà d'ailleurs la preuve!

— Je ne vois rien, fit Scott avec tristesse.

— Des croquis bouleversants, expliqua Martin, de la plus grande découverte jamais réalisée en paléontologie... Les origines de l'homme selon Philip Scott, d'après des dessins de Viateur Martin!

Scott eut la force de rire.

— La plus extraordinaire des découvertes, fit une autre voix.

C'était Liu Ming Pei. Scott lui tendit la main et le Chinois s'empressa de la prendre entre les siennes.

— Vous avez trouvé votre réponse, dit-il. Que ferez-vous maintenant?

— Reprendre ma place dans le monde des vivants, répondit Scott.

— Réponse de sage, fit Liu Ming Pei.

— N'est-ce pas vous qui disiez que ceux qui parlent ne savent pas et que ceux qui savent ne parlent pas?

— Je citais justement un sage, répondit Liu Ming Pei en souriant. Dois-je comprendre que maintenant vous savez...?

— Je ne suis pas sûr de savoir, l'interrompit Scott, mais je ne parlerai pas.

Sur ces mots, il fouilla dans sa besace et tendit à Liu Ming Pei un sachet.

— Tenez, ajouta-t-il, cela vous appartient.

Liu Ming Pei défit les cordelettes du sachet et en retira un objet qu'il connaissait bien : la mandibule. Il cacha mal sa surprise.

— Mais... et votre découverte?

— Des os de dragon, docteur Liu. Rien que des os de dragon! N'est-ce pas, Viateur?

— Mais voyons! renchérit ce dernier en faisant un clin d'œil complice à Liu Ming Pei. Van Heeg l'a si bien dit : c'est en Afrique qu'il faut aller pour trouver la réponse! D'ailleurs, qu'y a-t-il d'autre en Chine que des poteries et des os de dragon? Je vous le demande, docteur Liu!

Scott remercia son compagnon d'un sourire.

— Il ne vous reste plus qu'à refermer la porte sur le secret de la colline du Roi-Dragon, docteur Liu, dit-il, étreint par l'émotion. Un jour peut-être, qui sait? Mais aujourd'hui l'humanité véritable n'est pas encore née.

Épilogue

Philip et Margaret Scott quittèrent la Chine en 1926, mais ils soutinrent de tous leurs moyens et pendant longtemps encore l'œuvre de la léproserie de Shek Lung.

En 1927, le paléontologue suédois Binger Bohling découvrit une molaire inférieure bien conservée dans une grotte située à proximité du petit faubourg de Zhoukoudian, à cinquante kilomètres au sud-est de Pékin. Le docteur Davidson Black, un médecin canadien alors professeur d'anatomie à la faculté de médecine de l'université de Pékin, attribua la dent fossilisée à une nouvelle espèce, laquelle fut bientôt connue sous le nom de *Sinanthropus pekinensis*, ou homme de Pékin.

Le 2 décembre 1929, le professeur chinois Pei Wenzhong découvrit dans cette même grotte le premier crâne complet, une moitié enfoncée dans de la terre meuble, l'autre moitié encastrée dans de l'argile dure. Le site attira des chercheurs de toutes les régions du globe. Le père Pierre Teilhard de Chardin fut l'un d'eux. De l'avis général, les premiers habitants de la grotte de Zhoukoudian s'y étaient abrités il y a plus de cinq cent mille ans et les derniers l'avaient abandonnée deux cent cinquante mille ans plus tard.

Les précieux fossiles qui permirent de reconstituer l'homme de Pékin et d'en faire un des plus importants indicateurs de l'évolution humaine disparurent mystérieusement dans la tourmente de la Deuxième Guerre mondiale. Malgré d'innombrables recherches et les efforts de plusieurs gouvernements, nul ne les retrouva.

En 1957, à Siaolongtan, dans la province du Yunnan, on trouva cinq dents fossiles dans un dépôt de charbon. Les scientifiques supposèrent qu'elles avaient appartenu au *Ramapithecus*, un préhominien qui aurait vécu au début du pliocène, il y a environ dix millions d'années. Prédécesseur de l'homme primitif, il ne savait pas encore fabriquer d'outils.

Entre 1963 et 1965, en plus de mammifères fossilisés, on trouva une mâchoire inférieure, une calotte crânienne et des outils de pierre dans les villages de Tchenkiawo et de Kongwangling, du district de Lantien, dans la province du Chen-si. L'analyse des dépôts laissa supposer qu'ils dataient d'avant l'homme de Pékin.

La découverte, en 1965, de deux incisives pétrifiées dans le district de Yuanmeou, province du Yunnan, datant d'environ un million d'années et attribuées à un préhominien du début du pléistocène, laissait croire que la Chine était l'une des régions où l'espèce humaine avait vraisemblablement pris son origine.

Il en fut ainsi jusqu'en 1974, alors qu'un jeune paléontologue américain, Donald Johanson, découvrit en Éthiopie les restes fossilisés d'un être ayant vécu il y a trente mille siècles, au bord d'une rivière aujourd'hui disparue. Les origines de la grande aventure humaine se situaient dorénavant sur le continent africain.

* * *

C'était par une belle journée de septembre 1981, presque cinq ans jour pour jour après la mort de Mao Tsé-toung. L'immense vaisseau de la Révolution culturelle avait fait naufrage, ravivant aussitôt les conflits de clans et de générations. Et en Chine, comme dans plusieurs autres pays de la terre, le pouvoir était demeuré entre les mains de quelques vieillards en uniforme.

Le sampan accosta au vieux quai. S'y tenaient, tous vêtus du même costume bleu, veste à col, une douzaine d'officiels chinois.

Le chef de la petite délégation aida la femme à prendre pied sur les planches grossièrement assemblées du débarcadère. C'était une Chinoise dans la soixantaine. Elle avait belle allure, malgré les menues cicatrices qui marquaient son visage.

Le petit groupe se dirigea lentement vers quelques bâtiments blanchis à la chaux, d'où leur parvenaient des voix d'enfants.

Lorsqu'ils entrèrent dans la grande salle, le maître d'école réclama le silence. Il s'inclina devant la femme, aussitôt imité par la centaine d'écoliers. Puis il l'invita à le suivre.

Le vieux piano, un Steinway de 1880, était placé dans un coin, telle une relique. En le voyant, elle fondit en larmes. Dominant son émotion, elle retira ses gants et souleva délicatement le couvercle du clavier. Elle avait les doigts mutilés.

Pendant un instant, elle revit son père adoptif. Vingt ans déjà; c'était hier. Il lui avait dit tant de choses, lui avait longuement parlé de celle qu'il avait tant aimée, Margaret; de ses amis les plus chers, Viateur Martin et Liu Ming Pei; d'un être unique qu'il avait côtoyé en d'étranges circonstances, un certain Ada. Mais elle se souvint surtout de cette courte phrase que Philip Scott lui avait confiée au cours du dernier mois de son existence : «La terre est sacrée; elle est la mémoire de toutes les vies!» Le lendemain, il lui avait remis un livre volumineux, usé : son journal personnel. «L'espoir...!» avait-il murmuré, les larmes aux yeux. «L'espoir...!»

— S'il vous plaît, fit le maître d'école.

Elle les regarda tous d'un air attendri. Voyant son hésitation, le maître d'école insista :

— S'il vous plaît, madame Scott, faites-nous l'honneur...

Timidement, Ping Ming prit place et se mit à jouer. C'était du Chopin.

— C'est ce piano qui m'a montré le chemin de l'espoir, murmura-t-elle à la fin des applaudissements nourris. À moi et à tous les lépreux de Shek Lung...! Après toutes ces années, j'arrive à peine à croire qu'il est encore là! Mon père et ma mère eussent été heureux de le revoir, de m'entendre jouer... Ce sont eux qui m'ont enseigné que l'espoir est le premier acte des vivants!

— Nous sommes tous honorés que vous ayez pu réaliser leur souhait, fit le chef de la délégation.

Ping Ming le regarda bien droit dans les yeux.

— Pas entièrement, répondit-elle en relevant fièrement la tête. Il me reste un pays à découvrir : le mien! Je ne connais pas la Chine!

Elle avait dit ces mots avec ferveur. Cela se comprenait, puisque Ping Ming avait quitté le pays alors qu'elle avait à peine quatre ans. C'était avant le début de la Longue Marche, avant que le *Petit Livre rouge* de Mao ne balayât trois mille ans de traditions et de vérités jusque-là immuables. Elle ignorait tout des deux faces de l'histoire de ce pays : l'une qui renvoyait chaque Chinois au respect de ses ancêtres, l'autre qui annonçait des siècles de guerres, de massacres, de désordres et de famines.

Le dirigeant avait baissé les yeux en entendant Ping Ming prononcer ces paroles. Peut-être souhaitait-il qu'elle n'en découvrît pas davantage. Pourtant, elle avait vécu. Ici ou ailleurs, le cercle de haine s'était agrandi. Comme celui des armes. Désormais, le genre humain ressemblait à une espèce en voie d'extinction. Du moins en avait-il tous les symptômes. Sa durée s'annonçait comme la plus brève parmi les espèces vivantes depuis les origines du monde.

Ce fut sur le quai, quelques instants avant de remettre les pieds dans le sampan, que Ping Ming éprouva l'étrange sensation. Elle avait regardé le ciel lavé du moindre nuage, les eaux calmes de la rivière des Perles; elle avait senti l'odeur de la terre qui se chargeait depuis toujours des gerbes de riz. Qu'y avait-il d'autre? Ni sécheresse, ni typhon, ni menace de révolution; rien qui indiquât un quelconque désastre.

Puis ce fut l'éblouissement. Comme si, du fond des âges, le secret lui était enfin révélé. Celui de tous les humains. Le sien.

Ping Ming comprenait que l'homme, créature très ancienne, ne changeait pas. Il demeurait hanté par ses origines. Pendant le très court intermède de sa vie terrestre, il cherchait inlassablement ce père qu'il n'avait jamais connu.

Ping Ming savait maintenant que les lendemains de l'humanité ne seraient rien d'autre que les suites d'un apprentissage long et patient.

Le temps d'un recommencement. Comme l'herbe à chaque printemps. Comme l'espoir.

(Québec, 1992 ; Hong Kong et Canton, 1994.)

Références bibliographiques

L'Enfant dragon est une œuvre de fiction largement inspirée de faits authentiques, qu'il s'agisse de la Première Guerre mondiale, des découvertes paléontologiques ou des événements qui ont perturbé l'histoire de la Chine dans les années 1920-1930.

Une importante bibliographie a permis de constituer les diverses toiles de fond du roman.

La bataille de la crête de Vimy (1917)

1. G.W.L. Nicholson, CORPS EXPÉDITIONNAIRE CANADIEN 1914-1919, histoire officielle de la participation de l'armée canadienne à la Première Guerre mondiale, ministère de la Défense nationale, section historique de l'armée, Ottawa, 1963.

2. Joseph Chaballe, HISTOIRE DU 22ᵉ BATAILLON CANADIEN-FRANÇAIS, tome 1 : 1914-1919, Chanteclerc, Montréal, 1952.

3. A.E. Snell, THE C.A.M.C. WITH THE CANADIAN CORPS DURING THE LAST HUNDRED DAYS OF THE GREAT WAR, Ministry of National Defence, Ottawa, 1924.

4. 50 numéros de LA GUERRE ILLUSTRÉE, imprimerie de l'Illustrated London News & Sketch Ltd., Milford Lane, Londres, 1917 (souvenirs de la Grande

Guerre du lieut. J.-S. Lindsay, volume consigné au musée du Royal 22ᵉ Régiment, la Citadelle, Québec, avec la permission du conservateur).

5. L'Institut du Congrès des Associations de la Défense, L'HÉRITAGE MILITAIRE CANADIEN (vidéo), en collaboration avec le ministère des Affaires des Anciens Combattants, le musée canadien de la Guerre, les Archives nationales du Canada; mise en scène : Christopher Paine, scénario : Jerrold Wadsworth, animation : Lise Bissonette (avec la permission du conservateur du musée du Royal 22ᵉ Régiment, la Citadelle, Québec; réf. : AV 3/172/67, ext. 1 original).

La Chine

1. Eulalie Steens, LA CHINE ANTIQUE (de la préhistoire à 220 après J.-C.), éditions du Rocher, «Civilisation et tradition», Monaco, 1989.

2. Jacques Pimpaneau, CHINE (culture et traditions), Philippe Picquier, Paris, 1988.

3. Collectif, HISTOIRE DE LA CHINE MODERNE (1840-1919), éditions du Peuple Shanghai (texte traduit et édité par les éditions du Centenaire), Paris, 1978.

4. LETTRES ÉDIFIANTES ET CURIEUSES DE CHINE PAR DES MISSIONNAIRES JÉSUITES (1702-1776), chronologie, introduction, notices et notes par Isabelle et Jean-Louis Vissière, de l'université de Provence, Garnier-Flammarion, 1979.

5. Ninette Boothroyd et Muriel Détrie, LE VOYAGE EN CHINE (anthologie des voyageurs occidentaux du Moyen Âge à la chute de l'Empire chinois), Robert Laffont, collection «Bouquins», Paris, 1992.

6. LU XUN (ŒUVRES CHOISIES), Éditions en Langues étrangères, Pékin, Chine, 1981.

7. Gabriel Faubert et Pierre Crépon, LA CHRONO-BIOLOGIE CHINOISE, Albin Michel, Paris, 1983.

8. LES GRANDS DOSSIERS DE L'ILLUSTRATION (LA CHINE), Histoire d'un siècle : 1843-1944 (collection réalisée à l'initiative d'Eric Baschet, SEFAG et L'ILLUSTRATION), Paris, 1987.

9. Rosario Renaud, S.J. — SÜCHOW (diocèse de Chine), 1882-1931, Bellarmin (imprimatur : cardinal Paul-Émile Léger, archevêque de Montréal), 1955.

La préhistoire

1. Denis Vialou, LA PRÉHISTOIRE, «L'univers des formes» (collection créée par André Malraux), Gallimard, Paris, 1991.

2. Karel Sklenar, LA VIE DANS LA PRÉHISTOIRE (illustrations de Pavel Dvorsky et Eliska Sklenarova), édition originale : Artia, Prague, 1985 ; traduction française : Gründ, Paris, 1985.

3. Irving Stone, CHARLES DARWIN, Balland, Paris, 1982.

4. LA GRANDE ENCYCLOPÉDIE DE LA NATURE
   — Alfred S. Romer, L'ÉVOLUTION ANIMALE (tome 1). vol. 2 ; L'ÉVOLUTION ANIMALE (tome 2), vol. 3 ;
   — Adoph H. Schultz, LES PRIMATES, vol. 18 ;
   — J.S. Steiner, LA GENÈSE DE L'HOMME, vol. 19 ;
   — J.D. Bernal, L'ORIGINE DE LA VIE, vol. 20 ;
   par les éditions Rencontre, Lausanne, 1972.

5. Clark Howell, L'HOMME PRÉHISTORIQUE, Time-Life, 1970.

6. Peter Wood, Louis Vaczek, Dora Jane Hamblin, Jonathan Norton Leonard, LES DÉBUTS DE LA VIE, Time-Life, 1972.

7. Maitland A. Edey, LE CHAÎNON MANQUANT, Time-Life, 1972.

8. Edmeind White et Dale Brown, LES PREMIERS HOMMES, Time-Life, 1972.

9. George Constable, LES NÉANDERTHALIENS, Time-Life, 1972.

10. Kia Lan-po, LA CAVERNE DE L'HOMME DE PÉKIN, Éditions en Langues étrangères, Pékin, 1978.

11. Chang Kwang-chih, THE ARCHAEOLOGY OF ANCIENT CHINA, New Haven and London Yale University Press, 1963.

12. Keightley David, SOURCES OF SHANG HISTORY : THE ORACLE-BONE INSCRIPTIONS OF BRONZE AGE CHINA, Berkeley, Los Angeles, University of California Press, 1978.

13. Wei Tang, LÉGENDES ET RÉCITS HISTORIQUES DE CHINE, éditions La Chine en constitution, Pékin, 1984.

14. Jean Piveteau, Marie-Louise Auboux, Josette Renault-Miskovsky, Roger de Bayle des Hermens, Marylène Patou, Florence Tosca-Bernaldez, Yves Coppens et Mohamed Allah Sinaceur, TEILHARD DE CHARDIN ET LES ORIGINES DE L'HOMME, dans *Histoire et Archéologie* (les dossiers), n° 75, août 1983.

15. Jean Michel Dutuit et Daniel Heyler, L'ICHNO-LOGIE, SCIENCE DES TRACES FOSSILES, dans *Histoire et Archéologie* (les dossiers), n° 90, janvier 1985.

16. Jean Clottes, CONSERVATION DES TRACES ET DES EMPREINTES, dans *Histoire et Archéologie* (les dossiers), n° 90, janvier 1985.

17. Yves Coppens, LES ORIGINES DE L'HOMME, dans *Histoire et Archéologie* (les dossiers), n° 60, février 1982.

18. André Langaney, Béatrice Eymard-Duverney, Jean-Yves Molliers, Goulven Laurent, Jean-Michel Goux, Patrick Tort, Laurent Carpentier, Lucille Allorge-Boiteau, DARWIN OU LAMARCK : LA QUERELLE DE L'ÉVOLUTION, dans les Cahiers de *Science et Vie*, n° 6, 1991.

19. Hervé Lelièvre, LES FOSSILES, MARQUEURS DU TEMPS TERRESTRE, dans *Histoire et Archéologie* (les dossiers), n° 102, février 1986.

20. Philippe Taquet, LES DINOSAURES : PETITE HISTOIRE DES DÉCOUVERTES, dans *Histoire et Archéologie* (les dossiers), n° 102, février 1986.

21. Marcellin Boule, Henri Breuil, Émile Licent et Pierre Teilhard de Chardin, LE PALÉOLITHIQUE DE LA CHINE, Archives de l'Institut de Paléontologie humaine, 1928.

22. Davidson Black, Young et Pei, FOSSIL MAN IN CHINA — The Choukoutien cave deposits with a synopsis of our present knowledge of the late Cenozoic in China, (bulletin Geological Society of China).

23. A. Lecompte (abbé), LE DARWINISME ET L'ORIGINE DE L'HOMME, Victor Palmé, Paris, 1872.

24. LES ANCÊTRES DE L'HOMME (sous la direction d'Yves Coppens, directeur du laboratoire d'anthropologie du musée de l'Homme, à Paris), dans *Science et Vie* (hors-série), décembre 1979.

25. National Geographic Society, MYSTERIES OF MANKIND (vidéo), auteur : Barbara Jampel, photographie : Erik Daarstad, André Gunn, Rick Robertson et Mark Knobil.

L'opium

1. Roger Dupouy, LES OPIOMANES, Librairie Félix Alcan, Paris, 1912.

2. J. Moreau de Tours, RECHERCHES SUR LES ALIÉNÉS EN ORIENT, Annales médicales psychologiques, Paris, 1843.

3. F. Brunet, UNE AVARIE D'EXTRÊME-ORIENT : LA FUMERIE D'OPIUM, *Le Bulletin médical*, avril 1903.

4. Thomas de Quincey, CONFESSIONS OF AN ENGLISH OPIUM-EATER, traduit par Alfred de Musset : L'ANGLAIS MANGEUR D'OPIUM, Moniteur du Bibliophile, Paris, 1878.

5. Petit de La Villéon, FUMEURS D'OPIUM, mémoire de la Société de Médecine et de Chirurgie de Bordeau, 1907.

6. H. Day, THE OPIUM HABIT WITH SUGGESTIONS AS TO THE REMEDY, Harper Brothers, New York, 1886.

7. Charles Beaudelaire, LES PARADIS ARTIFICIELS, OPIUM ET HASCHISH, Paris, 1861.

8. Rapport Gaide, QUELQUES NOTES MÉDICALES SUR SZE-MAO, Annales d'hygiène et de médecine coloniale, 1902.

9. Henri Amoroso, LE MONDE HALLUCINANT DE LA DROGUE, Presses de la Cité, Paris, 1970.

10. International Opium Commission, Report of Advisory Committee on THE TRAFFIC IN OPIUM AND OTHER DANGEROUS DRUGS, Fourth Session, January 8-14, 1923.

Le choléra

1. R. Pollitzer, LE CHOLÉRA, Organisation mondiale de la Santé (OMS), Genève, 1960.

2. P.B. Wilkinson, CHOLERA IN HONG KONG, Lancet 2, 1943.

3. Série de monographies de l'Organisation mondiale de la Santé (OMS)
    — n° 39 : «Évacuation des excreta dans les zones rurales et les petites agglomérations» (1960);
    — n° 42 : «Approvisionnement en eau des zones rurales et des petites agglomérations» (1961).

La léproserie de Shek Lung

1. Les comptes rendus des sœurs missionnaires de l'Immaculée-Conception parus dans *Le Précurseur*, de 1919 à 1927.

Les os de dragon

1. J. Gunnar Andersson, CHILDREN OF THE YELLOW EARTH (Studies in Prehistoric China), Kegan Paril, Trench, Trubner & Co, Ltd., London, 1934.

2. Hung-hsiang Chou, LES OS DIVINATOIRES DE LA CHINE ANCIENNE, dans *Histoire et Archéologie*, 1980.

TABLE

L'ÉVOLUTION HUMAINE

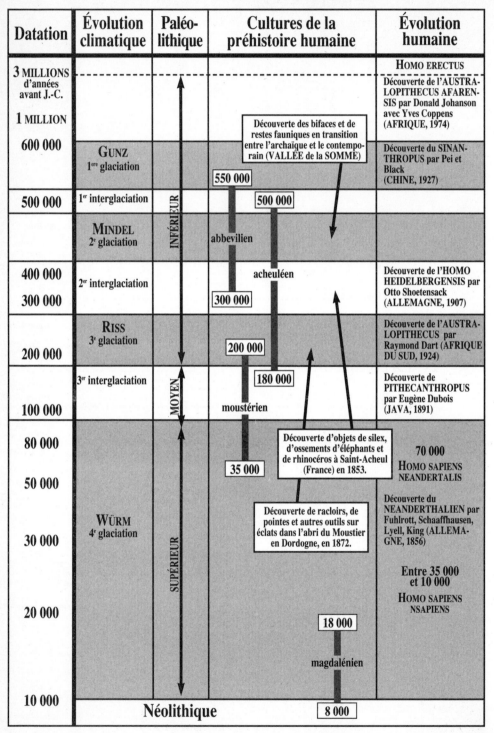

Datation	Évolution climatique	Paléo-lithique	Cultures de la préhistoire humaine	Évolution humaine
				HOMO ERECTUS
3 MILLIONS d'années avant J.-C.				Découverte de l'AUSTRA-LOPITHECUS AFAREN-SIS par Donald Johanson avec Yves Coppens (AFRIQUE, 1974)
1 MILLION			Découverte des bifaces et de restes fauniques en transition entre l'archaïque et le contempo-rain (VALLÉE de la SOMME)	
600 000	GUNZ 1ere glaciation		550 000	Découverte du SINAN-THROPUS par Pei et Black (CHINE, 1927)
500 000	1er interglaciation	INFÉRIEUR	500 000	
	MINDEL 2e glaciation		abbevilien	
400 000	2er interglaciation		acheuléen	Découverte de l'HOMO HEIDELBERGENSIS par Otto Shoetensack (ALLEMAGNE, 1907)
300 000			300 000	
200 000	RISS 3e glaciation		200 000	Découverte de l'AUSTRA-LOPITHECUS par Raymond Dart (AFRIQUE DU SUD, 1924)
	3er interglaciation	MOYEN	180 000	Découverte de PITHECANTHROPUS par Eugène Dubois (JAVA, 1891)
100 000			moustérien	
80 000			Découverte d'objets de silex, d'ossements d'éléphants et de rhinocéros à Saint-Acheul (France) en 1853.	70 000 HOMO SAPIENS NEANDERTALIS
50 000			35 000	
			Découverte de racloirs, de pointes et autres outils sur éclats dans l'abri du Moustier en Dordogne, en 1872.	Découverte du NEANDERTHALIEN par Fuhlrott, Schaaffhausen, Lyell, King (ALLEMA-GNE, 1856)
30 000	WÜRM 4e glaciation	SUPÉRIEUR		
				Entre 35 000 et 10 000 HOMO SAPIENS NSAPIENS
20 000			18 000	
			magdalénien	
10 000				
	Néolithique		8 000	

LA PRÉHISTOIRE ET LA CHINE

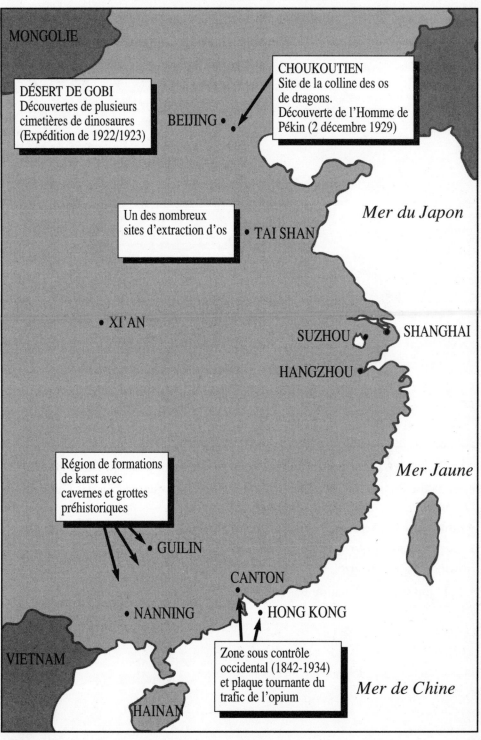

MONGOLIE

DÉSERT DE GOBI
Découvertes de plusieurs
cimetières de dinosaures
(Expédition de 1922/1923)

CHOUKOUTIEN
Site de la colline des os
de dragons.
Découverte de l'Homme de
Pékin (2 décembre 1929)

BEIJING

Mer du Japon

Un des nombreux
sites d'extraction d'os

TAI SHAN

XI'AN

SUZHOU

SHANGHAI

HANGZHOU

Mer Jaune

Région de formations
de karst avec
cavernes et grottes
préhistoriques

GUILIN

CANTON

NANNING

HONG KONG

Zone sous contrôle
occidental (1842-1934)
et plaque tournante du
trafic de l'opium

Mer de Chine

VIETNAM

HAINAN

Hong Hong, Kowloon
et les Nouveaux Territoires

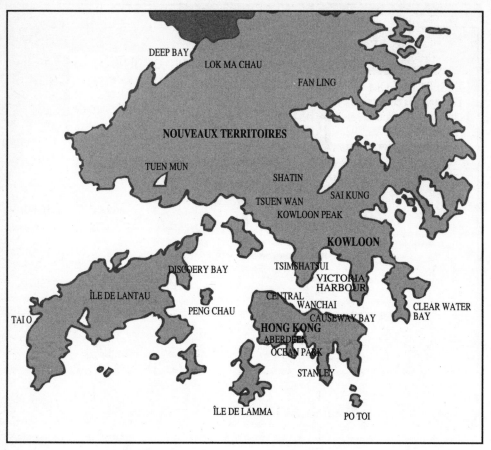

- Le 20 janvier 1841, Hong Kong esr annexée de force à la Grande-Bretagne.

- Signature du traité de Nankin, le 29 août 1842, marquant la fin des Guerres de l'Opium.

- Le 26 juin 1843, Hong Kong est officiellement déclarée colonie britannique.

- Le 25 octobre 1860, concession de nouvelles terres sur la péninsule de Kowloon à l'Angleterre.

- Le 1er juillet 1898, location des Nouveaux Territoires aux Britanniques pour 99 ans.